문학동네

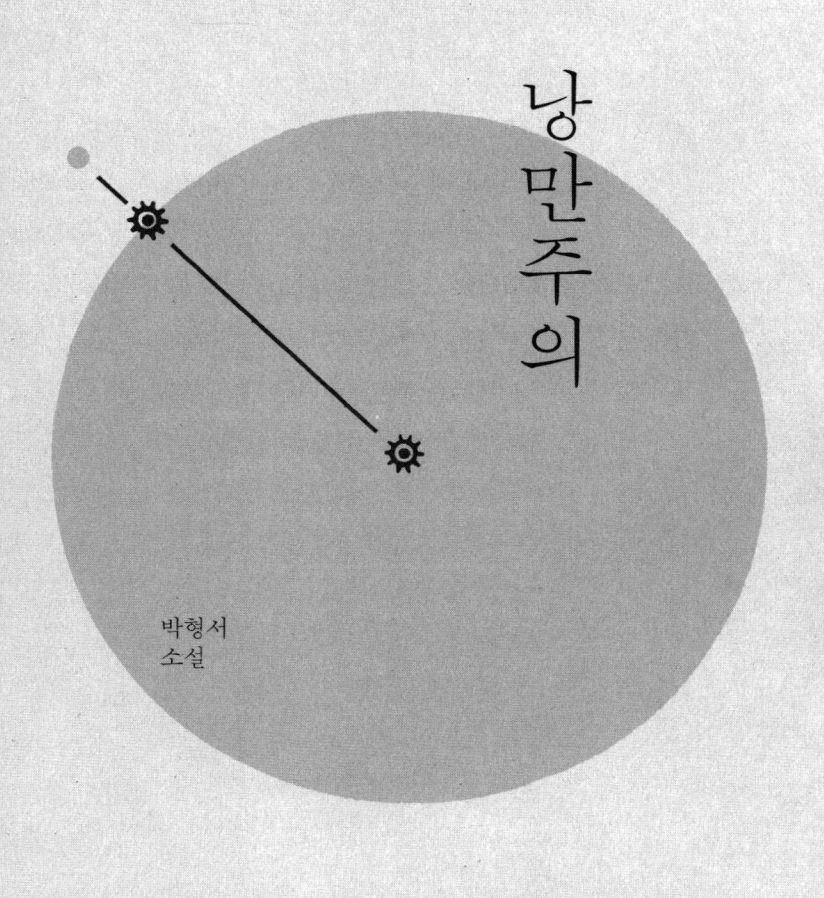

낭만주의

박형서
소설

문학동네

차례

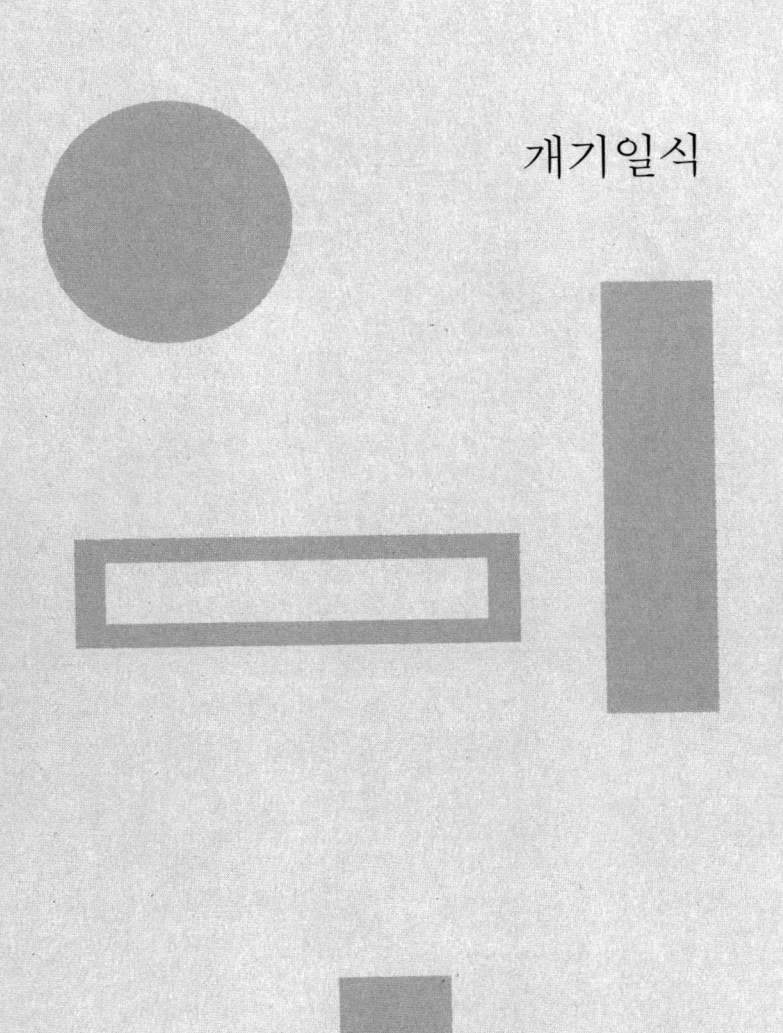

개기일식

1

　성범수는 야구 중계방송을 보았다.

　아니다.

　이 문장은 오해의 소지가 있다. 보고 싶어서 본 게 아니다. 야구 중계는 그냥 성범수의 눈앞에서 방송되고 있었다. 혼자 맥주를 마시다 텔레비전을 틀었더니 야구가 나와서, 나름 해외 원정 경기라니, 그래 어쩌나 보자 내버려둔 것이다. 그러니까 '야구 중계방송을 보았다'보다는 '야구 중계방송이 눈에 들어오도록 내버려두었다'가 정확하다. 보다 재미있는 프로그램이 방송되었거나 누군가와 함께 마시는 중이었거나 혹은 멸치보다 맛있는 안주가 있었더

라면 야구 중계방송이 눈에 들어오도록 내버려뒀을 리 없다. 그렇
잖은가. 기껏해야 이쪽저쪽 편 나눠서 공 던지고 받고 막대기로
때리고 눈치보아 달리는 뭐 그런 한심한 소동인 것이다. 오밤중도
넘어 거의 새벽이라 나오는 채널이 그거 하나였고, 혼자였고, 멸
치맛은 또 어찌나 얄궂던지 다른 도리가 없었다. 성범수는 맥주를
마시고 멸치를 씹으며 야구 중계방송이 눈에 들어오도록 내버려
두었다.

그러다가 문득 이상한 느낌이 들었다.

이상한 느낌은 승부가 결정되고 이런저런 호들갑과 함께 중계
방송이 끝나고 애국가가 나오고 뚜ㅡ 하고 그래서 이제는 정말 할
수 없이 텔레비전을 끄고 병에 남은 맥주를 탈탈 털어 마시고 이
빨을 닦을까 하다가 물로만 와구와구 행군 후 아내 곁에 눕고 나
서도 사라지지 않았다. 웬걸. 사라지기는커녕 점점 강해졌다.

"여보."

성범수는 아내를 흔들어 깨웠다.

"이상한 일이 있어."

깊은 잠에 빠져 있던 아내는 쉽사리 눈을 뜨지 못했으나, 일단
뜬 뒤에는 한참 동안 깜빡이지 않았다. 화가 났다는 뜻이었다. 아
내는 크게 속아 결혼했다고 생각하는 터라 화를 내면 오래갔다.

"어디 이상하지 않기만 해봐라."

아내가 길고 검은 머리카락을 쓸어넘기며 말했다.

성범수는 천천히 이야기를 늘어놓았다.

"……그때 대타가 들어섰어. 볼카운트는 순식간에 투 스트라이크 스리 볼, 거기서 파울이 하나 더 나왔지. 그리고 투수가 마지막 공을 던졌어. 약간 몸 쪽으로 휘어 오는 변화구."

"쳤어요?"

성범수는 잠시 머뭇거리다가 응, 하고 대답했다.

"응, 쳤어. 홈런이었어."

"우와 굉장하네. 양치질 꼭 하고 자요."

"여보, 모르겠어?"

성범수가 타이르듯 말했다.

"2사 만루, 3점 뒤진 채로 9회 말 마지막 공격이었어. 그리고 이건 꽤 중요한 시합의 결승전이란 말이야. 그런데 대타한테서 풀카운트에 역전 만루 홈런이 터졌다고. 이상하지 않아?"

아내가 휴, 한숨을 쉬었다. 켜켜이 익어가던 밤의 어느 구석에서 김이 새고 있었다.

"도대체 뭐가 이상하다는 거죠?"

2

뭐냐 하면, 그러니까 바로 이런 것이다.

성범수는 새벽같이 배달된 조간신문을 펼치며 생각했다. 역전 우승 소식이 대문짝만하게 실려 있었다. 성범수가 본 것은 생중계이니 그 결과가 신문의 형태로 바뀌기까지 고작 2시간이 걸린 셈이다. 기사를 작성해 사진과 함께 올리고, 편집하고, 인쇄하고, 각 지국으로 배송하고, 다시 구독자에게 전달하는 데 달랑 2시간?

너무하네.

아무리 생각해보아도 지난 결승전보다 조잡한 경기는 생각해낼 수가 없었다. 100 대 0에서 100 대 101점으로 역전하는 경기? 퍼펙트로 지고 있던 팀의 9회 말 마지막 타자가 마운드에 올라가 투수를 물어 죽이는 경기? 홍수로 베이스가 떠내려온 바람에 저절로 도루를 해버리는 경기? 외야에 천사 미카엘이 강림해 홈런볼을 태워버리는 경기?

이런 건 해외토픽, 미스터리, 사건사고지 야구경기가 아니다. 간밤의 경기는 이를테면 전 재산을 건 단판 도박에서 스페이드 10, J, Q, K, A를 차례로 받아드는 거랑 마찬가지다. 불가능한 건 아니지만, 도대체 그게 말이 되는가. 상대가 그런 패를 잡았다면 소매 안쪽부터 조사해야 한다.

조간신문은 홈런을 쳐낸 대타를 집중조명하고 있었다. 편모슬하에서 어렵게 자라 한때 방황의 시절을 보냈으나 훌륭한 스승을 만나 각고의 노력 끝에 성공했단다. 돈이 어찌나 많은지 최고급 승용차를 여러 대 사놓고는 타지도 않고 막 밟고 다닌다 했다. 그러고

도 남는 돈은 형편이 어려운 고아원과 장애인단체와 국정원에 기부한다고 했다. '혹독한 가난과 엄청난 성공' '긴 방황과 단번의 개심' '헌신적인 편모와 유능한 스승' 같은 문장들이 눈에 탁탁 들어와 박혔다. 다음 면에는 인기 연예인과의 열애 소식이 실려 있었다. 이렇게 말한 모양이다. 우리 아기도 야구를 시킬 거예요.

가만히 있을 수가 없었다. 성범수는 공들여 양치질을 하고 옷을 걸쳐 입었다. 친구를 만나야 했다. 그가 도와줄 것이다. 지능이 좀 떨어지는 친구지만 그게 무슨 상관인가. 언젠가 이렇게 큰소리친 적도 있다.

뭐든 도움이 필요하면 날 찾아와.

그렇게까지 말했는데 안 찾아가면 섭섭할 테지. 지금이야말로 약간의 도움이 필요할 때가 아닌가.

딱 하나, 오랫동안 왕래가 뜸했다는 게 맘에 걸렸다. 예전엔 그럭저럭 어울려 다녔는데, 어느 순간부터 자못 멀어졌다. 왜 그렇게 되었는지 고민해보아도 이거다 할 이유가 안 떠올랐다.

처음엔 나란히 걸었다. 보폭도 비슷하고 걷는 모양에도 차이가 없었다. 간혹 조금 떨어져 걷더라도 한쪽이 어이— 하고 부르면 금방 달라붙었다. 무슨 자석 같았다. 그렇게 해서 바라본 친구의 얼굴도 표정도 전과 다르지 않았다. 언제든 어이— 하면 다시 달라붙을 거라고 생각했다. 아무리 오래 멀어져 있어도 다르지 않을 거라 믿었다. 자석이라는 게 원래 그런 거니까.

정신을 차려보니 혼자였다.

3

관공서 거리에 접어들자 군인들이 사오십 미터에 걸쳐 산개해
있었다. 지나는 시민을 무작위로 붙잡아 신분증을 검사했고, 뭔가
수상하다 싶으면 대로변에 주차한 군용버스로 데려갔다. 사연청
주변의 분위기는 더욱 을씨년스러웠다. 입구에 탱크와 장갑차가
몇 대 서 있어서만이 아니었다. 삼삼오오 모여 선 사람들의 눈빛
이 안 좋았다. 이런저런 친분이 있으니 그렇게 모여 섰을 텐데, 서
로를 바라보는 눈빛이 무례했다.

성범수는 1층에서 면담을 신청하고 긴 대기의자에 앉아 기다
렸다. 건물 내부 역시 어수선하긴 마찬가지였다. 군인들이 커다
란 서류 상자와 함께 드나들었다. 조금 소란스럽다 싶더니만 포승
줄에 묶인 양복쟁이 세 명이 한꺼번에 끌려나갔다. 한 명은 쌍욕
을 뱉으며 몸을 뒤틀었고 다른 한 명은 알 듯 모를 듯 미소를 지으
며 따라갔다. 나머지 한 명은 그냥 어리둥절한 표정이었다. 소동
이 지나가고 나서도 한참 동안 성범수는 그들을 생각했다. 저항하
는 자와 초월한 자와 그 지경이 되어서도 어리둥절 영문을 모르는
자, 이렇게 포승줄에 묶인 세 명의 궁합과 그들이 배속된 시공간

과 그 서사 전략에 관해 생각했다.

조금 있자니 하관이 발달한 아가씨가 나타나 친구의 개인 사무실로 안내했다. 비서에 개인 사무실이라니, 주눅이 들 수밖에 없었다. 아무튼 친구는 큰 인물이 된 것이다. 학창 시절엔 이렇게 큰 인물이 될 줄 전혀 몰랐다. 큰 인물은커녕 하는 짓마다 크게 걱정되는 인물이었다. 그런데 어떻게 취직을 제일 먼저 해버렸다. 그것도 모두가 꿈꾸던 신춘문예를 통과하고 국가의 공공 사연을 총괄하는 사연청에 덜컥.

취직 축하 자리가 떠올랐다. 은근한 덕담 한마디 건네주려 했지만 기회를 잡기가 어려웠다. 그러다 마침내 가까이 마주보며 앉게 되어 축하해, 하고 슬그머니 말해보았다. 그 말이 입에 잘 붙지 않아 별 뜻 없이 축하해, 하고 다시 말했다. 몇 번이고 반복해서 말했다. 축하해, 축하해, 아 축하해.

바로 그 당시 술잔 너머에서 지어 보이던 의기양양한 미소를 친구는 여전히 짓고 있었다. 달라진 거라고는 그때보다 얼굴 직경이 두 배쯤 늘어났다는 정도? 성범수는 비닐봉투에 든 사과를 건네려다 아차, 했다. 을씨년스러운 분위기라면 계절은 겨울이, 또 겨울이라면 과일은 귤이 어울리지 않겠는가. 사과 대신 알이 작은 조생귤을 건넸다.

뭘 이런 걸, 하면서도 친구는 귤이 좋은 모양이었다.

공짜를 무지하게 좋아하는 친구다. 학창 시절부터 그랬다. 라디

오 방송국에 구슬픈 사연을 지어 보내 공짜 밥솥을 타는 일에 선수였다. 그렇다고 순 욕심꾸러기는 아니어서, 밥솥을 하루이틀 상자째 들고 다니며 으스댄 후에는 필요한 이에게 줘버렸다.

성범수도 하나 받았다. 10년 가까이 잘 써먹었다. 그 밥솥이 없었다면 성범수의 키는 지금보다 작았을 것이다. 배도 홀쭉하고 안색도 파리했을 것이다. 어쩌면 폐병에 걸렸거나 굶어 죽었을지도 모른다. 사람이 밥을 안 지어 먹으면 보통 그렇게 된다. 성범수는 친구 덕을 잘 보았다. 그에 비하면 조생귤 한 봉지는 아무것도 아니다.

비서가 은색 무선 주전자에 정수기 물을 담아 끓이고, 길쭉한 비닐포장에 든 커피믹스를 뜯어 잔에 조심스럽게 털어넣고, 뜨거운 물을 부어 티스푼으로 세 번 동그라미를 그리며 저어서는 성범수 앞에 내려놓았다. 풋내기 습작생이나 묘사할 그 쓸데없이 자세한 행동을 보며 성범수는 자기가 아는 친구가 이 개인 사무실의 주인으로 잘 어울리는지 어떤지 곰곰이 생각해보았다. 아무리 좋게 말해도 친구는 우등생이 아니었다. 출석은 꼬박꼬박 했으나 일단 수업이 시작되면 걸상과 한몸으로 침묵했다. 어쩌다 선생에게 질문이라도 받을라치면 절망한 동태눈이 되어 식은땀을 쏟곤 했다. 졸업반이어서 서사 철학을 논해도 모자랄 판에 띄어쓰기 교수에게 붙들려 밤늦게까지 나머지 공부를 한 일화는 유명하다. 그러던 작자가 덜컥 신춘문예에 당선되더니 오늘날 이처럼 사연청의

고위직에 오른 걸 보면, 사람의 일이란 참으로 모르는 것이다.

"어제 결승전을 봤다네."

친구의 표정이 살짝 굳어지는 걸 놓치지 않았다.

"아, 그거. 조금 덜 다듬어졌지, 아마?"

잘못된 대답이었다. 성범수는 덜 세련되었단 말을 하려던 게 아니었다. 퇴고의 문제가 아닌 초고 자체의 문제였기 때문이다. 강아지가 성품이 덜 되어서 멍멍 짖는 게 아니다. 강아지니까 짖는 것이다. 친구는 잘못된 대답을 했다.

당연한 이치지만, 잘못된 대답은 잘못된 구강구조가 아니라 잘못된 생각에서 나온다.

4

"쿠데타일세."

친구가 순순히 털어놓았다. 한 3분 버텼을까. 이 친구와 공범이 아니라 다행이었다.

"벌써 한 달이 다 되어가지 뭔가."

이상한 낌새를 채긴 했다. 야구장 안쪽에서 벌어지는 게 전부는 아닐 거라고 짐작했다. 하지만 정부가 전복되었다니, 설마 그렇게 큰 난리가 벌어진 줄은 꿈에도 몰랐다. 너무 방바닥에만 눌어붙어

살아왔던 걸까? 불현듯 최교수의 카랑카랑한 목소리가 들려오는 듯했다. 최교수가 '골방에 처박혀 세상 물정 모르고 살아가는 명청이'라고 하면 그건 십중팔구 성범수를 손가락질하는 관용어였다. 꼴은 그럴싸한데 말입니다, 하면서 성범수의 이야기를 질타하는 기세 또한 수년간 그대로였다.

이 이야기 어디에 우리가 있죠? 도대체 지금·여기·우리의 현실이 어디에 있단 말인가요? 이런 허황된 이야기를 우리가 왜 읽고 있어야 합니까? 진짜 삶의 저잣거리에 발을 붙이지 않은 모든 이야기는 가짜입니다. 이따위 공상은 일기장에나 써야죠.

그렇게 말하면서 최교수는 분노를 강조하기 위해 얼굴을 잔뜩 찡그렸는데, 주름이 죄다 얼굴 중앙으로 쏠려 딱 칠성장어처럼 보였다. 당시에 잠을 제대로 못 잤다 하면 두말할 것 없이 꿈에 칠성장어가 나왔기 때문이었다.

그렇다고 성범수가 열등생인 건 아니었다. 그 반대였다. 다른 선생한테서 '자네 정말 대단하군' 하고 칭찬을 받은 적도 있었다. 안타깝게도 칠성장어와 궁합이 안 맞았을 뿐이다. 무슨 이야기를 지어내도 어김없이 칠성장어로부터 공격을 받았기 때문에, 만약 지금의 아내를 만나 사랑에 빠지지 않았더라면 성범수는 그 시절을 버텨내지 못했을 것이다. 칠성장어에게 발목이 잡혀 심해 밑바닥으로 끌려갔을지 모른다.

아니다.

이건 적절한 비유가 아니다. 최교수가 성범수를 심해 밑바닥으로 끌고 갔을 리 없다. 왜냐하면 저 컴컴하고 비밀스러운 심해 밑바닥은 최교수가 아니라 성범수가 좋아하는 영역이었으니까. 최교수가 화난 건 성범수의 이야기가 죄다 그런 식인 탓이었으니까. 그러니 '칠성장어에게 발목이 잡혀 심해 밑바닥으로 끌려갔을지 모른다'는 '칠성장어에게 체액을 모조리 빨아먹힌 뒤 껍데기는 저 잣거리에 버려졌을 것이다'로 수정해야 맞는다.

"그건 그렇고, 쿠데타는 성공했나? 자네는 안전한 건가? 내가 도울 일은 없나? 아무래도 자네 위치에서는 협조할 수밖에 없었겠지?"

"응, 응, 아니, 응."

성범수는 대략의 윤곽을 잡을 수 있었다. 간밤 야구시합의 결말부에는 이와 같은 조급함이 반영된 모양이었다. 시국이 위중하여 그토록 무리한 만루 홈런이 튀어나온 것이다. 하지만 아무리 그래도 그렇지 9회 말 2사 만루의 역전 홈런이라니, 그것도 해외 원정 경기 결승전에서.

"자네가 손을 좀 보지 그랬나. 사연청의 위신이 걸렸는데."

그때 배경의 리얼리티를 위해 부하 직원 한 명이 사무실에 들렀다. 별 내용 없는 서류를 몇 장 내려놓은 뒤 한두 마디 전달하고 나갔다. 실은 그 한두 마디도 입만 뻥긋했다. 엘리트 작가들이 모여 있다더니, 사연청의 분위기라는 게 보면 볼수록 허술했다.

글쎄, 하고 친구가 심드렁한 표정으로 말했다.

"마음에 안 드나보군. 신문을 보면 알겠지만, 다들 얼싸안고 좋아했다네. 어디건 그 얘기뿐이야. 감동의 대역전극大逆轉劇에 홀딱 빠져든 거지. 그래서 모두들 그 얘기를 자기 삶으로 가지고 들어온 거라네. 자네는 대체 뭐가 불만인가?"

뜻밖의 반응이었다. 성범수는 당황했다. 이런 말이 공무원 입에서 나왔다는 건 사소한 문제가 아니다. 신문이 그렇게 판정을 내려줬으니 아무튼 성공한 이야기라고? 세상 참 만만하게 보는구나. 기분이 언짢아졌다.

"아니 대역전극에 한자는 왜 병기하고 자빠졌나 이 친구야. 그리고 내가 언제 싫다고 했던가? 이야기가 그런 식으로 흘러가서는 안 된다는 말이지."

"어떤 식?"

"아무개가 딱 원하는 식. 근거도 철학도 없이 무작정 아무개를 행복하게 만드는 식. 아무개가 고른 번호 여섯 개가 8,145,060분의 1 확률을 뚫고 복권에 당첨되는 그 밑도 끝도 없이 짜릿한 방식."

"아이고."

놀란 시늉을 참 얄밉게도 했다.

"숫자를 어디 손바닥에라도 적어둔 겐가?"

5

"칠성장어 생각을 하고 있었다네."

친구가 말했다.

희한한 일이었다. 성범수도 칠성장어 생각을 하고 있었다. 하지만 그랬단 얘기는 하지 않았다. 별로 맞장구쳐줄 기분이 아니었다.

"자네랑 참 많이도 부딪쳤었지."

친구가 말했다.

재미있게도 성범수 역시 그리 생각하던 중이었다. 정말 많이 부딪쳤다. 두들겨맞은 자리가 아직도 얼얼했다. 물론 진짜로 두들겨맞은 건 아니었다. 기분이 그렇다는 얘기다.

6

"우선은 관심을 얻어야 하고, 그러기 위해서는 다소 자극적인 도입부가 필요하지. 누구든 지루한 서두를 참고 기다리진 않을 테니 말일세."

친구가 훈계하듯 말했다.

"제아무리 큰 뜻을 품고 나서봤자 세상이 귀기울여 들어주지 않는다면 그게 다 무슨 소용이겠나? 아무도 펼쳐보지 않는 책이 펼

프 덩어리지 어디 책인가? 자네가 쿠데타를 일으켰더라도 별수없지. 구국의 이상을 실현하기 위해서는 시민들의 동의가 필요하고, 그러려면 일단은 솔깃한 사연 중심으로 입을 뗄 수밖에 없는 걸세. 자, 알겠는가? 이게 바로 우리를 둘러싼 현실이라네. 헌신, 인간 승리, 죽음도 갈라놓지 못할 사랑, 그리고 장엄한 기적들……"

어라?

어쩔 수 없이 돕는 줄 알았더니, 이쯤 되면 숫제 앞잡이 아닌가.

그래, 좋다. 다 좋다. 어차피 이야기라는 것은 유서 깊은 공공재고, 오랫동안 다수의 선에 이바지해왔다. 기능에 대한 것이건 미적 구조에 대한 것이건 무슨 말이든 경청할 준비가 되어 있다. 설령 절망한 동태눈이 되어 식은땀을 쏟던 모습이 학창 시절 이 친구를 대표하는 초상일지라도 말이다. 하지만 문제는 그게 아니다. 문제는 예의가 없다는 것이다. 이들이 만든 이야기는 독자를 전혀 존중하지 않았다.

"9회 말 투아웃의 역전 만루 홈런이 정말 그럴듯하다고 생각하나?"

"허허, 자네 지금 칠성장어 흉내를 내는 겐가?"

친구가 성범수의 지난 시절을 암시하며 비아냥거렸다.

이 친구의 머리를 쪼개면 뭐가 나올까? 성범수는 생각했다. 뭐긴, 당연히 커다란 마카다미아가 나오겠지. 그러면 난 그 마카다미아를 하관이 발달한 아가씨에게 공짜로 줘야지.

신입생 때의 일이다. 칠성장어 최교수는 늘 그랬듯이 입에 게거품을 물고서 저 현란한 독단을 설파하고 있었다. 굉장한 건, 칠성장어의 말을 5분쯤 듣고 있다보면 뭐든 그럴듯하게 들려오기 시작한다는 사실이었다. '개연성의 신'이란 별명이 괜한 게 아니었다. 하지만 성범수의 상처받은 눈에는 '개연성의 노예'가 더 어울려 보였다. 개연성에게 식사 기도를 올리고 거실 벽엔 개연성 사진을 걸어두고 주말마다 역 앞에서 '개연천국 우연지옥' 타령을 벌일 것 같았다.

길고 긴 서두를 끝낸 칠성장어가 손에 들고 있던 성범수의 습작을 내동댕이치다시피 교탁에 놓았다. 입을 짝 벌렸다.

이게 말이 됩니까? 이 얘기 하나를 위해 우리가 물리법칙을 새로 만들어야 하나요?

칠성장어가 주장하는 개연성은 언제나 윤리의식과 맞닿아 있었다. 그에게 이야기를 만드는 행위란 세상에 예의를 지키는 방식이기 때문이었다. 그러므로 칠성장어의 관점에서 별다른 목적의식도 없고 인과관계도 없이 이리저리 날아다니는 성범수의 이야기는 더도 덜도 아닌 '타락'이었다.

성범수의 생각은 달랐다. 이야기가 왜 존재하는가? 감동을 주기 때문이다. 슬픈 쪽으로든 즐거운 쪽으로든 사람의 마음을 흔들어놓기 때문이다. 그래서 이야기가 사랑받는 것이고, 사랑받기에 존재하는 것이다. 그러니 사건이란 그럴듯하기보다는 흥미로워야

한다. 이야말로 이야기의 영속적인 본성이기에, 성범수는 무엇보다도 흥미로움을 모색하는 방식으로 근본에 충실하고자 했다. 그러한 자세가 누군가에게는 경박한 장난으로 보였을지 모른다. 하지만 성범수는 장난치지 않았다. 모든 흥미로운 것들의 교집합을 이해함으로써 세계의 유한한 일부 기능으로서가 아니라 세계 그 자체로서의 이야기에 다가갈 수 있다는 믿음, 이것이 곧 성범수의 젊은 밤들을 훔쳐 달아난 낭만이고 신앙이었다. 장난치지 않았다. 맹세할 수 있었다.

칠성장어의 무자비한 조롱에 책상 아래로 감춘 손이 덜덜 떨렸다. 그 수치스러운 방어기제는 성범수가 자신의 작업을 얼마나 사랑하는지, 제가 선택한 방향을 얼마나 깊이 신뢰하는지, 얼마만큼 두터운 자부심으로 무장했는지 보여주는 증거였다. 만약 그러지 않았다면, 누구처럼 되는대로 이야기를 만들고 적당히 타협하며 살았다면 손이 덜덜 떨릴 일은 없었을 것이다. 어쩌면 칠성장어의 조롱에 맞장구치면서 얄밉게 웃었을지도 모를 일이다.

결승전, 3점 뒤진 9회 말 마지막 공격, 투아웃에 만루, 풀카운트에서 역전 만루 홈런이라고?

친구는 배가 뒤집힌 물방개처럼 소파에 기대앉아 담배를 피웠다. 본의 아니게 쿠데타 세력에 협조하게 되어 심경이 복잡하다는 걸 암시하는 동시에 시간도 좀 끌려는 수작 같은데, 공공기관에서는 절대 금연이 아니던가. 친구도 뒤늦게 깨닫고는 부랴부랴 담배

를 끄고 손으로 휘휘 저어 연기를 넓게 퍼뜨렸다. 그와 동시에 한동안 어디 잘 처박혀 있던 비서가 갑자기 출현해 성범수의 시야를 가로막더니 우롱차 티백이 담긴 잔에다 펄펄 끓는 물을 들이부었다. 그건 우려내는 게 아니라 우롱차를 삶아 죽이는 짓이고, 게다가 깜빡 잊어버린 모양이지만 아까 16쪽에서는 그 잔에 커피가 들어 있었다. 이 정도로 무신경하다니 아무래도 너무한 것 아닌가. 성범수가 입을 열었다.

"그 시합, 자네가 지어낸 거지?"

7

그런 시대가 있었다. 마구 윽박지르던 시대, 고함이 논리를 압도하던 시대, 궤변이 왜 궤변인지 따지는 것만으로도 죄가 되던 시대.

그 시대의 가장 큰 문제는 이야기 구조가 엉망진창이었다는 데 있지 않다. 엉망진창인 이야기가 아무 어려움 없이 현실로 구현되었다는 데 있다. 멀쩡한 사람이 잡혀가 송장이 되어 돌아오더라도 자살했다고 발표하면 끝이었다. 그러면 다들 그런가보다 고개를 끄덕이고는 새벽 일터로 나갔다. 무슨 소리를 해도 전부 고개를 끄덕여주니 정부 입장에선 그야말로 태평성대가 따로 없었다.

골칫거리라고는 극소수의 사람들뿐이었다. 그들은 위험한 질문을 던졌다. 어째서 그리되었는가. 왜 그리되었는가. 언제 그리되었나. 그렇게 될 수밖에 없었나.

그들 대부분은 잡혀갔고, 자살한 송장이 되어 돌아왔다.

칠성장어 최교수는 그들 중 하나로서 시대가 바뀔 때까지 살아남아 전대의 윤리를 대변했다. 학교에서 담당한 강좌는 〈개연성 및 필연성〉〈리얼리티〉〈인과관계〉 등 그 자신이 살아온 방식과 뗄 수 없는 과목들이었다.

이것들이 성범수가 학교에 들어가기 전의 사정이었다.

물론 모르는 건 아니었다. 타락한 시대가 있었고 몇몇 이들이 용감하게 저항했다는 역사 정도야 익히 알고 있었다. 존중하지 않는 것도 아니었다. 칠성장어는 학교 안팎에서 가장 많은 지지자를 거느린 선생이었고, 누구도 거기에 이견을 달지 못했다.

하지만 아무튼 상황이 달라졌다. 공공의 적은 사라졌으며 단도직입적인 투쟁은 구식이 되었다. 새로이 창작되는 가장 혁명적인 이야기들 중에는 심지어 그들이 진력으로 수호해온 미덕인 '그럴듯함'을 공격하는 경우도 있었다. 공격의 논리는 이러했다—그럴듯함이 어째서 권장되어야 한단 말인가? 그럴듯한 게 좋다면 아무 일도 하지 말아야 한다. 계곡에, 들판에 가만히 놔두는 게 제일 그럴듯하니까. 예술이란 단순한 모방이 아니다. 특정한 각성을 위해 자연스러움에 부득이 손을 대는 행위다. 선택하고 생략하고 확대

하여 흥미롭게 변형시키는 작업이다. 왜곡이야말로 예술의 본질이다.

성범수는 이 새로 도착한 논리에 반했다. 구구절절 옳은 말이라 생각했고, 종일 외우고 다녔으며, 복사실이 어디냐고 물어도 너이 자식 돈 좀 있냐고 물어도 '왜곡이야말로 예술의 본질'이라 대답했다. 칠성장어 입장에서 그러한 성범수가 예뻐 보였다면 그 칠성장어는 필경 머리가 돈 것이다.

일단 찍히고 나니 무슨 짓을 해도 미움을 받을 수밖에 없는 노릇이었다. 성범수가 여타 대부분의 과목에서 높은 평가를 받는단 사실은 별 도움이 못 됐다. 칠성장어는 온갖 창의적인 트집을 잡아 물어뜯었다. 칠성장어의 공격엔 적의가 담겨 있었다. 적어도 성범수가 느끼기에는 그랬다.

성범수 역시 칠성장어를 미워했더라면 어땠을까? 아마도 사정은 훨씬 나아졌을 것이다. 하지만 그럴 수 없었다. 투박할지언정 칠성장어의 순수와 박력은 그의 가장 오래된 적까지도 머뭇거리게 만드는 힘이 있었다. 성범수는 칠성장어를 미워하지 않았다. 오히려 칠성장어의 눈에 들기 위해 노력했다. 노력하다보면 조금씩 나아질 줄 알았다. 꼭 나아지진 않더라도 아무튼 시간이란 게 째깍째깍 흐르니까 언젠가는 상황이 바뀔 줄 알았다. 세상만사가 다 그런 거 아니겠는가? 성범수는 노력했다. 반쯤 엎어져 부들부들 떨면서도 노력했다.

어느 날이었다. 성범수가 제출한 이야기는 눈에 띄게 훌륭했다. 보름 동안 이를 악물고 퇴고했으니 그럴 만했다. 아무리 형편없는 글이라도 보름 동안 이를 악물고 퇴고하면 일단은 문장에서 반지르르 윤이 나는 법이다.

그런데 그 훌륭한 문장이 표적이 되었다.

칠성장어가 입을 짝 벌렸다. 이야기의 모든 요소들은 결국 우리 삶을 모방해야 한다, 고. 그런데 우리의 실제 삶이란 별로 정돈되어 있지 않다, 고. 따라서 문장을 예쁘게 정돈할 경우 자칫 이야기의 리얼리티가 훼손될 수 있다, 고.

이것이 칠성장어의 비판이었다.

평소라면 속으로 삭였을 것이다. 하지만 그날은 꼬불꼬불한 복부 내장이 일제히 펼쳐지기라도 한 것처럼 강한 탄성으로 반발해버리고 말았다. 칠성장어의 논리가 일견 허술하게 들렸던데다, 무엇보다도 이번 이야기만큼은 정말 진이 다 빠질 만큼 공을 들인 작품이기 때문이었다.

성범수 또한 입을 짝 벌렸다. 설령 실제의 삶이 마구잡이로 흘러가더라도 이야기는 정돈되어야 한다, 고. 이야기는 흥미롭기 위하여 실제 삶보다 훨씬 의도적이고 계획적이어야 한다, 고. 이야기가 우리 어수선한 삶을 고스란히 보여주는 거울이 되어서는 안 된다, 고. 어수선한 삶을 어수선한 그대로 반영하는 건 유리가게에서 파는 진짜 거울로도 충분하다, 고. 이야기라는 훌륭한 매체

가 왜 거울 흉내나 내야 하는가, 라고.

얼핏 보면 엉뚱한 트집을 성범수가 멋지게 논박한 것처럼 들린다. 실제로 당시 그렇게 받아들인 동료 학생들도 꽤 있었다.

하지만 그게 아니었다. 칠성장어의 말을 오해한 것이었다. '거울 흉내나 내야 하는가'라는 마지막 문장을 뱉으며 성범수 스스로도 자신의 착각을 깨달았다. 칠성장어의 말은 무조건 빈약한 문장으로 쓰라는 게 아니었다. 질 낮은 문장만이 우리의 남루한 삶을 제대로 반영할 수 있다는 말이 아니었다. 성범수가 제출한 이야기의 1인칭 화자가 교육수준 낮은 빈민계층이니만큼, 고급스러운 문장 대신 비속어를 적당히 구사해야 어울린다는 뜻이었다.

지극히 타당한 지적이었다.

성범수는 아직도 수없이 자문해본다. 평소처럼 반쯤 엎어져 부들부들 떨었더라면 어땠을까. 꾹 참고 몇 마디 더 들어보았더라면, 재채기가 나와 미처 입을 열 수 없었다면, 저 생선이 또 엉뚱한 꼬투리를 잡는다고 오해하지 않았더라면, 보름을 밤새워 고치고 다시 고쳐도 칠성장어님 마음에 안 들면 나더러 도대체 어쩌라는 건가요 하는 분한 마음에 냅다 저능아가 되지 않았더라면.

무작정 강의실을 뛰쳐나왔다. 뒤에서 뭐라 외치는 소리를 들은 것 같았다. 누군가 우당탕 쫓아 나오는 소리도 들은 것 같았다. 하지만 앞만 보고 달렸다. 미친듯이 달렸다. 순식간에 캠퍼스를 빠져나와 번화한 거리에 닿았다.

전봇대를 붙들고 헉헉거렸다. 입에서 단내가 났다. 혼자였다. 완전히 혼자였다. 선생도 못 믿고 친구도 못 믿고 자기 자신도 믿을 수 없었다. 이래서야 어찌 사람에 기대고 세상을 이야기할 수 있겠는가. 성범수는 증오와 자책으로 눈물범벅이 되어 걸었다. 어디로 가는지도 모르고 마냥 걸었다. 햇빛 쨍쨍한 번화가, 시끄러운 군중에 둘러싸여 있었지만 혼자였다. 휑하고, 외로웠고, 갈 곳이 없었다. 차라리 죽어버리는 게 나을 성도 싶은데, 그런 주제에 횡단보도에서 얌전히 파란불을 기다리는 꼴이란 또 어찌나 우스운지. 그래, 뭐든 될 대로 돼라. 나는 이제 아무 상관 없다. 그렇게 헝클어진 마음으로 차가 씽씽 달리는 도로를 향해 한쪽 발을 쑥 내민, 바로 그 삐쭉하게 찢어진 시공간.

검붉은 그림자가 순식간에 도시를 뒤덮었다. 사람들이 제자리에 얼어붙었다. 짧은 정적이 흐른 뒤 여기저기서 경악과 탄식이 터져나왔다. 어떤 비명은 도검처럼 예리했고, 또 어떤 비명은 둔기처럼 육중했다. 요사스러운 한기가 사방에 휘몰아쳤다. 성범수는 고개를 들었다. 그리고 보았다. 하늘 꼭대기에서 아주 거대한 것과 다른 거대한 것이 포개지는 중이었다. 팽팽하게 맞선 두 거대함이 나란히 겹쳐지면서 그로부터 불어온 폭풍이 도시의 일상에 깊고 날카로운 균열을 내고 있었다. 아아, 하고 성범수는 신음했다.

생애 첫 에피파니였다.

8

친구를 만나러 왔을 뿐이다. 한때 그럭저럭 좋게 지낸 사이다. 안타깝게도 지능이 좀 떨어지지만, 어쨌든 미운 정 고운 정 켜켜이 쌓인 친구다. 그 친구가 이렇게 말한 적이 있다.

뭐든 도움이 필요하면 날 찾아와.

이 문장에 달리 어떤 오해가 가능하겠는가? 그래서 찾아온 것이다. 묵은 소식도 교환하고 오랜만에 얼굴도 보고 겸사겸사.

웬걸, 묵은 소식이라는 건 비밀 쿠데타고 얼굴은 안 보는 게 예쁠 뻔했다. 기껏 걱정해줬더니만 창피한 옛날 얘기로 비아냥거리기나 하고.

게다가 뭔지 모르게 전부 엉성하다. 지난밤 야구경기를 얘기하는 게 아니다. 사연청 주변에 깔려 분위기 잡고 있는 군인들을 얘기하는 것이다. 그래놓고서 겉으로는 쉬쉬한다. 이래가지고서야 엉성한 이야기가 나올 수밖에 없지 않겠나.

형편없다, 고 성범수는 생각했다. 이건 마음을 얻으려 들려주는 이야기가 아니다. 정신을 홀리려 들려주는 이야기다. 공범이 마음 놓고 야바위 짓을 할 수 있도록 곁에서 바람 잡는 이야기인 것이다.

그런 의도가 빤히 보인다.

준비를 단단히 해둔 것 같지 않다.

쿠데타는 무슨, 술김에 확 엎은 모양이다.

9

성범수가 학생이었던 시절, 저마다의 학식과 재치를 뽐내느라
여념이 없는 선생들로 인해 학교는 도떼기시장처럼 요란했다. 그
중 몇몇은 정말로 실력이 좋거나 인품이 좋거나 또는 운이 좋아서
간혹 재능 있는 제자의 스승이 되기도 했다. 그러나 학교 전체로
보았을 때 두 선생의 존재감이 워낙에 압도적이어서 나머지 선생
들은 없는 거나 마찬가지였다. 칠성장어 최교수가 둘 중 한 명이
었다.

나머지 한 명은 흐늘거리는 유교수였다.

그는 다슬기의 속살처럼 생겼다. 궤양성점막이반증이라는 희귀
병을 앓는 탓에 흐느적거리며 걷다가 기운이 달리면 벽이나 캐비
닛에 들러붙어 쉬어 가곤 했다. 그렇게 머무른 자리엔 푸르스름한
피부가 조금 묻기도 해서, 유교수를 존경하는 학생들은 그걸 떼어
다 햇빛에 말려 고이 간직했다.

칠성장어 최교수는 현실의 이야기를 웅변하고 또 이를 실천했
다. 다슬기 유교수는 정반대였다. 혼자만의 사색과 공상에 빠져
나사가 한 다스쯤 달아난 이야기를 썼는데, 어떨 땐 너무 멀리 가
버린 나머지 제정신으로 돌아오기 위해 대중교통을 이용해야 했
다. 수업도 별반 다르지 않아 '세계가 고스란히 이야기 속에 들어
앉고 또 이야기가 보다 커다란 세계의 일부가 되는 경험' 같은 알

쏭달쏭한 문장을 늘어놓다가 이때다 싶으면 강의실 바닥에 드러누워 혼절했다.

다슬기는 주력 장르도 관심 분야도 취미도 종잡을 수 없는 이상한 선생이었다. 나이도 베일에 싸여 있었고, 심지어 남자인지 여자인지 성별조차 불분명했다. 그가 지어낸 이야기 또한 마찬가지여서 창작 의도가 명확히 밝혀지는 경우란 거의 없었다. 덕분에 극성 팬이 많았으나 대놓고 비난하는 이들도 적지 않았다. 비난하는 이들은 다슬기가 지어낸 이야기 전부가 횡설수설에 불과하다고 주장했다. 어쩌다 나오는 매혹적인 이야기는 신명나게 횡설수설하던 중 실수로 얻어걸렸을 뿐이란 논리였다. 그렇게 볼 여지가 전혀 없는 건 아니나 지나치게 가혹한 평가였다. 그가 자신의 삶 전부를 이야기 창작에 바쳤다는 건 누구나 아는 사실이기 때문이었다. 하지만 다슬기는 평가에도 일절 신경쓰지 않았다. 신경쓰기는커녕 '독자가 분수도 모르고 까분다. 확 그만 써서 복수할까보다'라고 말해 그를 위로하려던 이들의 어안을 벙벙하게 만들었다.

짜리몽땅하고 강인한 칠성장어가 고집불통의 꼰대라면 훤칠하고 병약한 다슬기는 뭐랄까, 태어날 행성을 잘못 고른 사람이었다. 그의 혈관에는 붉은 피 말고 뭔가 점성이 없는 액체가 흐를 것 같았다. 그렇게 생각하면 지구의 작가로 태어나 한평생 흥행에 참패해온 이력도 납득되는 면이 있었다. 그의 건조된 피하조직을 애지중지하는 극성 팬들의 심정도.

다슬기는 성범수를 친애했다. 본인 입으로 직접 말한 적도 있으니 사실일 것이다. 그렇다고 칠성장어에게 린치를 당할 때 나서서 도와주거나 하지는 않았다. 일단 도와줄 체력 자체가 없었다. 린치당하는 현장에 제때 도착하기도 아마 버거웠을 것이다. 다슬기는 성범수를 평범한 방식으로 친애할 수 없었다.

강의실을 뛰쳐나온 사건이 있고서 일주일쯤 지난 어느 오후였다. 복도 구석에 들러붙어 쉬고 있던 다슬기와 마주쳤다. 그가 성범수에게 까딱까딱 손짓을 했다. 가까이 오라는 신호였다. 그 손짓은 성범수가 다슬기의 입 바로 앞으로 귀를 가져다 댈 때까지 계속되었다. 보통 사람이라면 그것은 무례한 행동일 것이다. 그러나 다슬기는 아무래도 궤양성점막이반증 환자라서 그러려니 할 수밖에 없었다.

확신하지 말게, 라고 다슬기가 속삭였다. 이야기를 만들 때 우리는 단어 하나마다, 문장 한 줄마다 선택을 하게 된다네. 그런데 그 결정이 옳았는지 틀렸는지는 알 수가 없지. 옳으면 기쁘겠지만, 영원히 알 수가 없어. 옳기를 바랄 뿐이지. 내 선택이 최선이기를 단지 바랄 뿐일세. 이건 새 신발을 사달라고 엄마한테 떼를 쓰는 것과 아주 비슷하다네, 지금 막 생각해보니.

도대체 뭐가 비슷하다는 건지 알 수 없었다.

그러니까, 하고 다슬기가 말을 이었다.

확신에 찬 이야기는 믿지 말게나. 이야기란 본디 세계에 대답하

는 장르가 아니라 질문하는 장르라네.

어디선가 칠성장어와의 일을 들은 모양이었다. 그래서 충고하는 척, 성범수의 편을 들어주었던 것이다.

다슬기의 조언은 일종의 구원이었다. 왜냐하면 당시의 성범수는 자신에게 너무 실망한 나머지 더이상 아무것도 믿을 수 없던 참이기 때문이었다. 그러한 성범수에게 '믿지 말라'는 말은 그 자신이 현재 상처를 입고 체념한 상태가 아니라 모종의 깨달음에 도달한 상태라고 간주할 만한 여지를 주었다. 게다가 다슬기의 나긋나긋한 말투는 점액질처럼 곡진했다. 거기엔 칠성장어로 인해 부르튼 피부를 진정시킬 필수아미노산과 단백질, 각종 미네랄이 듬뿍 담겨 있었다. 그나저나, 하고 다슬기가 몽롱하게 미소 지으며 말했다.

별들을 끌어와 포개다니, 자네 정말 대단하군.

10

참 이상한 일이었다.

칭찬과 격려에 굶주려서가 아니었다. 그렇게 값싸고 즉흥적인 마음이 아니었다. 진심으로 그의 방식을 알아내고 싶었다. 비판에 휘둘리지 않는 경지의 독창성을 배우고 싶었다. 그러나 이상하게

도 복도에서 대화를 나누었던 그날처럼 가까이 다가갈 수가 없었다. 다슬기는 따르고자 하면 멀어지는 존재였다. 얼핏 저기 있는 것 같아서 급히 쫓아가보면 다만 푸르스름한 피부조직이기 일쑤였다. 수많은 질문이 그런 식으로 가슴에 묻혔다.

끝내 다슬기에게 전달된 질문이 아예 없는 건 아니었다. 하지만 그렇다고 해봤자 별로 달라질 게 없었다. 다슬기의 말은 구구절절 옳았다. 각각의 모든 문장마다 흔쾌하게 동의할 수 있었다. 그런데 글 전체의 핵심을 파악하기가 어려웠다. 한참 재미있게 듣다가도 다 듣고 난 뒤에 생각해보면 도대체 무슨 얘기였는지 아리송했다.

성범수는 문장들 사이의 연결부에 존재하는 그 기묘한 단절 현상을 이해하려 이렇게도 저렇게도 노력해보았다. 다슬기가 쓴 책을 읽었고, 다슬기의 강의를 들었다. 나중에는 다슬기의 방식을 최대한 모방하여 이야기도 한 편 지었다. 그리고 동료 여럿을 한자리에 불러 의견을 물어보았다.

참 이상한 일이었다.

몇몇 동료는 대단히 훌륭하다며 침을 튀겼다. 몇몇 동료는 완전히 쓰레기라며 침을 뱉었다. 나머지 대부분의 동료들은 골똘히 사색에 잠기거나 신중하게 눈치를 보았다. 어쩌면 그들의 의견이야말로 중요할지 모른다는 생각이 들어 뭐든 말을 해달라고 부탁했다. 침으로 범벅이 된 책상을 걷어차며 부탁했다. 길고 검은 머리카락을 가진 동료가 입을 열었다.

여기에 무슨 말을 해달라는 거죠? 어차피 들을 생각도 없잖아요.

그게 정답이었다.

비밀은 소통을 완전히 거부하는 데 있었다. 말하자면 독자의 목소리를 일체 배제함으로써 모든 종류의 간섭으로부터 자유로워지는 방식이었다.

잡음에 귀를 막아라. 그리고 네 말을 해라.

이것이 즉 다슬기가 제시한 극단의 예술정신이었던 것이다.

과연 매혹적이긴 했다. 하지만 성범수는 그처럼 눈을 끝까지 닫아버릴 수가 없었다. 죽어라 감아도 빙글빙글 자전하는 지구와 거기 매달린 지구인이 보였다. 반대편으로 눈을 돌려보아도 여전히 빙글빙글 자전하는 지구와 거기 매달린 지구인이 보였다. 빙글빙글 자전하는 지구와 거기 매달린 지구인을 안 볼 방법이 없었다. 빙글빙글 자전하는 지구와 거기 매달린 지구인이 안구에 연결되어 있는 것 같았다. 그들을 떼어내면 안구도 같이 떨어져나갈 것 같았다.

게다가 학기가 끝나갈 무렵 길고 검은 머리카락을 사랑하게 되어 일은 더 복잡해졌다. 그녀의 마음을 얻기 위해선 뭔가 듣기 좋고 안심되고 행복해지는 이야기를 들려줄 필요가 있었는데, 그 '듣기 좋고 안심되고 행복해지는 이야기'를 제대로 구상하려면 가상의 그녀를 앉혀두고 가상의 인터뷰를 좀 벌여야 했다. 그것은 다슬기가 제시한 것과 완전히 다른 방식이었다. 그건 다슬기에게

꾸벅 큰절을 올리고 물러나는 걸 뜻했다.

고심 끝에 그렇게 했다. 가짜 그녀와 인터뷰를 하며 열심히 들었고, 수집한 내용을 바탕으로 눈치껏 이야기를 구상했고, 진짜 그녀에게 가서 차근차근 들려주었으며, 결국 마음을 얻었다.

참 이상한 일이었다.

이상한 일이다, 하고 성범수는 생각했다.

훨씬 덜 외로워졌다. 아주 훨씬. 그러니까, 실은 더이상 외롭지 않았다.

다슬기가 얼마나 힘든 길을 걷고 있는지 알 것 같았다.

얼마나 많은 상처 끝에 그 경지에 올랐는지도, 또 얼마나 많은 파랗고 비릿한 마음을 내다 버렸는지도.

11

이제 그들의 시대는 갔다.

칠성장어도 갔고, 다슬기도 갔다. 이젠 없다.

그러나 그들을 대체할 이들은 아직 오지 않았다. 새로운 시대는 아직 너무 어리고, 제가 누군지도 잘 모른다.

어수선한 건 그래서겠지.

그들은 우아하게 사라지지 않았다.

맞아, 하고 성범수가 말했다. 생각이 났다. 고상함과 거리가 멀었다.

실은 좀 난데없었다.

"밤에 327호 강의실에 몰래 들어가 똥을 누었다지? 어휴, 그럴 줄은……"

"어, 자네 모르는가?"

친구가 눈을 크게 뜨고 말했다.

"그거 전부 다슬기가 지어낸 이야기였다네."

"뭐라고?"

"이런, 자네가 모르다니 의외로군. 다슬기가 지어냈다는 건 널리 알려진 사실일세. 게다가 아주 실감나게 지어냈지. 뭐랄까, 다슬기 이야기에 등장하는 칠성장어가 현실의 칠성장어보다 훨씬 칠성장어다웠단 말일세. 똥도 진짜 같았다네. 어떤 학생들은 두 달이 지난 뒤에도 멀쩡히 327호 강의실 한가운데에 놓여 있는 칠성장어의 똥을 보곤 기겁했다지. 정말 그럴듯하게 꿈틀대고, 엄청난 악취를 풍겼다더군."

"똥이 어째서 꿈틀댄다는 거야. 아무튼 자기 스타일도 아닌데 그 정도였다니 굉장한걸."

"그야말로 최고의 역작이었다네."

칠성장어가 학교에서 쫓겨나고 얼마 되지 않아 다슬기 또한 교편을 놓았다. 그들이 한꺼번에 사라지자 두 선생의 위엄이 얼마나

대단했었는지 모두들 똑똑히 알게 되었다. 학교는 좀 처량한 신세가 되어 문을 닫아야 하나 말아야 하나 고민할 지경에 몰렸다. 가까스로 폐교는 면했지만, 두 선생이 있던 시절의 명성은 영영 회복되지 않았다.

"다슬기는 대체 왜 그랬을까? 저야말로 곧 그만둘 거면서 말일세."

성범수가 말했다.

"글쎄, 둘 다 남지 못한다면 둘 다 떠나야 한다고 생각한 게 아닐까? 그때 우린 햇병아리였으니 너무 센 선생이, 그것도 달랑 한 명만 옆에 남아 있다면 균형이 크게 깨졌겠지. 특히 자네처럼 오락가락하는 영혼은 말일세. 친애하는 성범수 학생의 걱정을 다슬기가 그렇게도 많이 했다던가."

추측과 단정과 모욕과 질투와 이도 저도 아닌 엉터리 상념이 막 뒤섞여 있긴 해도 친구의 말은 제법 그럴싸했다.

하지만 사실이 아니다.

그즈음, 그러니까 칠성장어는 가고 다슬기는 아직 남아 있던 어느 하루, 성범수는 하릴없이 교정을 거닐다 바닥에 떨어진 푸르스름한 뺨 한쪽을 주웠다. 오해했을 리가 없다. 그건 틀림없이 다슬기의 뺨이었다. 건더기가 큼직했다.

그는 왜 여기에다 뺨을 흘렸을까?

성범수는 자문해보았다. 뭔가 짚이는 게 있었는데, 그것 때문에

하— 하— 웃는다고 생각했지만 입 밖으로 나온 건 울음이었다.

집에 돌아와 책상 앞에 앉았다. 푸르스름한 뺨을 소재로 콩트를 한 편 지어보았다. 별다른 구상이 없었음에도 단숨에 완성되었다. 출력해 천천히 읽어보았다. 어색하고 낯설었다. 그간 한 번도 느껴본 적 없는 감정이 안에 담겨 있었다. 별로 좋은 이야기가 아니라 생각했고, 그래서 깨끗이 삭제하려 했으나, 아무리 애를 써도 삭제가 되지 않았다.

이유는 다음날 밝혀졌다. 콩트에 적힌 내용이 벌써 세상에 구현되어 있었던 것이다. 성범수가 생애 두번째로 마주친 에피파니였다. 첫번째는 부지불식간에 벌어진 일이라 받아들일 태도를 결정할 겨를이 없었다. 다슬기 외엔 그 개기일식이 성범수의 작품이라는 사실을 알아차린 이도 없었다. 그러나 이번에는 세련미가 조금 떨어지긴 하되 서사의 모든 단계에 걸쳐 어느 강직한 시대를 새로이 정의하려는 의도가 명확히 드러났으며, 쓰러진 거인들을 향한 애도의 정서 역시 단단하게 구현되어 있었다. 다시 말해 의도했고, 시도했고, 달성한 것이다. 심장이 어찌나 세게 뛰던지 왼쪽 갈비뼈 부근에 시퍼렇게 멍이 들어서는 달걀로 문질러도 지워지지 않았다.

불행히도 이 두번째 에피파니의 여운은 오래가지 못했다. 칠성장어가 떠나고 나서 일제히 다슬기풍으로 전향할 때, 그래서 이제는 개연성 따윈 무시해버려도 누구 하나 호통치는 이 없게 되었을

때, 성범수는 오히려 이야기를 짓는 데 곤란을 겪어야 했다. 성범수가 원한 건 그런 게 아니었다. 성범수가 원한 건 일상과 상식으로부터의 자유지 일상과 상식의 부재가 아니었다. 싸워볼 가치가 있는 적, 헌신할 가치가 있는 미덕에 대해 자유롭게 이야기하고 싶었건만 뭐든 좋을 대로 지껄여보라고 하자 그것들은 어디론가 증발해버리고 뿌리도 여백도 없이 얄팍한 삽화만이 어지럽게 범람했다.

그리고 며칠 뒤, 이번엔 다슬기마저 학교에서 종적을 감췄다. 긴 여행을 떠났다는 소문도 돌았고 자웅동체 외계인에게 납치되어 은하 유곽에서 봉춤을 춘다는 소문도 돌았다. 어느 날 귀갓길에 스르르 분해되어 십이지장만 달랑 남았다는 얘기도 있었다. 아무튼 칠성장어와 달리 다슬기는 매우 조용하게 퇴장했다.

그렇게 한 시대가 갔다. 더불어 이른바 스타일이라는 것 또한 증발해버렸다. 이제 사람들은 위태로운 해방감 속에서 저마다 자기가 쓰고 싶은 대로, 그것도 딱 그 시점에 끌리는 대로 휘갈겨댔다. 어떤 이야기는 제법 동의를 얻었고, 어떤 이야기는 무관심 속에서 폐기되었다. 양쪽 모두 일관된 공통분모가 없었다. 동의를 얻은 쪽은 독자생존이었고 폐기된 쪽은 개별사망이었다. 그런 일이 흔하게 일어났다.

그러는 동안 성범수는 이리저리 흔들리며 살았다. 따라갈 수도 없고 앞설 수도 없는 판국에 제자리에 서 있는 건 또 제일 끔찍했

다. 맥없이 이리저리 흔들렸다. 동료들이 바쁘게 어디론가 걸어갈 때 성범수는 여전히 자기 시대를 결정하지 못해 이리저리 흔들렸다. 짧은 이야기 하나를 쓰는 데도 무진장 힘이 들었다. 기껏 써놓고도 대부분은 마음에 들지 않아 엎어버렸다. 어떤 이야기를 원하는지, 정말로 쓰고 싶은 게 어떤 이야기인지조차 확신할 수 없었다. 그러니 무얼 할 수 있겠는가? 짧은 독백만 늘어놓으며 이리저리 흔들릴 뿐이었다. 아무리 예쁘게 봐줘도 눈빛이 딱 마약사범이었다.

하지만 그게 성범수의 윤리였다. 그게 성범수가 자존심을 지킨 방식이었다.

12

"어떻게, 그만둘 뜻은 전혀 없는가?"

친구가 준 전기밥솥으로 10년 가까이 밥을 지어 먹었다. 그 밥솥이 없었다면 성범수의 키는 지금보다 작았을 것이다. 지금도 절대 큰 키는 아니지만, 지금보다 더욱 작았을 것이다. 그게 고마워서 걱정해준 말이었다. 마침 비서도 뭔 일로 밖에 나간 참이라.

"먼저 자네 꼴 좀 보게" 하고 친구가 혀를 쯧쯧 찼다. "천하의 성범수가 방구석에서 단편소설이나 쓰고 있지 않은가. 나는 그게

참 걱정일세."

친구는 성범수 스스로가 전락했단 느낌을 갖도록 굳이 '천하의 성범수'라는 수사를 사용했다.

내가 어때서?

성범수는 생각했다. 단편소설이 얼마나 재밌고 유익한데.

하지만 과연 '천하의 성범수'는 효과가 있었다. 뭐 그렇게까지 부끄럽진 않다고 생각하면서도 얼굴이 슬슬 달아올랐다. 비슷한 처지에 있던 동료들이 꿈은 잠시 접어두고 급한 빨래 먼저 처리하고 담배를 끊고 생활쓰레기를 내다 버리고 구석구석 환기하고 동네 한 바퀴 돌아보고 짜장면도 좀 사먹고 다시 담배를 끊고 유행에 맞게 이발도 하고 남의 말도 듣고 화도 내고 저렴한 취미를 찾아내고 애인을 만들고 속도를 줄여 점잖게 걷는 법을 배우고 상심하고 또다시 담배를 끊고 빚을 갚고 그러다 계절이 바뀐 걸 알아차리는 동안 성범수는 여전히 선한 광기에 사로잡혀 까마득하게 멀리 떨어진 별만 멀뚱멀뚱 쳐다보고 있었다. 이게 바로 천하의 성범수가 방구석에서 단편소설이나 끼적이게 된 사연이었다. 한편 지능이 좀 떨어지는 친구는 무슨 「토끼와 거북이」 우화처럼 잽싸게 정신을 차려 띄어쓰기와 맞춤법을 수련하고 국어사전을 달달 외우고 유명 작가를 찾아가고 띄어쓰기와 맞춤법을 수련하고 유명 작가에게 제가 지은 이야기를 보여주고 게슈탈트 붕괴가 올 때까지 문장을 만지작거리고 띄어쓰기와 맞춤법을 수련하고 유명

작가에게 첨삭 지도를 받고 통닭도 두어 마리 사다 바치고 그 유명 작가가 심사하는 신춘문예에 응모하여 당선되고 결국엔 사연청에 취직했다.

친구는 취직 축하 자리에 성범수를 초대함으로써 우화의 뒷얘기를 이어보고자 했다. 그런 속셈이 빤히 보이니 가고 싶을 리가 있겠는가. 사소한 핑계라도 있었다면 절대로 가지 않았을 것이다. 하지만 핑계 댈 게 없었다. 당시 성범수의 일상은 너무나 투명해서 스케줄을 속이는 게 불가능했다.

축하 자리의 분위기는 예상대로였다. 고생스럽게 겸손을 떨던 친구는 술이 몇 잔 들어가자 슬슬 본색을 드러내어 거들먹거렸고, 나중에는 동료들에게 주제넘은 충고까지 늘어놓기 시작했다. 기분이 상한 동료들이 하나둘 성범수의 곁에 모여들어 이렇게 속삭였다.

너는 아직?

네가 먼저 될 줄 알았는데.

너도 곧 되겠지.

모두가 그렇게 속삭였다. 놀리는 게 아니었다. 누가 뭐래도 성범수는 재능 있고 성실한 학생이었다. 재능과 성실의 조합이라면 거기에 더 필요한 건 평균 이상의 수명 정도일까.

그런데 정작 성범수 자신은 그렇게 될 리 없다고 생각했다. 아무리 무병장수하더라도 신춘문예에 당선되어 사연청으로 직행하

는 일 따위는 벌어지지 않을 거라 생각했다. 의지의 문제건 실력의 문제건, 아무튼 절대로 그럴 리 없다고 생각했다. 그렇다고 섭섭하지도 않았다. 그냥 뭐든 시시한 기분이었다. 칠성장어와 다슬기가 떠난 후론 이야기를 만든다는 것도, 그렇게 소통을 하고 예술을 한다는 것도, 그렇게 세계의 일부가 된다는 것도 전부 시시해져버렸다. 그래서 술을 함부로 마셨고, 나중에는 완전히 취하여 친구를 향해 냅다 소리질렀던 것이다.

내가 너보다 잘 써 이 개자식아.

맙소사, 정말 믿을 수 없을 만큼 멍청하고 유치한 소리였다. 이러니 술을 몽땅 바다에 부어버려야 한다는 얘기가 나오는 것이다. 잘못은 다 술이 하는 거니까.

그날 이후 당시의 목격자와 마주칠 때마다 성범수는 창피한 나머지 무기화합물로 변장하곤 했다. 그런데 돌이켜보면 되게 이상한 일이다. 완전히 취해서 그런 소동을 벌였던 것인데, 또 한편으로는 긴 세월이 지난 지금까지도 그날 그 시공간의 모든 면면을 생생히 기억하고 있지 않은가. 그날의 오그라든 마음과 시시한 위악과 울렁거리는 수치 모두를 또렷이 떠올리고 있지 않은가.

그렇다면 그 말은 나의 진심이었나?

생각날 때마다 쓸쓸했다. 성범수는 보면 볼수록 성범수가 거지 같았다.

스스로에 대한 지긋지긋한 이물감은 불꽃같던 20대가 지나고,

그리고 30대도 저물어갈 무렵이 되어서야 만성질환처럼 슬그머니 수긍되기 시작했다. 계기랄 건 딱히 없었다. 그저 어느 날 침울한 하늘을 바라보다가 문득 태양과 달이 선사했던 그 우주적 경이가 떠올랐고, 그러고 보니 하나의 거대한 것이 다른 하나의 거대한 것과 겹쳐지는 풍경에는 관점의 동등함에 대한 은유 이상의 어떤 말랑말랑한 정서가 담겼을지도 모른단 생각이 들었던 것이다. 그것은 아마도 미래에 대한 불가항력적인 긴장, 저보다 월등한 지성에 대한 두려움 같은 것일 수 있다. 또 아마도 그것은 완전히 똑같은 형태, 똑같은 질량을 가진 자기애와 자기혐오일 수도 있다. 아마도 어쩌면 그것은 또한 20대 특유의 막연한 불안일 수도 있다. 이것일 수도 있고, 저것일 수도 있다.

모두 그 풍경 속에 담겨 있었다.

결국 세상의 무엇도 쓸모없이 흘러가는 건 아닌 모양이다. 이제 먼길을 돌아 마침내 그날의 '개자식' 앞에까지 온 성범수는 아주 어렵게 만든 몇 줄의 문장을 자기 염통에서 술렁술렁 뽑아 차례로 늘어놓을 수 있게 되었다. 흥미로운 것, 그럴듯한 것, 의미심장한 것—이것이 쿠데타 세력의 앞잡이 노릇에 한창 바쁜 친구를 배경처럼 앉혀두고서 성범수가 깨달은 순서였다.

삶이란 흥미롭고, 그럴듯하며, 종국엔 의미심장한 것이라고.

"그나저나 UN에서는 어떻게 나올 것 같은가?"

"글쎄, 국내는 대충 정리가 되었으니 이제 차근차근 준비해서

대응해야겠지. 뭐라 할 여지가 있겠나? 이건 우리 내부의 이야기 아닌가."

친구가 말했다.

성범수는 그런가, 하고 말꼬리를 흐렸다.

자리에서 일어났다. 이젠 뭐, 더 있을 필요가 없단 생각이 들었다. 아까만 해도 사람을 셋씩이나 잡아간 주제에 대충 정리가 되었다고? 사태는 벌써 일으켜놓고서 차근차근 준비해 대응하겠다고? 더 들을 필요도 더 궁금한 것도 없었다.

출입문 앞에서 친구를 향해 몸을 돌렸다. 음절 하나하나에 힘을 주어 말했다.

"이 쿠데타, 실패할 걸세."

"응? 왜, 왜 그리 생각하나?"

"왜가 아니라 어떻게 아느냐고 물어봐야지."

성범수가 말을 이었다.

"역전승을 이끌어낸 방식이 영 조잡하고 엉성하다네. 얼개도 복선도 없이 마구잡이로 흘러가다가 난데없이 훈훈한 결말을 내놓고는, 심지어 뭐가 잘못되었는지도 전혀 모르잖는가. 야구를 가지고 고작 그딴 이야기나 내놓을 정도라면 군사나 외교 쪽 사정은 안 봐도 빤할 테지. 애초에 내부의 규율이나 기강 같은 것부터가 퍽 엉망일 게 틀림없다네. 바로 그 때문에 뭘 원하는지, 또 왜 나섰는지 밝히지 못하는 거 아니겠는가. 그래, 되는대로 지어보게

나. 머지않아 이야기 전체가 폭삭 주저앉게 될 걸세. 돌아가는 꼴을 보면 그렇게 진행되는 게 제일 자연스럽다네. 같이 공부했으니 자네도 잘 알잖는가. 우린 같은 스승들한테 배웠잖나. 당장 내가 여기 찾아온 것 자체가 복선이라네. 이 쿠데타는 실패작일세."

"이거 참, 뭐 좋을 대로 생각하게나."

친구가 빙충맞게 웃었다. **다음에 찾아오면 만나주지 말아야지**라고 이마에 적혀 있었다. **핵심인물인 줄 알았는데 내가 제기랄 이름도 없어 왜**라고도 그 아래 적혀 있었다. 모두 궁서체로 적혀 있었다.

13

성범수는 조생귤로 보은한 전기밥솥의 나날을 남기고 친구 사무실을 떠났다. 시린 마음이라 한다면 필경 이런 마음을 일컫는 것이리라. 사연청 입구의 머릿돌 앞에 가만히 섰다. 머릿돌은 저 옛날 건국의 아버지들이 사연청을 처음 일으켜세울 때 놓아둔 모습 그대로 거기 있었다.

먹먹한 백지인 채로.

마음속의 뜨거운 것을 더듬으며 잠시 망설였다. 하지만 언제까지나 그러고 있을 순 없었다. 헛기침을 한 뒤, 옷매무새를 가다듬

고는, 한 무리의 시끄러운 사람들이 지나간 큰길 방향으로 몸을 틀었다.

그렇지 않다. 친구는 거짓말을 했다. 칠성장어를 쫓아낸 건 다슬기가 아니었다. 꿈틀거리는 인분 이야기 따위로 칠성장어를 모함한 건 전혀 다른 이들이었다.

비리로 얼룩진 학교 재단 이사장이 눈에 거슬리는 교수들을 마구 해고할 때, 학생이건 선생이건 너나없이 당황하여 숨을 죽이고 있던 바로 그때, 고고하게 일어나 이사장의 서슬 퍼런 궤변을 논박하던 칠성장어의 협기를 잊어버린 이는 아무도 없었다. 당시 칠성장어가 지어낸 이야기는 다소 고루했을지언정 촘촘한 개연성의 극한을 보여주었기 때문에 학내에 퍼진 저 비이성적인 공포와 맞서는 데 모자람이 없었다. 형세가 불리해졌음을 깨달은 이사장은 아프리카로 망명했고, 체체파리가 옮긴 풍토병에 걸려 임파선을 박박 긁다 죽었다. 그러나 싸움이 완전히 끝난 건 아니었다. 대대적인 반격에 나선 이사장의 후예들은 보란듯이 칠성장어를 핍박했고, 추잡한 소문을 퍼뜨렸으며, 그걸 빌미로 학교에서 내쫓았고, 마지막에는 광우병에 걸린 소고기를 먹였다. 칠성장어의 변고를 전해 들은 다슬기가 땅바닥에 엎드려 통곡하다가 한쪽 뺨을 분실했다는 건 모두가 아는 사실이다. 그 이야기는 성범수가 교정에서 주운 푸르스름한 뺨을 인용해 콩트로 지어낸 그날부터 세상 전부가, 심지어는 저승에 있는 칠성장어 본인까지 깔끔하게 받아들

인 사실이다. 이제 와 그 사실을 부정하는 건 불가능하다.

그러니 친구는 쓸데없는 거짓말을 한 셈이다.

이야기가 있고, 거짓말이 있다. 사물이 머물러야 할 최선의 자리를 돌려주는 이야기가 있고, 영 쓸데없는 거짓말이 있다. 칠성 장어는 사물에게 친숙하고 공명정당한 자리를 배정했다. 다슬기는 사물에게 낯설고 신비로운 자리를 안내했다. 친구는 쓸데없는 거짓말을 했다. 어젯밤에도 했다. 지금도 하는 중이다.

그렇다면 나는 어떤가.

머릿속으로 그림자가 하나 지나갔다. 달의 그늘처럼 거대한 그림자였다. 그렇다면 나는, 하고 자문했다.

나는 어찌할 것인가.

굳이 대답할 필요 없었다. 어느 시점에 다다랐음을 성범수 스스로 벌써 느끼고 있었다. 오랫동안 생각해왔다. 때가 되면 다다를지 모른다고, 언젠가는 아마 다다를 거라고 생각해왔다. 그런 생각으로 하루하루 버텨왔다. 하지만 정말 도착해서, 이미 도착해버린 것이어서 어리둥절하기도 하고 두근거리기도 했다.

오래 머뭇거릴 여유가 없었다. 조심스럽게 주위를 살폈다. 얕잡아볼 일이 아니다. 그냥 지나쳐도 될 정류장 부근에서 뜬금없이 묘사가 폭발하고, 대화체는 등단 18년차 소설가의 어깨 근육만큼 경직되어 있다. 무엇보다도 이 진부한 갈등구조를 어찌할 것인가. 몇몇 페이지는 현실과 너무 동떨어져서 차라리 통째로 쳐내는 게

나을 판이다. 그렇다고 왕창 걷어냈다가는 맥락이 무너진다.

한숨을 쉬었다.

너무 오랜만이라 요령을 기억해낸 것만도 기적이었다. 두 손을 앞으로 가지런히 뻗었다. 손가락을 움직여 신중히 지우고 조심스럽게 채웠다. 시작이 괜찮았다. 다시 신중히 지우고 조심스럽게 채웠다. 내가 잘하고 있는 걸까. 이게 맞는 걸까. 그래, 나쁘지 않은 듯하다. 그들은 어떻게 했더라. 칠성장어라면 과감히 지우고 당당하게 채웠을 것이다. 다슬기라면 엉뚱하게 지우고 제멋대로 채웠을 것이다. 성범수 자신은 또 다르다. 신중히 지우고 조심스럽게 채운다. 그게 성범수의 방식이다. 매 순간 원칙을 지키는 게 무엇보다 중요하다. 이름도 없는 친구의 사무실에서 방금 전에 정립한 그 원칙은 세 단계로 구성되어 있다. 우선 봐줄 만큼 흥미로워야 한다. 다음으로는 앞뒤가 그럴듯해야 한다. 마지막으로는 우리의 본성에 관해 의미심장해야 한다.

말처럼 쉬운 일이 아니다. 기껏 고생해놓고 욕이나 먹기 십상이다. 도저히 수지가 맞는 작업이라 할 순 없는 것이다. 군인들의 군복을 벗기고 탱크를 버스로 바꾸었다. 유서 깊은 골목을 내고 나무간판을 단 모퉁이 식당을 열고 여대생에게 따귀 맞는 백발 노인, 눈물이 그렁그렁 맺힌 눈으로 시계를 보는 새파란 총각을 세워두고 보도에는 자글자글한 백색소음을 깔았다. 그렇게 쿠데타에 맞서 큰길까지 100여 미터를 전개하는 데만 30분 넘게 걸렸다.

지우고 채워야 할 문장이 산더미다. 이 와중에 배는 고프고 날은 벌써 저무는 중이다.

그래서 후회하느냐고?

흐음.

아내는 당연히 후회할 것이다. 검고 긴 머리카락이니 뭐니 입에 발린 말에 크게 속아 만나주었으니까, 우거지상이긴 해도 언젠가는 훌쩍 날아오를 거라 믿어 꾹 참고 기다려줬으니까. 그런데 어머 뭐야 이게, 누룽지처럼 세상 밑바닥에 눌어붙어서는, 사연청이니 다슬기니 순 이상한 소리나 해대고.

하지만 성범수는 후회하지 않는다.

멀리 돌아 마침내 여기까지 왔다.

종희는 35.4℃의 체온으로 태어났다. 운이 좋지 않았다. 어떻게 해도 예뻐질 수 없는 두상을 가졌고 간헐적 천식을 앓아 날렵하지 못했다. 다섯 살 때 아버지가 거리에서 얻어맞는 장면을 보았다. 어린 시절을 통틀어 그 하나만 기억에 남았다.

　권태는 느리지만 뚜벅뚜벅 다가온다. 대학에 입학하던 해 어머니가 죽었다. 두통이 있다고 하소연하더니 자던 중 뇌출혈을 일으켰다. 장례식장에 비치된 상복이 몸에 맞았다. 따질 것 없이 삼일장이었다. 유족들은 흔해빠진 넋두리를 하며 울었고, 문상객들은 평균적인 조의금을 냈다. 다들 묻히는 시 외곽 공동묘지가 장지였다. 장례가 끝나고 며칠 뒤 학과의 땅딸막한 남자 선배 한 명이 위로주를 사주었다. 술에서 깨어났을 땐 후텁지근한 모텔 침대 위였

다. 아무리 찾아도 속옷이 보이지 않는 게, 그놈이 전리품으로 챙겨간 모양이었다. 바지를 주섬주섬 입고는 침대 가장자리에 걸터앉았다. 도망치듯 사라진 선배와 아랫도리의 이물감과 더럽고 꿉꿉한 이불 따위를 배경으로 두고서 자신의 태생을 짚어보았다. 이제껏 벌어진 일들을 꼽아보고, 또 앞으로 벌어질 일들을 가늠해보았다. 빤했다. 너무 빤했다. 뜨겁게 두근거릴 단 하나의 예외도 없이 전형적이었다. 모텔을 나와 집으로 향했지만 어디든 별반 다르지 않을 것 같았다.

그렇게 봄이, 여름이, 가을이, 그리고 겨울이 쌩쌩 지나가도 종희의 마음은 전형 위에 납작하니 엎드려 있었다. 하루는 대학교 앞 교차로에서 종이 냅킨을 산더미처럼 싣고 가던 화물용 자전거가 옆으로 넘어지는 걸 보았다. 냅킨이 바람에 이리저리 날아갔다. 곁에 있던 누군가가 그 꼴을 가리키며 깔깔 웃었다. 또 누군가는 발을 동동 굴렀다. 가까이 있던 몇몇 대학생들이 도와주기 위해 달려갔다. 그리고 종희는 저 멀리서부터 질주해오는 대형 트럭을 보았다. 손에 힘을 꽉 주고서 트럭과, 트럭의 진행 방향과, 트럭의 진행 방향에 놓인 꽃다운 젊음들을 노려보았다. 찢어지는 굉음과 함께 피할 틈도 없이 팔다리가 끊어져 날아가고 세로로 쪼개진 몸뚱이에선 시뻘건 피와 내장이 쏟아지고 입을 짝 벌린 그대로 잘려버린 머리가 럭비공처럼 삐뚤삐뚤 굴러서 종희의 발치로, 오지 않았다. 트럭은 냅킨이 벚꽃마냥 휘날리는 가운데 얌전히 정차

했다. 아무도 다치지 않았다. 아무 일 없었다. 전날과 똑같았다.

영어 점수를 밑천 삼아 작은 무역회사에 취직했다. 동료들과 클럽에 갔다가 나미의 빙글빙글 춤을 추는 남자를 만났다. 외모도 성격도 학벌도 재산도 야망도 고만고만한 남자였다. 반 년가량 연애했으며, 이듬해 결혼 날짜를 잡았다. 터무니없이 완고한 전형이었다. 꽤 높은 확률로 자신의 죽음마저 맞힐 수 있을 것 같았다. 무슨 암 같은 거에 걸려서 죽어가겠지. 당연히 그렇게 되겠지. 그럼 지금은 도대체 왜 사는 거야? 모텔의 한쪽 벽에는 대형 거울이 달려 있어 제 몸 위에서 낑낑 용을 쓰는 약혼자가 보였다. 누가 나를 이 세상에 던져놨을까. 돌이켜보면 체온도 제대로 못 맞추는 병신 심장에서 뭔가 피어올랐던 건 딱 한 번, 아버지가 대로에서 따귀를 맞았을 때뿐이었다. 정확히 말하자면 고개가 휙 돌아간 아버지의 눈과 종희 자신의 눈이 쨍하게 서로 마주쳤을 때였다. 결혼식이 끝나자 하객들이 훈련받은 물개처럼 박수를 쳤다.

느리지만 권태는 뚜벅뚜벅 다가온다. 어릴 땐 그럭저럭 봐줄 만하더니 세 살이 되면서부터 하는 짓마다 진상이었다. 아이란 원래 그런 거라고 주변 사람들이 말했다. 그러자 종희는 서른 중반에 생의 전부를 알아버린 느낌이었다. 모두 마음에 들지 않았지만 그렇다고 딱히 원하는 게 있는 것도 아니었다. 원해봤자 가질 수 없다는 사실 또한 잘 알고 있었다. 그러고 보면 남에게 꿈을 품으라고 말하는 건 아주 무책임한 짓이었다. 남편이 폭행죄로 유치장

에 갇혔다기에 의아해했는데, 알고 보니 제가 두들겨맞고는 도리어 덤터기를 쓴 것이었다. 역시 그런 것이었다. 합의하려면 100만원이 필요하단다. 남편이 너무 심하게 울먹이며 말하는 바람에 몇번이고 되물어야 했다.

종희에게는 마침 그만한 돈이 있었다. 아직 처녀이던 시절, 이상한 환상에 홀려 시작한 적금이었다. 은행에 가서 확인해보니 180만원가량 들어 있었다. 생각보다 큰 돈이기도 하고, 터무니없이 적은 돈이기도 했다. 왠지 너덜너덜해진 기분이 들어 전부 현금으로 인출했다. 봉투가 묵직했다. 뭔가 할 수 있을 것 같기도 하고, 아닐 것 같기도 했다. 딱 애매한 정도로 묵직했다. 집에 돌아와 급히 밥상을 차렸다. 아이는 먹지 않았다. 유치장에서 울먹이던 남편이 맘에 걸려 아이를 재촉했다.

알아서 먹을게.

뭐라고?

알아서 한다고.

정말 알아서 할 거야?

응.

정말이지?

아이가 귀찮다는 듯 고개를 끄덕였다.

그래, 좋아.

종희는 LA에서 그레이하운드 버스를 타고 세도나로 이동했다.

촌스럽게 보이고 싶지 않아 짧은 치마를 입었는데, 막상 미국에
와서 보니 그게 제일 촌스러웠다. 세도나의 대성당 바위를 보러
가는 길에 '제니'라는 날렵하게 생긴 혼혈 인디언을, 제니와 함께
종바위를 보러 갔다가 또 '제니'라는 거구의 멕시컨을 만나 의기
투합했다. 인디언 제니건 멕시컨 제니건 둘 다 막장 인생이었지만
쓸모가 많았다. 인디언 제니는 수단이 좋았고 멕시컨 제니는 힘
이 좋았다. 인디언 제니가 눈먼 돈을 물어오면 전부 맥주와 육포
로 바꿔서 멕시컨 제니의 배낭에 담았다. 발 닿는 대로 이리저리
떠돌다 경치가 근사한 곳에 주저앉아 판을 벌였다. 당장 재미있는
게 최고였다. 하루가 다르게 입이 거칠어지고 행동도 무모해졌다.
종희는 몸이 뜨거워지는 느낌을 받았다. 미국은 과연 친구의 나라
였다.

　일행은 세도나에서 라스베이거스로 갔다가 베이커즈필드에 들
러 일주일쯤 구걸을 한 뒤 LA로 돌아왔다. 귀국하기 전날 밤에 독
한 데킬라를 두 병 사들고 UCLA 캠퍼스의 식물원 뒤편으로 갔다.
밤의 숲엔 아무도 없었다. 멕시컨 제니가 주워온 나뭇가지에 인디
언 제니가 화대로 얻어온 휘발유를 부어 모닥불을 지폈다. 종희의
눈에는 휘발유도 나뭇가지도 부족해 보였다. 그 정도로는 무엇도
못할 것 같았다. 글쎄, 하고 두 제니가 서로를 보며 어깨를 으쓱했
다. 대체 얼마나 태우려고?

　초장부터 다들 만취했다. 말이 적은 자리였다. 종희는 아쉬웠다.

이제 다 끝이다. 앞으론 영원히 이럴 일이 없을 것이다. 살아오며 이만큼 아쉬워본 적이 없었다. 뭔가를 아쉬워해본 일 자체가 없었다. 달랑 이 하나다. 이 하나 말고는 없다. 한쪽 끝에 불이 붙은 나뭇가지를 집어들었다. 휘휘 흔들다가 어둠을 향해 멀리 던졌다. 불은 허공에서 꺼졌고, 노랑도 빨강도 아닌 불씨가 아득한 궤적을 그리며 덤불 뒤편으로 날아갔다. 미친년, 하고 인디언 제니가 욕하자 멕시컨 제니가 낄낄거렸다. 미국은 과연 친구의 나라였다.

그런 시간이었다.

자, 파티는 끝났어. 종희가 두 제니를 흔들어 깨웠다. 술과 잠에 푹 절어 있던 둘은 쉽게 정신을 차리지 못해 허우적거렸다. 아침이 밝아오기 직전이었다. 비밀스런 탄내를 풍기며 종희가 말을 이었다. 끝났어. 그러니 이제 너희들의 진짜 세상으로 돌아가. 멀리멀리 돌아가. 다시는 만나지 말자. 사랑해. 죽도록 사랑해, 이년들아.

걱정한 건 아니지만, 실제로 별일 없었다. 남편은 100만원이 없어도 감옥에 갇히지 않고 잘 살아 있었다. 아이도 굶어 죽지 않고 잘 살아 있었다. 같은 자리에서 멍청한 표정으로 종희만 기다리고 있었다. 지난 한 달 동안에 바뀐 건 날짜뿐이었다. 저녁상을 차리고는 남편과 아이를 불렀다. 남편은 밥그릇을 비웠고 아이는 조금 남겼다. 그러자 삶에 더이상 궁금한 건 없는 기분이었다.

느리지만 뚜벅뚜벅 권태는 다가온다. 귀국한 지 3주가 지났다. 실은 열 달이 지났어도 별반 다르지 않았을 것이다. 몸살기가 느

껴져 종일 누워 있었다. 저녁상을 차릴 시간이 되었다. 저녁상 차리는 일은 종희의 삶에서 아주 중요한 임무였다. 그렇다고 딱히 싫다거나 그런 건 아니었다. 싫다면 35.4℃의 체온으로 태어났을 때 바로 얘기했어야 했다. 그때 말을 하지 못했기 때문에 체념하고 적응하는 것 외엔 달리 방법이 없었다.

일어났다. 텔레비전을 켜고 부엌으로 갔다. 쌀을 꺼내 씻었다. 쌀을 씻다가, 그러다가, 텔레비전 앞으로 돌아왔다. 아나운서의 말에 귀를 기울였다. 잠시 후 종희는 창가로 걸어갔다. 바깥 풍경을 보았다. 이상한 일이었다. 그런데 뭐가 이상하지? 창턱을 짚은 손에 힘이 들어갔다. 가슴이 무섭게 두근거렸다. 무언가가 밖으로 뛰쳐나오기 위해 가슴벽을 힘껏 두드리는 것 같았다. 기묘한 통증이 피어올랐다. 뒤쪽에서 아나운서가 고조된 목소리로 떠들어댔다. 그녀는 '재앙'이라고 말했다. 그 말을 앵무새처럼 반복했다.

미국이 불타고 있었다.

LA 서쪽에서 발생한 화재는 아열대고기압의 건조한 기후를 등에 업고 다운타운 전역으로 옮겨붙었다. 그러다 보름이 지나면서 방사형으로 내달리기 시작해 서로는 삼림이 우거진 토팡가 주립공원을 초토화시켰고 북으로는 패서디나를 거쳐 앤젤레스 국유림을 집어삼켰으며 남으로는 가든그로브까지 남하했다. 13만 가구 44만 명에게 긴급 대피령이 내려졌으나 첫 일주일 동안에만 6000명 이

상의 시민과 관광객과 불법체류자가 사망했다. 여기에는 소방 당국의 거듭된 오판도 한몫했다. 특히 1차 대피처로 지정되었던 샌타모니카에서의 300명, 4차 대피처로 지정되었던 롱비치에서의 1000명에 달하는 집단 사망은 느릿느릿하고 낙천적이기만 하던 서부 해안 미국인들에게 큰 충격을 주었다. 검은 연기와 인육 타는 냄새가 바람을 타고 남동쪽으로 20km 떨어진 헌팅턴비치까지 날아갔다. 연방의 지원과 재난지역 선포가 늦어진 점도 재난관리 체계에 대한 시민들의 불신을 부채질했다. 사람들은 마음속의 공포와 무능한 캘리포니아 주정부에 대한 조롱을 함께 담아 화재에 여러 별명을 붙였다. 이를테면 어떤 젊은이들은 'Martian화성인'이라 불렀고 해안가의 주민들은 'Shark상어'라 불렀으며 산악지대의 주민들은 'Red Fox붉여우'라 불렀고 멀리 동부 끄트머리에 사는 학식 높은 신사들은 'Aim불장난의 악마'이라 불렀다. 그중에서 오컬트적 존재에 불과한 '아임'이 끝까지 남은 이유는 단 하나, 그 별명을 사용하던 동부 신사들의 입이 나머지 사람들의 그것보다 늦게 구워졌기 때문이다.

10월 말이 되자 싸늘한 비가 내리기 시작했지만 아임은 마른풀이 쌓인 유휴지와 크고 작은 공원들을 훑으며 더욱 몸집을 불려갔다. 이웃한 애리조나와 멀리 유타의 소방대까지 동원되었다. 주지사의 대규모 소개령에도 불구하고 행정 당국에 단단히 화가 난 주민들은 제집에 앉아 불에 타 죽는 편을 택했다. 일반적인 규모의

2층 가옥 한 채가 전소하는 데에는 5분이 걸리지 않았다. 한 블록에 다닥다닥 붙은 약 스무 채의 가옥도 30분이면 족했다. 12월 말에 집계된 화재 사망자는 외국인을 포함해 3만 명이 넘었다. 누적 피해액은 태평양으로 뻗은 모든 케이블이 끊어지고 제반 통신설비가 붕괴된 10월 이후로 산출이 불가능해진 상태였다. 집계와 통계와 예측 등 온갖 이름을 단 보도가 쏟아져나왔다. 어떤 것은 사실이었고 어떤 것은 과장이었으나 대부분은 정부를 비방할 목적으로 날조된 터무니없는 헛소문이었다.

이듬해 4월에 아임은 앤젤레스 국유림 북단 팜데일 부근에서 북진을 멈추고 남쪽 샌디에이고 방면으로 세력을 규합했다. 코로나 남부의 풍부한 삼림을 태우며 화력을 비축하더니 4월 13일 새벽, 리버사이드 카운티 경계에서부터 파죽지세로 남진을 개시했다. 불길의 위력은 고스란히 속도에 반영되어 팔로마산을 거쳐 70km 떨어진 클리블랜드 국유림까지 도달하는 데 불과 12시간이 소요되었다. 일 년 가까이 허둥거리며 진화장비를 흘리고 달아나기만 하던 소방 당국이 이번에는 정신을 좀 차려서 샌디에이고로부터 북쪽으로 45km 떨어진 에스콘디도에 병력을 집결시켰다. 180대의 소방차와 1200명의 소방관이 동원되어 삼중 방어선을 구축했다. 미식축구 개막전처럼 지휘관들의 인적사항이나 주요 전적을 방송에 내보내며 언론플레이를 벌이더니, 화재의 진행 속도와 위세에 눌려 물대포 몇 번 쏘지 못하고 궤멸되었다. 부랴부랴 남쪽

으로 20km 도망간 뒤 미라마 호수를 낀 미라메사에서 유리한 지형을 이용해 다시 한번 붙어보기로 작전을 짰는데, 새로이 호출된 60대의 소방차 중 절반이 집결지에 도달하기도 전에 고열로 훼손되는 바람에 계획 자체가 없던 일이 되었다. 연속된 두 번의 전략적 실패로 미합중국은 5만의 인구와 700km²의 영토를 잃었다. 이 부근에서 아임이 남하하는 속도는 8km/h에 이르러, 라호이아를 통째로 집어삼킨 불기둥이 샌디에이고 중심부 발보아 공원에 도달하기까지 2시간도 걸리지 않았다.

26대의 소방차와 50대의 군용 특수차량, 소방관과 경찰 병력과 민병대원과 주정부군으로 이루어진 400명의 출라비스타 수비대는 사우스베이 프리웨이와 제이컴데케마 프리웨이가 교차하는 지점에 길게 늘어서서 그야말로 '돌과 막대기'의 결전을 준비했다. 스위트워터 수로를 넘지 못해 동쪽으로 돌아 남진하려던 아임이 수비대와 맞닥뜨린 것은 오후 1시였다. 땅과 하늘의 중계 카메라 덕분에 미국을 포함한 세계 각국의 시청자들은 현장에서 벌어지는 참상을 실시간으로 지켜볼 수 있었다. 수비대는 이번 역시 제대로 저항할 기회를 잡지 못했다. 불이 아직 수백 m 앞에 있는데도 그들의 몸뚱이는 대성당의 장식용 촛불처럼 일제히 불타올랐다. 방화복을 입은 일부는 불타는 대신 몇 번 꿈틀거리다가 연기로 증발했다. 400명 중에서 일찌감치 꽁무니를 뺀 20명을 제외한 나머지 전부가 그렇게 학살당했다. 하지만 결과적으로 보아 마냥 손해만

은 아니었다. 수비대와 그들의 장비를 태우느라 아임의 손발이 출라비스타에 묶여 있는 동안 맷집 좋기로 소문난 멕시코 지원군이 안전하게 북상했고, 그들과의 합동작전을 통해 실개천에 가까운 오테이강에서 결국 아임의 남진을 저지할 수 있었던 것이다.

"부에나비스타 공원이 활활 타오를 때 그분께서는 S12번 도로 위에 있었답니다. 왜일까요? 매클렐런–팔로마 공항에 가는 길이었거든요." 지역 방송국 앵커가 이렇게 비아냥거렸다. "앞으로 세금은 멕시코에 내야겠어요." 종희는 체면도 잃고 도망치던 에스콘디도 시장의 공포를, 탈출 도중 넘어져 아스팔트 바닥에 납작 들러붙을 만큼 짓밟힌 백인 꼬마의 등짝을, 때로는 방사형으로 또때로는 지향형으로 번지는 아메리카 서해안의 불길을 떠올려보았다. 심장에서 먹먹한 통증이 피어올랐다.

불이 휩쓸고 간 자리엔 고철과 돌덩어리만 남았다. 불길이 잦아든 폐허의 안쪽 귀퉁이에서 드물게 생존자가 후송되기도 했지만 사흘을 넘긴 이는 없었다. 그들은 시커멓게 탄 얼굴로 애타게 물을 찾았고, 대부분 물을 마신 직후 숨을 거뒀다. 프루트데일 방공호의 수백 구 시체 더미 속에서 발견된 여섯 살짜리 여자아이 조앤은 물 대신 아버지를 찾았으나 만나지 못했다. 발견될 당시 그녀를 거적처럼 덮고 있던 게 바로 아버지의 시체였다. 조앤은 이틀 후 눈을 뜬 채로 죽었다. 사연이 전파를 타고 방영되었다. 온통 검댕이 묻고 피부가 녹아내렸어도 그 아이가, 그 젊음이, 그 생명

이 눈이 부실 만큼 아름다웠다고 생각한 건 종희만이 아니었다.

남진의 기세를 한번 저지한 뒤로 방어선은 점점 견고해졌다. 어느 정도 안전이 확보되면서 미합중국 전역에서 모여든 의용소방대 그리고 세계 각국에서 날아온 자원소방대가 오테이강 남단의 방어선에 대규모 진지를 구축했다. 그곳을 거점으로 전방의 인명을 구조하고 남아 있는 불씨를 없애는 등 복구 작업을 시작하기 위함이었다. 그러나 보름이 지나도록 방어선 너머 폐허의 땅에 발을 붙일 수가 없었다. 아임이 일단 한번 훑은 자리는 가장 시원한 곳도 600℃가 넘었다. 워낙 광범위한 지역이 달궈진 터라 온도가 쉬이 내려가지 않는 것이었다. 더이상 연소될 만한 것이 하나도 없어 보이는 텅 빈 자갈밭에서마저 산발적으로 불길이 솟아올랐는데, 그 중심부의 순간 최고 온도는 1200℃에 이를 정도였다.

이처럼 숫자로 드러난 위험을 무시하고 태평양을 통해 솔라나 비치로 진입했던 이탈리아 국적의 자원소방대는 상륙 직후 통신이 끊겼다. 위성사진 판독에 따르면 9인 1팀, 총 4개 팀으로 구성된 자원소방대 36명 전원은 해변으로부터 고작 두 블록 떨어진 101번 하이웨이에서 한꺼번에 20m 높이의 불기둥이 되었다. 세련된 방화복과 최신 장비로 무장한 이탈리아 소방대가 불쏘시개처럼 몰살당한 이후로 아임이 휩쓸고 간 지역으로 들어갈 땐 미합중국 정부의 허가를 얻어야 했다. 절차에 따라 공식적으로 허가를 요청해도 온갖 비합리적인 이유를 대며 시간 끌기만 할 뿐 좀처럼

들여보내주지 않았다.

한편 주정부의 소방 자원이 캘리포니아 남단에 묶여 있는 동안 서부 해안의 불길은 빠르게 위세를 회복해갔다. 그리고 새로운 먹거리가 있는 동쪽과 북서쪽으로 눈길을 돌렸다. LA 북쪽의 앤젤레스 국유림과 랭커스터 공략 이후 연방수비대의 맹렬한 저항에 부딪힌 아임은 서쪽으로 크게 우회해 코스트 산맥에 옮겨붙었고, 삼림과 소도시의 잔해들을 태우고 또 태우며 반년에 걸쳐 북진했다.

그렇게 세력이 조금 약화된 상태로 11월의 첫 일요일, 아임은 베이커즈필드 남단 베어마운틴 대로에 도달했다. 수확이 끝난 광활한 밀밭 너머에는 중무장한 정규소방대와 의용소방대, 캘리포니아주 방위군, 지역예비군 등 총 2만 명 규모의 베이커즈필드 수비대가 결연한 표정으로 기다리고 있었다. 소방감 계급장을 단 젊은 사령관과 그 작전참모들은 캘리포니아 남부를 휩쓸고 올라온 이 불이 생명체와 매우 흡사한 방식으로 이동한다는 데 주목해 심장, 즉 최고 온도를 지닌 중심부를 중점 맹타격하기로 했다. 밀밭에 널린 지푸라기 따위를 주워먹느라 아임이 약간 방심한 사이, 베이커즈필드 수비대는 불길의 중심부에 30t에 달하는 소이탄을 쏟아부었다. 처음에는 불에 기름을 부은 듯 광대한 불기둥이 솟아올랐지만, 짧은 시간 동안 주변의 가연성 물질을 모두 소진해버리고 나자 기세가 급격히 사그라졌다. 그 틈을 놓치지 않고 이번에는 9t에 달하는 MOAB_{공중폭발 초대형폭탄}를 투하해 중심부 반경 600m를

평평하게 다져버렸다. 세력이 빠르게 약화된 것을 눈으로 확인한 사령관은 즉각 방위군을 뒤로 빼고 소방대와 예비군을 투입했다. 소방대에게는 수십 조각으로 찢긴 아임의 뒤처리가, 예비군에게는 허리 높이 이하로 번지는 잔불 처리가 맡겨졌다.

모든 게 계획대로 진행되는 것처럼 보였다. 하지만 머지않아 작전의 허점이 드러났다. 불은 본디 주변의 공기를 빨아들여 태우는 성질을 갖고 있다. 이는 곧, 불끼리는 서로 달라붙으며 작은 불은 머지않아 큰 불에 흡수된다는 뜻이다. 중심 불기둥을 파쇄하고 잔불 처리를 시작한 지 10분도 되지 않아 아임은 원래의 규모를 회복했다.

사령관은 할 수 없이 3km 북쪽에 위치한 호턴 로드로 부대를 후방 배치했다. 재빨리 전열을 정비한 뒤 작전을 재실행했다. 소이탄이 쏟아지고, MOAB가 작은 버섯구름을 일으키며 불기둥을 잘게 쪼갰다. 이어 곧바로 땀에 찌든 소방대와 예비군이 투입되어 잔불 처리를 시작했다. 하지만 이번 역시 10분도 안 되어 원래대로 돌아갔다. 쪼개진 큰 불들, 그리고 허리 이하의 작은 불들은 소방대와 예비군이 다가오기 전에 큰 불에 흡수되어 몸집을 불렸다.

부대는 결국 베이커즈필드 도심의 턱밑인 태프트 하이웨이까지 밀려났다. 사령관은 굴욕감에 붉게 달아오른 얼굴로 마지막 공격을 지시했다. 소이탄 투하, MOAB 투하, 그리고 신속한 잔불 처리가 이어졌다. 학습능력이라도 있는 건지 불의 조각들이 합쳐지는

속도가 전보다 훨씬 빨라졌다. 처리를 위해 달려간 소방대와 예비군을 집어삼키기까지 했다. 이미 도심 여기저기에서 불길이 솟아오르는 중이었다. 작전은 실패했다. 일제퇴각이 시작되었지만 젊은 사령관은 도망가지 않았다. 증오가 이글거리는 눈으로 아임을 노려보던 그는 불꽃에 유린되기 직전 글로크19 권총을 꺼내어 제 머리에 갈겼다.

이틀 동안 베이커즈필드를 잘근잘근 씹어 먹은 아임은 동쪽으로 방향을 돌려 강풍으로 유명한 브레켄리지산에 닿았다. 풍부한 땔감과 신선한 공기가 성장을 도왔다. 아임은 세쿼이아, 인요, 시에라 국유림을 거쳐 요세미티 삼림지에 진입해 배를 크게 불렸다. 이어 스타니슬라오와 엘도라도, 타호 국유림까지 집어삼키면서 탐욕스럽게 북진하더니 플러머스 국유림에 이르러 두 갈래로 세력을 나누었다.

먼저 남서쪽으로는 유바 시티를 우회하여 새크라멘토와 샌프란시스코 등의 대도시로 향했다. 새크라멘토에서는 50만 명의 인구 중 33만 명이, 주민들의 애향심이 높기로 유명한 샌프란시스코에서는 85만 명 중 69만 명이 화염과 연기로 사망했다. 불과 두 달 만에 그와 같은 대규모 사망이 발생한 이유는 동쪽과 남쪽으로 난 육로가 이미 불로 포위되어 있던데다가 국유림이 연달아 불타면서 생성된 난기류로 인해 항공의 이용이 불가능했으며 선박을 이용해 서부 해안으로 탈출하는 데에도 한계가 있기 때문이었다. 사

정은 그다음 희생지인 새너제이, 샌타크루즈, 설리너스, 몬터레이도 마찬가지였다. 특히 존 스타인벡의 고향 설리너스에서는 탈출에 성공한 생존자가 단 한 명도 없었는데, 이는 15만 명의 목숨이 불에 증발하는 데 고작 8분밖에 걸리지 않은 탓이었다.

한편 플러머스 국유림에서 북쪽으로 방향을 잡은 불길은 래슨 국유림을 기점으로 섀스타-트리니티, 식스리버스, 클래머스, 모독 국유림 등에 옮겨붙으며 부채꼴 모양으로 전선을 확대하여 주 경계를 넘었다. 윌래밋 국유림을 중심으로 산림이 우거진 오리건의 서쪽 절반을 불태우며 포틀랜드까지, 또 거기서 워싱턴주 터코마와 시애틀까지 평정했다. 이 지점에서 아임이 화염을 주위로 전개시키는 속도는 최고 17km/h에 이르는 것으로 관찰되었다. 아임은 시애틀에서 차가운 환드퓨카 해협을 왼쪽에 끼고 밴쿠버로 북상하는 대신 시계 방향으로 돌아 동쪽 웨내치 국유림 쪽으로 진격했다. 캐나다를 중심으로 조직된 2만 다국적 소방대의 필사적인 노력에도 불구하고 확산 속도는 거의 줄어들지 않았다. 웨내치 국유림의 중심인 하워드산이 함락되어 거대한 봉화처럼 타오른 건 아임이 UCLA의 식물원에서 뛰쳐나온 지 정확히 2년째 되는 날이었다.

7월 중순이 지나면서부터는 화재의 규모가 계절풍의 흐름까지 뒤죽박죽으로 만들 정도로 확대되었다. 바람이 대륙과 해양의 온도 차에 따라 바다에서 육지로, 혹은 육지에서 바다로 부는 것이

아니라 그저 주변에서 제일 강력한 불기둥이 있는 방향으로 불었다. 아임은 산과 바다의 신선한 공기를 무제한으로 빨아들였다. 그렇게 10개월가량 비축한 체력을 등에 업고 이듬해 5월 초에 본격적으로 로키산맥을 공략하기 시작했다. 워싱턴 주정부는 얘키모, 엘렌스버그, 웨내치를 요주의 지점으로 판단하여 주변 모든 카운티의 가용 소방대를 일찌감치 그 세 도시에 집중시켰다. 그간 확인된 아임의 이동 궤적을 토대로 한 시뮬레이션 분석에 더해 아임의 세력이 레이니어 국립공원과 웨내치 국유림을 중심으로 점점 성장하는 점, 반면에 그보다 더 위쪽인 첼랜 호수 북동부에서는 확산 속도가 현저히 느려지고 있는 점 등을 고려한 결정이었다. 이미 불지옥이 된 시에라네바다산맥은 어쩔 수 없다 쳐도 아이다호의 절반이자 몬태나의 30%, 그리고 와이오밍의 20%에 걸쳐 분포한 동부 최대의 산림지역으로 번지는 것은 기필코 막아야 했다.

하지만 그것은 워싱턴 주정부의 계산이었다. 아임의 계산은 달랐다. 첼랜 호수를 오른쪽으로 끼고 돈 뒤 닭 치고 소 기르는 평화로운 시골 마을 오마크를 징검다리 삼아 잽싸게 모지스산으로 옮겨갔다. 그리고 8월이 되기 전에 콜빌에서 소투스 국유림에 이르는 광대한 삼림을 먹어치우며 아이다호로 남하했다. 한 가지 다행스러운 점은 아임의 눈길이 남방으로 쏠린 바람에 캐나다와의 국경이 있는 콜빌, 쿠트네이 국유림 북쪽으로는 대열에서 이탈한 자

잘한 산불만이 남아 크리스마스 이전에 모두 진화되었다는 사실이다.

미합중국과 다름없는 신세가 되기 직전에 요행히 살아난 캐나다 정부는 서둘러 방어대책을 마련했다. 다양한 아이디어가 제시되고 또 실제로 이행되었는데, 그중 가장 주목을 끈 건 아임의 꽃길이라 할 로키산맥의 허리를 자르기 위해 동서로 길쭉한 저수지를 수천 개 건설하는 대규모 토목공사였다. 장장 4년에 걸친 무지막지한 사업 끝에 동으로는 워터턴 호수에서 시작해 서로는 밴쿠버 남단의 델타까지 670km에 걸쳐 8400여 개의 크고 작은 인공 저수지가 생겨났다. 특히 해발 3000m 이상의 고원에 건설된 저수지들은 빙질이 탁월하여 인근 주민들의 아이스링크로 인기를 끌었다.

확장을 거듭해가던 아임은 서부 해안에서 처음 발흥한 지 만으로 4년이 되던 이듬해 6월까지 서부 11개 주를 할퀴었으며 그중 7개 주는 완전히 씹어 삼켰다. 몬태나의 빌링스, 와이오밍의 옐로스톤 국립공원, 콜로라도의 덴버, 뉴멕시코의 엘버커키가 화염에 휩싸였다. 유타의 프로보, 애리조나의 플래그스태프도 예외가 아니었다. 그때 그 식물원에서, 하고 종희는 생각했다. 두 제니는 세도나로 돌아갔을까. 세도나는 플래그스태프와 같은 날인 6월 16일에 불타올랐다. 사방이 불로 포위되어 거주민 전원이 앉은자리에서 몰살당한 것으로 추정되었다. 종희는 인디언 제니도 멕시컨 제니도 세도나가 아니라 더 먼 동쪽으로 갔으면 싶었다. 그들이 죽

지 않고 살아 있길 바랐다. 그들이 그리웠다. 그런데 조금 지나자, 그 둘만이 화재를 피하여 살아남는 건 불공평하단 생각이 들었다. 1만 km 떨어진 곳에서 텔레비전에 비친 화염을 보며 두 제니를 추억하는 저 자신도 마찬가지였다. 심장에서 서늘한 통증이 피어 올랐다.

그렇게 남으로는 멕시코와 인접한 오테이강에서, 북으로는 캐나다와 인접한 콜빌 국유림에서, 동으로는 몬태나의 빌링스, 와이오밍의 빅혼 국유림과 캐스퍼, 콜로라도의 푸에블로, 뉴멕시코의 샌타페이 국유림으로 이어지는 종축의 전선에서 아임은 확장을 멈추었다. 아니, 그 동편이 사막과 황무지여서 이제까지와는 달리 맘껏 내달리기가 어려워졌다고 보는 게 맞을 것이다. 대신에 로키산맥의 광활한 삼림을 통과하며 축적한 열에너지를 바탕으로 전선 안쪽에 갇혔거나 전선에 걸친 11개 주 3500만 채의 건물과 5700만의 인구와 265만 km^2의 영토를 태우고 또 태우고 거듭 태웠다. 그걸로 만족하는 것처럼 보였다. 이따금 식욕이 승한 날이면 산림이나 인공 건축물뿐 아니라 그 아래 깊이 묻혀 있는 화석 연료까지 먹어치웠는데, 멀리서 보면 그 부근의 지각이 통째로 타오르는 것 같았다. 복사강도 분석에 의하면 그러할 때 아임의 체온은 최고 1700℃를 웃돌았다. 특히 넓은 사막지대에 둘러싸인 탓에 애타게 구조만 기다리다 함락된 애리조나의 피닉스와 유타의 솔트레이크시티는 1760℃, 네바다의 라스베이거스는 1800℃의

고열 속에서 잿더미가 되었다.

2년 이상 로키산맥 서편의 움직임을 관찰하던 미합중국 정부는 국토의 27%를 휩쓴 대화재가 진화 단계에 접어들었다고 선언했다. 그 불지옥 속으로 치고 들어갈 엄두는 못 냈지만 어차피 확산되지 않으면, 새로운 먹잇감을 찾지 못하면 가만히 내버려둬도 시시각각 죽어갈 수밖에 없는 게 불의 숙명이다. 코르디예라산계山系의 지맥과 서부 산간 고원에서 여전히 화염과 연기가 치솟는 중이긴 하나 몬태나, 와이오밍, 콜로라도, 그리고 뉴멕시코의 광활한 사막이 아임의 전진을 막고 그 뒤로는 노스다코타에서 텍사스로 이어지는 드넓은 내륙 평원이 묵직하게 버티고 있다. 또 동부와 중부는 서부랑 비교할 수 없을 만큼 강과 호수가 많다. 그렇다고 미합중국 정부의 자신감이 자연 지형에만 기댄 건 아니었다. 과거 이리저리 분산되었던 재난관리체계는 개정된 연방법에 따라 국토안보부의 FEMA연방재난관리청에서 독립해 규모와 예산이 국토안보부를 능가하는 DEM재난관리부으로 통합 격상되었으며, 주지사의 비상사태 선언이나 심지어는 행정권 위임 동의 여부와도 무관하게 미합중국 영토 전역에서 작전을 펼 수 있게 되었다. 소방인력 또한 대화재 이전에 비해 여섯 배 가까이 확충되고 장비 역시 첨단 제품으로 교체되었다. 아임이 아니라 태양이 오더라도 한번 해볼 만했다. 하지만 무엇보다도 연방 행정부의 자신감에는 국

민들의 단단한 신뢰가 바탕으로 깔려 있었다. 일찍이 그 어떤 민족도 경험해보지 못했던 공동체의 대규모 절멸에도 불구하고 상처투성이 국민들은 단결이라는 미합중국의 빛나는 전통을 지켰다. 판단착오와 실수와 부실대처가 없었던 것은 아니나 국민들은 재앙을 행정부 탓으로 돌리는 대신 개혁과 보완의 기회로 삼자는 사회적 합의를 이뤄냈다. 덕분에 모든 것이 빠르게 질서를 찾아갔다. 탈출에 성공한 이재민 1100만 명은 연방구호기금의 지원으로 동부와 중부에 정착했다. 물론 임시였다. 시간이 얼마나 걸리든 화재가 모두 진압되고 나면, 씨앗을 뿌릴 수 있고 개울이 흐를 수 있을 만큼 땅이 식기만 하면 즉시 고향으로 돌아갈 것이기 때문이었다. 이재민들뿐이 아니었다. 세계의 모든 건설업자들도 같은 마음이었다. 재건은 돈을 무척 많이 쓰는 일이지만, 또 돈을 무척 많이 버는 일이기도 하다. 모두들 꿈을 꾸었다. 엄청난 돈과 인구가 미국 서부 지역으로 몰려들 것이다. 수로와 도로를 놓고 공원을 정비해 연기로 사라진 도시를 더욱 화려하게 재건할 것이다. 후버 댐과 금문교가 세워지고 벨라지오 카지노와 유니버설 스튜디오와 레고 랜드가 들어서고 그 안에서 사람들은 자식도 낳고 쇼핑도 하고 선거도 하고 매춘도 하고 인종차별도 하고 록그룹도 만들 것이다. 농구팀과 야구팀이 조직될 것이며 언젠가 UCLA의 녹지 역시 조성될 것이다. 그리고 사람들은 아임을 잊을 것이다. 거대한 불을 몰아온 그 악마가 마치 애초에 존재하지도 않았다는 듯이 잊어

버릴 것이다. 원래대로 돌아갈 것이다. 뭐?

뭐라고?

아이가 학교에서 정학 처분을 받아왔다. 하급생의 돈을 뺏다가 선생에게 들켰다고 했다. 왜 그랬는지 종희는 궁금하지 않았다. 단지 조금 부러웠다. 그래, 넌 나와는 다르구나. 탐내고 넘보고 빼앗을 줄 아는구나. 하라는 걸 안 하고 하지 말라는 걸 해보는구나. 날렵한 너의 체온은 정상이구나.

뭐라 한마디 해둘까 망설이다 관두었다. 모두 부질없는 일이었다. 태평양과 로키산맥 중간에 갇힌 아임은 불을 내는 건지 불을 쬐는 건지 모르게 시간만 허비하는 중이었다. 그러니 무얼 어쩌란 말인가. 어제와 오늘이 별반 다르지 않았다. 삶에 진심으로 흥미로운 일은 하나도 없었다. 아이에게서 담배 냄새가 나기 시작할 무렵 오십견이 찾아왔다. 알고 보니 많은 사람들이 같은 증상을 보이고 있었다. 흔한 병이었다. 혹시나 해서 검사를 받았는데 당뇨가 발견되었다. 종희는 그 병명이 노랗고 거품이 이는 오줌과 동일하게 느껴졌다. 의사에게 몇 가지 물어보려다 관두었다. 전부 흔하고 뻔하고 지루했다.

로키산맥을 중심으로 전선이 고착된 뒤 한동안은 눈물샘을 자극하는 요란한 사연들이 매스컴을 장식했다. 철학과 문학과 종교의 아우성이 덧입혀진 그러한 사연들은 5년쯤 지나자 일부는 지어낸 이야기라는 의심 속에서, 또 일부는 그만 우려먹으라는 비난

속에서 시들어갔다. 한층 침착해진 사회 분위기를 타고 대중적 인기와 과학적 지식을 겸비한 아마추어 과학자들이 무대에 올랐다. 화재가 어떻게 개방된 자연환경에서 1800℃의 고온을 유지할 수 있었는가? 두 가지 가설이 제시되었다. 첫째 가설은 바깥쪽 불이 안쪽 불기둥의 온도 저하를 막아주는 온실 현상과 대량의 공기가 한꺼번에 불기둥 중심부로 밀려들어와 화력을 높이는 풀무질 효과가 절묘하게 결합되었다는 것이다. 둘째 가설은 물을 전기분해할 경우 강력한 인화물질인 산소와 수소로 분해되는 것처럼 중심부의 고온이 물질들의 안정된 화학적 성질을 바꾸어 가볍고 타기 쉬운 성분으로 분해했다는 것이다. 두 가설은 오랫동안 경쟁했지만 검증 실험에서 1800℃의 고온을 유지하는 데에는 모두 실패했다.

한편 수백 곳에 달하는 도시들이 명쾌한 이유 없이 차례차례 함락된 과정에 대해서도 수많은 논쟁이 벌어졌다. 이를테면 로키산맥 남부의 주요 격전지에서 수백 km 떨어져 있고 시에라네바다 산맥 동단인 리노와 카슨시티로부터도 각각 90km 이상씩 떨어져 있는데다가 셰클러 저수지, 카슨 호수 등으로 겹겹이 둘러싸인 네바다 중서부의 작은 도시 팔론은 도대체 왜 불타버린 것인가. 아임은 어떻게 그 먼 거리와 호수들을 뛰어넘어 팔론을 유린할 수 있었나.

이번에도 몇 가지 가설이 앞을 다투어 문제풀이에 도전했다. 아임과 무관하게 주요 도시 곳곳에서 차례로 모방범죄가 발생했다

는 '봉화설'은 희생자들을 조롱하는 비열한 유머에 속했다. 보다 진지한 가설 중에 화염과 함께 상승한 작은 불씨가 기류를 타고 이동했다는 주장이 있었는데 이것은 웃기지도 않을뿐더러 그럴듯하지도 않다. 왜냐하면 산불과 같은 대형 화재의 경우 주변 공기가 모두 중심 불기둥을 향해 밀려들어오기 때문에 이를 역행해 불씨가 퍼지기란 불가능하기 때문이다. 맞불은 바로 그 현상을 이용한 화재 진압 방법이다. 보다 과학적인 가설은 난기류가 발생한 V자형 계곡이 열손실 없이 화염을 수평이동시킨다는 주장인데, 이는 실험을 통해 가능성이 입증되었다. 그러나 팔론은 넓은 평지에 건설된 도시이며 주변에 V자형 계곡이 존재하지 않았다. 이른바 '불꽃놀이 이론'은 그보다 복잡하고 황당하지만 많은 이들의 관심을 끌었다. 불꽃놀이 이론에 의하면 거대한 불기둥이 연료 고갈 등의 이유로 갑자기 꺼져버릴 때 산소의 연소는 그 즉시 중단되는데, 하지만 그 직전까지도 모든 방향으로부터 대량의 공기가 빠른 속도로 몰려들고 있었기 때문에 공기의 일시적인 압축 현상이 일어나고, 그 반작용으로 중심부가 폭발하듯 팽창할 때 아직 불씨를 품고 있는 내부의 나뭇가지 등도 덩달아 튀어나가는데, 개체 자체의 비행 속도가 풀무질 효과를 이끌어냄으로써 다시 지상에 낙하할 때엔 새로운 화염을 형성할 조건이 충족된다는 것이다. 실험 결과 이 가설은 상당히 높은 확률로 증명되었다. 게다가 그 과정이 여러 번 반복될 경우 불이 이동할 수 있는 거리도 길어져서, 불

기둥의 규모나 매개체의 크기 등 조건들만 제대로 맞으면 거의 무한정 이동할 수 있는 것으로 밝혀졌다.

그런데 머지않아 불꽃놀이 이론뿐 아니라 그간 난립해온 가설들 대부분을 겨냥해 보다 근본적인 의문이 제기되었다. 캘리포니아에서 불붙은 통나무가 훌쩍 튀어올라 몇 군데 징검다리를 건너 수천 km 너머의 인구밀집지역, 이를테면 뉴욕 브루클린의 홀시 스트리트 같은 곳에 떨어졌다고 치자. 인구밀집지역이니 많은 인명이 희생될 수도 있을 것이다. 그러나 경험적으로 추론했을 때 그 화재가 두 블록 위의 제퍼슨 애비뉴나 네 블록 아래의 베인브리지 스트리트까지 번질 가능성은 적고, 5km 밖 맨해튼까지 확대될 가능성은 매우 희박하며, 펜실베이니아주 너머로 퍼져나갈 가능성은 거의 없다. 불은 오래전부터 인간 사회를 지탱해왔다. 오늘날 대도시의 일반적인 4인 가족은 난방과 취사를 위해 매일 평균 $3m^3$ 또는 4ℓ 혹은 $7kg$의 화석연료를 태우고 있다. 이따금 화재가 나지 않으면 그게 이상한 일이다. 그러니 문제의 핵심은 '어떻게 그 불이 번졌는가'가 아니라 '어떻게 그 불이 미합중국 서부 전역을 삼킬 만큼 자라났는가'이다.

핵심에 다가가고자 MIT 열역학연구소가 북태평양 연안의 지리적 환경에 따른 열손실률 표준모델을 제시하였다. 보고서에 의하면 $944\,°C$ 이상의 발열체의 온도가 매 $25\,°C$ 상승할 때마다 그에 반비례해 열손실은 1%씩 줄어든다. 단순하게 예를 들어 $1000\,°C$

의 불기둥이 저멀리 서 있는 남자에게 전달하는 온도가 훈풍 수준인 30℃라면 전달 과정에서 97%의 열손실이 발생한 것인데, 불기둥의 온도가 단 10% 올라 1100℃가 되면 열손실은 4% 줄어든 93%가 되어 남자에게 총 77℃를 전달하는 것이다. 이 정도면 그 남자는 입에서 불을 뿜는다. 보고서는 944℃를 기준점으로 제시하며 온도가 그 이상 높아질수록 복사열이 기하급수적으로 치솟는다고 주장했지만 가능한 모든 변수를 대입한 실제 실험에서는 그보다 평균 12℃ 높은 온도에서부터 이런 현상이 시작되는 것으로 조사되었다.

한 가지 확실한 건 어느 순간이 지나면 굳이 매개체가 없어도 화염이 원거리에 복사될 수 있으며, 따라서 초동 대처에 적극적이지 않을 경우 만회하기가 몹시 어려워진다는 사실이다. UCLA 캠퍼스의 길이 330m, 폭 150m에 불과한 밀드레드 E. 마티아스 식물원에서 생겨난 화재는 얼마 지나지 않아 웨스트우드 전역에서 대처해야 할 정도로 자랐고, 곧 LA시 차원에서 대처해야 할 정도로 불어났고, 또 캘리포니아주 단위에서 대처해야 할 정도로 커졌으며, 그후에는 미합중국 전체가 대적해야 할 괴물로 성장했다. 대응은 매번 그에 못 미쳤다. 서부 연안에서 아임은 언제나 자기보다 조금 약한 상대와만 붙었다. 그리고 쓰러진 상대를 연소시키면서 맹렬히 진화했다. 수년 뒤 컬럼비아 대학 지구연구소 산하 국가재난준비센터가 남부 캘리포니아에서 전개되었던 총 17회

의 주요한 진화작전을 수치화해 그래프로 나타냈다. 그에 의하면 직사고열의 규모나 최고 온도 등 아임의 총 에너지는 인력과 장비 등 소방대의 총 전력과 동일한 수준에서 출발해 근소한 우세를 나타내다 점차 그 간격을 벌려갔다. 결과적으로 양측의 전력이 팽팽하게 균형을 이루었던 힐가드 애비뉴에서의 첫 교전 이후 소방대의 패배는 예정된 수순이나 다름없었다. 뉴욕타임스에 칼럼이 실렸다. "그러므로 첫 교전이 벌어지기 직전의 상황을 우리는 자꾸만 떠올릴 수밖에 없다. 최초의 아임은 UCLA 식물원에 버려진 작은 담배꽁초 정도에 불과했을 것이다. 그걸 보고도 발꿈치로 비벼 끄지 않은 자가 도대체 사람이란 말인가?"

결혼 상대라며 데려온 여자는 고등학교 1학년생이었고 눈매가 멍해 보였으며 입에선 상한 계란 냄새가 났다. 참으로 고만고만한 인생들이라 종희는 생각했는데, 생각이 머릿속에만 머물지 않고 입으로 나와버린 탓에 아이가 부엌을 때려 부쉈다. 굳이 그럴 필요 없었다. 원하는 대로 하도록 내버려둘 참이었다. 건들지 않고 견딜 생각이었다. 정말이었다. 이 지루한 세상에서 무얼 어쩐단 말인가. 종희는 아무것도 바라지 않았다. 제일 친하다는 친구에게 사기를 당한 후 잠적한 남편의 근황을 포함해 삶에서 궁금한 게 하나도 없었다.

그날부터 아이의 여자는 아이의 방에서 함께 살기 시작했고, 꽃사슴처럼 여덟 달 만에 아이의 아기를 낳았다. 아이의 아기가 울

음을 터뜨릴 때마다 종희는 제가 방금 전까지 몹시 깊고 견고한 권태 속에 가라앉아 있었음을 깨닫곤 했다. 전에는 그렇지 않았다. 전에는 아임이 있었다. 처참하게 불타는 도시를 볼 때마다 심장에서 피어오르는 예리한 통증은 마치 생의 숨가쁜 맥동과 흡사했다. 태평양 건너의 저 수많은 죽음을 환영한 건 아니었다. 절대로 아니었다. 불에 타 죽어도 좋을 만큼 덧없는 존재란 이 세상에 없다. 붉은 피가 흐르는 동료 인간으로서 진심으로 탄식하고 애도했다. 어떤 사연은 너무 슬픈 나머지 가슴이 마구 찢기는 것처럼 아팠다. 그런데 찢기는 듯한 그 아픔이, 그 예리한 통증이 끝 모를 권태에 젖은 종희에겐 몹시 요긴한 것이었다. 아임이 후벼파내는 상처가 절실히 필요했다. 그렇다고 아임을 응원했단 뜻은 아니다. 아니 그게 도대체 무슨 말도 안 되는 소리냐 하고 따져 물어도 어쩔 수 없다. 종희의 체온은 남들보다 낮은 35.4℃다. 운 나쁘게 그리 태어나버렸다.

아이의 아기가 두 살이 될 무렵 아이의 여자는 집을 나갔다. 그리고 돌아오지 않았다. 아이는 여자의 물건들을 함부로 꺼내어 밖에 내다 버렸는데, 그중엔 저 자신도 포함되어 있었다. 남겨진 아이의 아기는 격렬하게 부모를 찾았다. 애원도 넘어서고 원망도 넘어선 그 울음소리에는 용수철 같은 적의가 담겨 있었다. 더는 달래지 못하여 일어났다. 거실 텔레비전을 크게 틀어두고 부엌으로 갔다. 그로부터 정확히 15시간 전, 소방정 계급의 서른한 살 지미는

뉴멕시코 동남부의 아티지아 외곽에 세워진 감시탑에서 망원경을 통해 80km에 달하는 서쪽 사막과 그 너머 검은 연기로 뒤덮인 메스칼레로 아파치 인디언 보호구역을 바라보고 있었다. 벌써 18년, 캘리포니아 서안에서 처음 발흥한 때로부터 치자면 무려 22년이나 지속된 화재였다. 지미 입장에서는 소방직 고위 공무원이었던 아버지를 빼앗긴 이후로 장장 21년 동안 그쪽만을 노려보고 살아온 셈이었다. 검은 연기를 뿜고 있는 메스칼레로 보호구역은 로키산맥에서 꽤 거리가 있긴 했지만 항시 900℃가 넘는 아임의 영역이었다. 조금만 더 가까이 가도 열기로 인해 소방수가 말라버렸기 때문에, 지미가 주둔한 아티지아 기지의 3만 수비대는 미합중국 입장에서는 최전방 서부전선이었다.

후방의 화재 신고가 접수되었다. 도심에 자리잡은 아티지아 고등학교였다. 흔한 일이었다. 지미는 30명의 본부 병력을 데리고 직접 출동했다. 웨스트 리처드슨 애비뉴를 통해 고등학교로 진입했다. 이상했다. 불길도 없고 연기도 없었다. 그저 건물 입구에서부터 후끈거리는 열기와 근심이 가득한 표정들뿐이었다. 불이 난 곳은 화장실이었다. 복도를 따라 한 걸음씩 다가갈수록 온도가 급격히 올라갔다. 700℃, 800℃, 900℃가 넘었다. 고등학생들의 똥이 그렇게 잘 탈 리 없었다. 화장실 문짝은 이미 연소되어 경첩만 남아 있었다. 지미와 두 명의 부하가 천천히 내부로 들어갔다. 1200℃를 넘어서자 가슴께에 부착된 경보장치가 울리기 시작했

다. 화장실 바닥에 직경 4m가량의 커다란 구멍이 있었다. 거기서 이글거리는 열기가 뿜어져나오는 중이었다. 얼마나 깊은지 구멍 안쪽을 들여다보고 싶었지만, 당장 서 있는 자리도 방화복의 내열 한계인 1300℃에 육박했다. 시끄럽게 울리는 경보장치를 떼어 구멍 쪽으로 던져보니 직사고열에 닿자마자 주먹만한 불꽃을 일으키며 허공에서 증발했다. 그 경보장치의 재질은 1600℃에서도 녹지 않는 $\alpha-\beta$ 티타늄 합금이었다. 지미 일행은 건물 밖으로 나왔다. 방화 헬멧을 벗어던진 부하가 아티지아 보안관의 멱살을 흔들며 긴급 소개령을 내리라고 윽박질렀다. 그러는 동안 지미는 수비대 본부에 무전을 쳤다. "아티지아의 모든 병력은 즉시 동쪽으로 후퇴하라. 반복한다. 모든 병력은 지금 즉시 동쪽으로 후퇴하라."

피가 똑똑 떨어졌다. 개수대에 떨어지면서 수돗물과 아름답게 섞였다. 베인 손가락에서부터 퍼져나온 짜릿한 감각이 종희의 전신을 휘감았다. 가슴이 무섭게 뛰었다. 낯익은 괴물이 밖으로 뛰쳐나오기 위해 종희의 가슴벽을 미친듯이 두드리고 있었다. 황홀하고 황홀해서 넋이 그만 달아날 지경이었다. 아이의 아기도 어느새 통곡을 멈추고 다가와 슬그머니 종희 옆에 섰다. 텔레비전에서 똑같은 말이 반복되고 있었다. 똑같은 말, 계속해서 똑같은 말이었다.

아임이 돌아왔다.

위성 관측에 의하면 지난 18년에 걸친 휴전 기간 동안 로키산맥 남동부 빅혼 국유림, 메디신보 국유림, 카슨 국유림, 그리고 나바호 자치구역 너머 힐라 국유림 등지에는 계곡을 따라 직경 30~50m에 달하는 구멍이 수백 개나 생겨났다. DEM 소속의 과학자들은 쉴새없이 불기둥을 내뿜는 이 아리송한 구멍들의 정체에 대해 오랫동안 논쟁을 벌여왔다. 프라운호퍼선 분석 결과가 가리키는 것처럼 화석연료가 연소되는 구멍이라는 주장이 제일 상식적이었지만, 만약 그게 사실이라면 그 정도로 장기간 다량의 에너지가 방출되기 위해서는 구멍으로부터 직경 수백 km에 이르는 넓은 지역에 분산된 화석연료가 연소되어야 하며 이는 미국 중부가 통째로 아임 위에 앉아 있단 뜻이라는 조롱 섞인 반론을 극복하지 못했다.

5월 초 아티지아에서 벌어진 일이 그 반론을 짓이겨버렸다. 그동안 미국 중부는 정말로 아임 위에 앉아 있었던 것이다. 아티지아 고등학교의 화장실에서 지미가 마주친 불구덩이는 로키산맥에 묶여 있던 아임이 셰일가스나 치밀가스 등 사막 지하에 매장된 수천 Tcf조입방피트의 천연가스와 석탄층을 태워가며 18년 동안 동진해왔다는 명백한 증거였다.

재빨리 현장을 빠져나온 지미는 7km 동편의 페이커스강까지 후퇴한 뒤 임시 본부를 설치했다. 20여 분 후 아티지아 고등학교를 중심으로 반경 4km의 지반이 무너지자 당장 보따리를 싸서 동

쪽으로 90km 떨어진 러빙턴으로 향했고, 82번 하이웨이를 달리다 양옆으로 끝없이 늘어선 유정과 시추펌프를 보고는 또 마음이 바뀌어 아예 720km 떨어진 텍사스의 댈러스까지 직행해버렸다. 용감하다고 할 순 없겠지만 확실히 현명한 결정이었다. 댈러스보다 서쪽에 있던 도시들은 전부 앞을 다투어 무너지고 불에 타고 발밑으로 가라앉았던 것이다. 이를테면 인구 25만의 러벅은 지미가 지나가고 나서 불과 40분 뒤에 도시 전체 320km²의 지반이 한꺼번에 붕괴되었다. 미합중국 역사상 최고로 빠른 퇴각이었으나 이 일로 지미는 미연방의회 명예훈장을 받았다.

지미가 이끌고 온 소방대원 30명은 퇴각 명령에 잽싸게 따른 덕에 목숨을 건진 기존 아티지아 수비대 1200명 및 댈러스 현지의 정규소방부대와 합쳐져 댈러스 수비대로 재편되었다. 그러는 동안 지미가 마주친 것과 흡사한 사건들이 네브래스카의 스코츠블러프, 콜로라도의 스털링과 라헌타, 심지어는 훨씬 후방인 텍사스의 샌앤젤로에서도 속속 보고되었다. 패턴은 모두 비슷했다. 건물 내부에서 화재가 발생한다. 소방차가 달려와 물을 퍼부으며 진화를 시도한다. 그런데 이상하게도 불이 꺼지지 않는다. 꺼지기는커녕 오히려 급격하게 온도가 치솟는다. 갑자기 건물 주변의 반경 3~30km가 수십 m 아래로 폭삭 내려앉는다. 사막의 지하를 가로질러 온 지옥의 화염이 거대한 싱크홀 속에서 새빨간 혀를 날름거린다.

지미는 전광석화 같은 도망으로 훈장을 받았으나 후퇴는 그게 마지막이었다. 궤멸된 아티지아 기지를 대신할 새로운 최전방 서부전선 댈러스의 수비대장으로 임명된 뒤 가장 먼저 한 일은 아임의 침투 경로를 끊는 작업이었다. USGS미국지질조사국에 의뢰해 중서부 사막 아래의 지층구조와 지질 분포를 조사했다. 그리고 가스층과 석탄층이 모여 있는 주요 지맥에는 직접 고안하고 설계한 터널커터를, 넓은 지역에 분포된 자잘한 지맥에는 열압력탄을 투하했다. 거대한 일자드라이버 모양의 철제 구조물인 터널커터는 지향성 폭약 2t을 포함한 총 17t의 중량을 7km 이상 초음속 수직낙하시켜 얻어낸 운동에너지로 지하 60m 안쪽 깊숙이 숨은 혈암 등 두꺼운 암반을 쪼갰고, 열압력탄은 개방공간 증기운 폭발의 충격파를 이용해 상대적으로 얕고 넓은 암반층에 균열을 일으켰다. 그러면 암반 내부와 그 밑에 갇혀 있던 천연가스가 새어나와 대기중으로 흩어지는 것이다. 이 과정에서 생겨난 지하의 공동은 인근의 루이스빌, 그레이프바인, 마운틴크리크, 조 풀, 바드웰 호수에서 끌어온 신선한 물로 채웠다. 그런 식으로 두 달에 걸쳐 댈러스를 탄탄히 방어하고 난 직후에는 적극적인 공세로 전환했다. 먼저 폐허가 된 포트워스를 탈환하고 댈러스처럼 주변에 터널커터와 열압력탄을 퍼부어 방어선을 구축했다. 다음은 위치토폴스, 다음은 오스틴, 다음은 애빌린, 그다음은 샌앤젤로였다. 그해 11월까지 네 달 동안에 지미가 수복한 미합중국 영토는 14만 km²에 달했는

데, 면적보다 중요한 것은 아임과의 전투에서 드디어 승리를 거두기 시작했다는 사실이었다.

"선제타격이 당연합니다. 21년 전 베이커즈필드에서 처음 시도되었죠."

세계 각국에 방송된 인터뷰에서 '터널커터 지미'가 말했다. 그에게 쏟아진 엄청난 관심과 인기는 지미가 지닌 탁월한 상황 파악 능력이나 통솔력보다는 조각처럼 수려한 외모, 군살 하나 없이 다부진 몸매, 특히 지난날 캘리포니아 베이커즈필드에서 순직한 수비대 사령관의 외동아들이라는 사연에 기인한 바가 컸다. 지미는 본디 도가 지나칠 정도로 퉁명스러운 성격인데다가 아버지의 원수를 갚는 일 외엔 만사에 무관심했으나, 카메라를 무조건 피할 정도로 꽉 막힌 촌뜨기는 아니었다. 오히려 매스컴을 이용해 시민들의 자발적인 지원을 이끌어내곤 했는데, 그 덕에 양대 서부전선의 다른 한 축인 사우스다코타의 오아히 수비대가 내구연한이 지난 방화복 솔기를 한 땀 한 땀 꿰매며 쌍욕을 내뱉는 동안 댈러스 수비대는 최신 방화복을 매주 두 벌씩 배급받을 수 있었다. 팬들의 응원과 기부는 날이 갈수록 극성스러워져 이듬해 1월부터 12월 사이 세계 전역에서 모금된 5억 달러의 미국구호성금 중 절반이 넘는 3억 달러가 댈러스 수비대, 그중에서도 최고지휘관 지미를 개인수령자로 특정하고 있었다.

그러거나 말거나 지미는 그의 충성스러운 동료들과 함께 7.5km

상공의 수송기에서 터널커터와 열압력탄을 투하하며, 인근 호수의 물을 끌어와 적의 숨통을 꽉꽉 메우며, 전략적 중요도가 낮은 소도시의 지반을 일부러 무너뜨려 지하통로를 파쇄하며 매일 조금씩 앞으로 나아갔다. 전투 도중 여기저기 화상을 입고 크고 작은 골절상을 얻고 극심한 수면부족으로 고통받았지만 단 한 순간도 공격을 서두르거나 진군 속도를 늦춘 적이 없었다. 데이터로만 보자면 아임과 지미 중에서 오히려 아임이 생명체고 지미가 무생물 같았다. 끊임없이 팔다리를 잃으며 뒤로 몰리던 아임은 결국 북동부로 진로를 수정했다. 로키산맥을 뛰쳐나온 지 2년이 되어가는 시점이었다.

언제 낮잠에서 깨어 언제 방을 나와 언제 부엌으로 들어와 언제 조리대로 접근했는지 알 수 없었다. 황급히 밀쳐내려다가 그만 제 오른쪽 팔뚝에 뜨거운 식용유를 한 바가지 뒤집어썼다. 아이의 아기는 벌써 멀찌감치 달아나 안전한 곳에서 눈만 끔뻑거리고 있었다. 가까스로 응급실에 도착했을 때에는 이미 메추리알 크기의 수포가 여러 개 일어난 상태였다. 진피층 대부분이 손상된 심부 2도 화상이었다. 3주가 지나도 계속해서 진물이 흘렀다. 4주째 되던 날 감염이 확인되어 상급병원에 입원했다. 허벅지 안쪽 피부를 도려내 팔에 붙였다. 마취가 풀리자 이상하게도 팔보다 허벅지가 더 아팠다.

종희는 병실 침대에 누워 종일 텔레비전 뉴스만 보았다. 아임이

북부로 진로를 변경한 지 7개월이 지났다. 북부 오아히 수비대는 지미의 댈러스 수비대와 달리 고전을 면치 못했다. 미주리강 서부 대평원 곳곳에서 솟아오르는 불길이 하도 많아 도저히 감당할 수 없을 만큼 전선이 확대되었고, 종내는 수염에 붙은 불도 끄지 못할 지경에 이르렀다. 워싱턴에서 터널커터 지미에게 댈러스와 오아히를 아우르는 서부전선 총사령관 직위를 제안했다. 소방감으로 승진할 좋은 기회였다. 그러나 지미는 거절했다. 그 무렵 클로비스 탈환을 통해 뉴멕시코 진입에 성공하는 등 승기를 잡았다는 것이 지미가 밝힌 공식 사유였지만, 속내는 베이커즈필드 수복에 전력을 집중하고 싶기 때문이었다. 그곳이 우선이었다. 그곳에 아버지의 묘비를 세우는 게 제일 중요했다. 소방감은 뭐, 그런 거엔 별 관심이 없었다. 의사가 회진 와서 소독약을 들이붓는 중에 아이가 병실로 찾아왔다. 모질게 집을 나간 지 거의 3년, 종희가 화상을 입은 날로부터는 한 달이 조금 더 지나 있었다. 옷차림이 허름했다. 아이는 종희 팔뚝의 환부를 한참 들여다보다가 저는, 하고 눈을 황소처럼 끔뻑거리며 말했다. "아무것도 몰랐어요." 밤새 목놓아 울더니 새벽이 다 되어서야 종희의 왼쪽 어깨를 베고 구부정히 잠이 들었다.

이듬해 여름 오아히 수비대는 오아히 호수를 잃었다. 대평원 전체에 번진 들불 때문에 호수에 소방용수를 공급해주던 미주리강까지 싹 말라버리니 별도리가 없었다. 호수 바닥이 쫙쫙 갈라졌고

그 사이로 군데군데 불기둥까지 솟아올랐다. 오랜 소모전 뒤라 삽과 곡괭이 말고는 화재를 진압할 도구도 거의 남아 있지 않았다. 9월이 되기 전에 총 32만의 병력 중 25만 가까운 인원이 미주리강 서쪽에서 사망했는데, 이는 퇴각 명령이 늦었기 때문이 아니라 순전히 북부 사람 특유의 쇠고집 때문이었다. 솔기가 죄다 터진 낡은 방화복을 입고 데굴데굴 굴러 온몸으로 불을 끄다가 쌍욕을 뱉으며 죽어갔던 것이다. 이제 미네소타에 불길이 번지는 건 시간문제였다.

해가 바뀌기 직전에 미합중국 정부는 핵무기 사용을 승인했다. 열복사선과 초기방사선, 잔류방사선, EMP 등이 최소화되어 대부분의 에너지가 충격파로 방출되도록 개량한 20kt짜리 전술핵이었다. 인디언 수족의 고향인 수폴스가 투하 지점으로 선정되었다. 노스다코타의 파고에서부터 네브래스카의 오마하까지 대량의 가연성 물질을 길게 쌓아 불기둥의 결집을 유도했다. 아임이 도화선의 안내에 따라 수폴스로 진입한 것은 1월 중순이었다. 전술핵탄두를 실은 단거리 미사일이 발사되었고 빅수강으로 둘러싸인 수폴스의 2.2km 상공에서 폭발했다. 초고속 열풍이 아임을 덮쳤다.

병실에서 맞았던 그 통곡의 밤, 종희는 아이가 꿈꾸길 멈출 거라 예상했다. 착각이었다. 일 년도 되지 않아 아이는 전보다 두툼한 차용증 뭉치를 식탁에 올려두고 집을 나갔다. 그러자 한편으로는 다행스러웠고 한편으로는 부러웠다. 전술핵 사용을 적극 추천

했던 워싱턴의 FAS전미과학자연맹 회원들은 포토맥 강변에 모여 여권을 모두 모아 불태웠다. 책임을 통감하며 조국과 운명을 함께하겠다는 표시였는데, 어쨌거나 나이 지긋한 사람들이 떼로 모여 종이에 불을 붙이는 광경은 오랫동안 화재에 시달려온 미합중국 시민들에게 심한 혐오감을 불러일으켰다.

전술핵의 사용은 아임이 로키산맥에서 해방된 이후로 3년 8개월, 캘리포니아 서안에 처음 불길이 번지기 시작했을 때로부터 보자면 26년 동안 누적된 행정 당국의 온갖 판단착오와 실수를 일거에 압도하고도 남을 만큼 치명적인 결과를 낳았다. FAS는 85% 이상의 폭발에너지가 대기중 급팽창에 의한 충격파로 전환될 경우 사정권 내에 들어 있는 불기둥을 갈기갈기 찢어 5km 바깥으로 쓸어버릴 거라 계산했다. 그리고 특히 아임이라는 기세등등한 핵심 불기둥을 그렇게 폭사시키고 나면 나머지 잔불들은 발로 밟아 끌 수 있다고 보았다.

FAS의 과오는 아임을 독립 개체로 오인한 점이었다. 실은 터널 커터 지미가 버티고 있는 뉴멕시코 일부 지역을 제외한 서쪽 전역이 모두 아임이었다. 제한적 충격파에 찢겨나갈 단일 개체가 아니었던 것이다. 아임은 죽지 않았다. 엄청난 속도로 비틀어졌을 뿐이다. 그와 동시에 저고도 핵폭발의 직접파와 반사파가 융합되는 마하 효과Mach effect로 지표면에서 급격한 상승기류가 발생해 불기둥과 합쳐졌다. 찰떡궁합이 따로 없었다. 고속으로 회전하는 불기

등은 내부의 온도와 압력을 높여 상승기류의 성장을 도왔으며, 상
승기류는 대류를 수렴시켜 회전력을 배가함과 동시에 주변의 가
연성 물질들을 빨아들임으로써 불기둥의 연료를 제공했다. 따로
별명을 붙일 필요도 없이, 비틀린 불기둥과 고속 상승기류가 결합
된 그것은 그냥 눈에 똑똑히 보이는 대로 '초대형 화염 토네이도'
였다.

이제 아임은 중심부의 온도가 평균 1900℃에 이를 정도로 달궈
진데다 33m/s의 속도로 소용돌이치고 닥치는 대로 주위 물질을
빨아들이는 거대한 괴물이었다. 화염의 최상부는 고도 5.5km에
달해 지나가는 구름까지 태워버렸다. 수폴스 북동쪽 미네소타주
에 위치한 마델리아가 입은 피해는 아임의 규모가 어느 정도로 성
장했는지를 보여주는 극적인 사례라 할 수 있다. 인구 2300명의
소도시 마델리아가 8m/s 속도로 불어오는 400℃의 열풍에 직격
당해 활활 불타오르기 시작한 건 3월 8일 오전 11시 12분의 일이
었다. 그런데 그 시각, 정작 아임은 아직 마델리아가 아니고 마델
리아 근교도 아니고 그로부터 남서 방향으로 18km나 떨어진 세
인트제임스에 머물러 있었다. 수년 전 MIT의 열역학연구소에서
복사열 산정의 기준으로 제시한 열손실률 표준모델이 결국 자연
상태에서 구현된 것이다.

4월의 첫째 날, 중국 공군을 중심으로 세계 각국에서 모여든 총
4000기 규모의 항공지원부대가 위스콘신의 매디슨에서 출격하

여 미네소타 전역에 인공 강우를 유도했다. 17만 km²에 걸쳐 평균 250mm 이상의 소나기가 쏟아져내렸지만 아임의 체온은 고작 4℃밖에 내려가지 않았다. 반면에 항공기 손실은 1300여 대나 되었는데, 이는 마델리아의 경우가 그랬듯이 화염 토네이도에서 뿜어져나온 대량의 복사열 때문이었다. 외부세계로부터의 대규모 병력 지원은 그게 마지막이었다. 이튿날 미니애폴리스가 함락되었다.

미합중국 행정 당국은 실책을 만회하기 위해 분주히 움직였다. 우선 DEM의 책임자들을 전면 교체하고 새로운 전략의 수립을 독촉했다. 그러나 전술핵의 사용이 DEM 전문가들에 의해서가 아니라 행정부 정치인들에 의해 입안·결정되었다는 사실에서도 알 수 있듯이 그러한 조치는 아임과의 싸움에서 우위를 점하려는 것이기보다는 당장의 격렬한 비난을 모면하고 지지자들을 안심시키려는 의도에서 나온 것이었다. DEM 입장에서는 별 뾰족한 수를 찾지 못해 지위 고하를 막론하고 우왕좌왕할 뿐이었다.

그러던 중에 캔자스시티가 함락당하는 군사 영상이 외부로 유출되었다. 고고도 무인정찰기가 촬영한 열화상 영상에 의하면 2000℃ 가까운 고열의 회오리 폭풍으로 성장한 아임은 오마하 북쪽 35km 지점에 위치한 블레어 인근에서부터 하단 직경이 140m로 늘어나더니 오마하 중심부를 덮칠 때에는 무려 170m 가까이 확장되었다. 규모가 크게 늘어나면서 원심력에 의해 바깥쪽 일

부가 때때로 떨어져나갔는데, 그 떨어져나간 일부 역시 곱게 소멸되는 것이 아니라 각각 독립적인 화염 토네이도가 되어 제멋대로 불길을 일으키며 돌아다녔다. 그들은 작고 빨랐다. 아임이 12km/h 안팎의 비교적 느릿느릿한 보폭으로 남하하는 동안에 그로부터 떨어져나온 수백 마리의 새끼 화염 토네이도들은 30km/h가 넘는 속도로 셰넌도어나 오번 같은 주변의 소도시들과 세인트조지프처럼 진로상에 있는 비교적 큰 도시까지 쓸어버린 후 캔자스시티 주위를 길게 둘러쌌다.

유출된 영상에서 가장 중요한 부분은 바로 여기부터다. 철수가 아니라 방어를 택했던 캔자스시티 주민들은 죽을힘을 다해 싸웠지만, 7시 방향의 웨스트우드에서 결국 방어선이 무너지고 말았다. 새끼 화염 토네이도들은 순식간에 웨스트플라자를 거쳐 캔자스시티 중심부로 쏟아져들어와 도시 곳곳에 불길을 일으켰다. 그렇게 도시의 방어 시스템이 궤멸된 어느 순간, 갑자기 수백에 달하는 새끼 화염 토네이도와 도시 곳곳에서 피어오르던 불길이 일제히 몸을 낮췄다. 일부는 옆으로 눕다시피 납작해졌고 또 일부는 아예 소멸되어 영상에서 사라졌다. 그와 동시에 장엄하다고밖에 표현할 수 없는 초대형 화염 토네이도가 11시 방향에서 진입하더니 크로스로즈 부근에 눌러앉아 항거 불능 상태의 캔자스시티를 천천히 뜯어먹었다.

병정개미와 여왕개미의 생생한 관계를 목격한 시민들은 극도의

공포에 사로잡혔고, 그 공포는 단결이라는 미국의 위대한 전통에 균열을 일으키기 시작했다. 불신과 조롱의 대상으로 전락한 미합중국 정부는 우왕좌왕하는 DEM을 해체한 뒤 방위사령부 중심으로 정부 조직을 개편했다. 국토방위에 국가의 모든 역량을 총동원하겠다는 의지를 보인 셈이었다. 문제는 방위사령부가 미 동부의 수호를 최우선 목표로 설정했다는 사실이다. 이는 일리노이의 시카고에서부터 세인트루이스를 연결하는 지점, 그리고 거기서부터 미시시피강을 따라 뉴올리언스까지 형성된 자연적인 경계를 전략적 방어선으로 삼는다는 얘기고, 이 말은 곧 중남부에서 맹활약중인 댈러스 수비대는 방어선에서 제외된다는 의미이며, 따라서 이제까지와는 달리 댈러스 지휘부의 작전권이 축소되고 보급 지원의 순위 또한 뒤로 밀린다는 뜻이었다.

터널커터 지미가 아르마니 정장을 빼입고 텔레비전에 출연해 워싱턴 당국의 처사를 격렬히 성토했다. 방위사령부는 무시 전략으로 대응했다. 살아남은 미합중국 시민의 대부분이 텍사스와 뉴멕시코, 그리고 이제 막 수복되기 시작한 애리조나가 아니라 전략적 방어선 후방에 몰려 있기 때문에 일개 최전방 야전부대보다는 미합중국 연방정부의 정통성을 잇는 워싱턴 방위사령부를 지지할 것이라 예상했던 것이다. 안타깝게도 그렇지 않았다. 가족과 재산을 잃고 가까스로 탈출한 중서부 출신들은 물론이거니와 지난 4년 이상 터널커터 지미의 활약에 위로받으며 살아온 수많은 시민들

이 방위사령부의 반대편에 섰다. 동부 대도시들에서 매일 격렬한 반정부 시위가 벌어졌다. 방위사령부 입장에서는 혼란을 최대한 빨리 정리할 필요가 있었다.

이글거리는 8월 2일, 애리조나 윈즐로까지 전진한 댈러스 수비대에게 미합중국 방위사령부 총사령관 명의의 작전 계획이 하달되었다. 당장 세도나로 진격하여 피닉스와 라스베이거스 수복의 전진기지를 구축하란 명령이었다. 직선거리 100km가 넘는 거리도 문제지만 세도나를 둘러싼 코코니노 국유림 곳곳에 뚫려 있는 아임의 숨구멍이 더 큰 문제였다. 평소에는 평범한 칼데라처럼 보이다가도 느닷없이 1200℃의 화염을 뿜어내곤 했다. 방위사령부의 명령에는 미시시피 방어선 구축에 방해되는 지미를 제거하려는 의도가 담겨 있었다. 지미 역시 바보가 아닌지라 일찌감치 그 사실을 눈치챘다. 하지만 달리 방법이 없었다. 어차피 동쪽으로부터의 지원이 끊기면 댈러스 수비대는 살아남을 수 없었다. 그간 끝없는 개량을 통해 터널커터의 중량을 17t에서 5t으로 줄이는 등 경량화에 성공했지만, 그렇다고 외부 의존도가 조금이라도 줄어든 건 아니었다. 터널커터와 열압력탄 등 공격용을 비롯해 방독면이나 방화복 등 방어용까지 대부분의 보급 물자를 워싱턴 방위사령부로부터 지원받아왔다. 그들이 대장이고 그들이 법이었다. 지미로서는 달리 방법이 없었다.

닷새 뒤 방위사령부에 짧은 보고가 접수되었다. 진격 이틀 만에

세도나 전진기지 구축을 완료하고 사흘이 지난 그날 오후엔 피닉스까지 성공적으로 탈환했다는 댈러스 수비대로부터의 통신문이었다. 세계가 일제히 환호했다. 워싱턴 방위사령부로서는 울고 싶은데 뺨 맞은 격이었다. 지미라는 골칫덩어리가 지나치게 유능한 데다가 마침 그 소식이 닿기 불과 5분 전에 미주리의 스프링필드를 잃었기 때문이다. 스프링필드는 미시시피 방어선의 주요 거점 중 하나인 세인트루이스로부터 남서쪽으로 300km밖에 떨어져 있지 않은 도시다.

이튿날인 8월 8일 종희는 세탁기를 바꾸기로 마음먹었고, 세도나 전진기지에는 새로운 긴급명령이 하달되었다. 집에서 멀지 않은 거리에 가전제품을 파는 대형 매장이 있었다. 언젠가 한번 가보리라 생각했건만 전에는 통 기회가 없었다. 한끼 배를 채울 틈도 없이 라스베이거스로 출격하기 직전에 터널커터 지미는 브라질 국영방송과 짧게 인터뷰했다. 카메라를 향해 꼿꼿이 선 채로, 눈가에 미소를 담고서, 이번에야말로 아임의 숨통을 끊어놓겠다고 호언장담했다. 하지만 저 사람은 많이 지쳤구나, 하고 종희는 생각했다. 매장의 전시용 텔레비전에 비친 지미의 미소는 투명했다. 너무 투명해서 세상에 오래 존재할 수 없을 법한 미소였다. 지미는 평생 아버지의 원수를 갚기 위해 살아왔다. 다른 데에는 전혀 관심 없었다. 그런데 터널커터를 가득 장착한 폭격기를 타고 솟구치는 화염을 넘어 적진 한가운데로 날아가면서는, 아무래도

영영 베이커즈필드까지 도달할 수 없겠단 생각이 들었다. 게다가 그곳에 가면 또 뭘 어쩔 텐가. 지미는 목표 지점에 2기의 터널커터를 투하했다. 거대한 화염이 솟구치고 나자 움푹 파인 아임의 동맥이 드러났다. 가서 불덩이 따위한테 복수를 하고 나면, 그다음에 나는 뭘 위해 살지? 열압력탄 5기를 4km 간격으로 연속 투하했다. 시커먼 연기가 사라진 뒤 직경 30km의 함몰된 흉터가 보였다. 아임의 찢어질 듯한 비명소리가 들려왔다. 그럼 지금은 도대체 왜 사는 거야? 고민하다 귀를 기울여보니 이웃한 라디오 매장에서 불에 타들어가는 너무 많은 마음들의 아우성이 흘러나왔고, 그래서 종희는 투박하고 튼튼한 세탁기보다는 예쁘고 화려한 제품을 사기로 결정했다.

터널커터 지미의 죽음은 뼛속까지 절망에 오염되는 것도 꽤 근사하다는 사실을 입증했다. 지미의 화염엔 구질구질함이 없었다. 그러고 보면 지미는 항상 옳았다. 피닉스야 말할 것도 없고, 세도나 전진기지 역시 사령관을 잃고서 채 사흘을 버티지 못했다. 지미가 혼신의 힘을 다해 수복했던 미합중국 영토가 차례차례 불구덩이로 변했다. 온 세상 사람들이 지미의 죽음에 절망했다. 종희도 마찬가지였다. 가슴이 너무 시려 제대로 서 있을 수 없었다. 죽으면 안 될 사람이 죽었다. 그는, 터널커터 지미는 끝까지 살아남아야 했다. 살아서 싸워야 했다. 저 불장난의 악마를 그리 자유롭게 내버려두지 말아야 했다. 종희는 모든 게 꿈이길 바랐다. 간절

히 바랐다. 실제로 얼마 지나지 않아 미합중국을 뒤덮은 화염이 한바탕 꿈으로 밝혀지는 꿈을 꾸었다. 그런데 그 꿈도 꿈이었다. 잠에서 깨어나니 화염은 여전히 미합중국을 뒤덮고 있었다. 정신을 차린 종희는 지난 며칠 동안 붙들고 지낸 아찔한 자기기만을 인정했다. 실은 그걸 원하지 않았다. 원래대로 돌아가고 싶지 않았다. 35.4℃로 돌아가고 싶지 않았다. 가슴에 저릿하게 새겨진 비극을 웃음거리로 만들며 지미가 되살아나길 원하지 않았다. 그게 종희의 솔직한 마음이었다. 권태보다 끔찍한 건 이 세상에 없으니까.

보름이 지난 8월 23일 미합중국의 최전방 서부전선이자 카우보이적인 복수의 상징이던 댈러스는 화염에 겹겹이 포위되었다. 서너 살짜리 꼬마를 포함해 댈러스의 모든 시민들이 손에서 손으로 물을 나르며 필사적으로 항전했지만 역부족이었다. 도시를 둘러싼 수백의 새끼 화염 토네이도들이 산소를 마구 빨아들이는 바람에 불에 타 죽거나 탈진해 죽은 사람보다 질식해 죽은 사람이 훨씬 많았다. 그렇게 100만이 넘는 댈러스 주민들이 맥없이 쓰러져가던 어느 순간, 갑자기 새끼 화염 토네이도들이 약탈을 멈추고 바닥에 납작하게 엎드렸다. 도시 곳곳에서 활활 솟아오르던 불길도 한꺼번에 잦아들었다. 천지를 흔드는 굉음과 함께 저멀리 75번 도로 셔먼 방향에서 초대형 화염 토네이도가 진입했다. 최고 직경이 230m에 달했다. 그건 누가 봐도 아임이었다. 크게 우회하던 마

크 트웨인 국유림에서 동진을 멈추고 오랜 맞수의 장례를 짓밟으러 기쁘게 달려온 아임이었다.

한편의 불행이 다른 편에게는 행운이다. 댈러스가 뿌리까지 유린당하며 벌어준 시간으로 방위사령부는 미시시피 방어선을 더욱 견고하게 쌓을 수 있었다. 미시시피강의 초당 1.4kt에 달하는 풍부한 유량은 아임의 재림 당시부터 동부의 방어를 위한 최고의 지리적 환경으로 수없이 강조되어왔다. 물론 미합중국 방위사령부가 흐르는 강물에만 의지할 정도로 멍청하지는 않았다. 군부는 태생 자체가 철과 화약을 중시할 수밖에 없는 조직이다. 1500km가량의 방화벽 대부분이 시카고와 밀워키, 피츠버그에서 공동 제작되어 전역의 방어기지로 운송되었다. 하나의 방화벽은 폭 3m, 두께 0.15m, 높이 8m의 텅스텐 도금 철벽이고 전면에는 특수 알루미늄으로 코팅된 방염 스크린이 달려 있었다. 이렇게 생긴 방화벽을 100개 나란히 조립하면 300m에 이르는 방화벽 한 세트가 되었다. 미시시피 방어선에 늘어선 162곳의 방어기지에 평균 30세트씩 세워졌는데, 열팽창에 의한 뒤틀림을 보완하는 동시에 신속한 공수 전환이 가능하도록 각 세트마다 최대 5m의 간격을 두었다. 앞서 수폴스로 아임을 유도할 때 사용했던 도화선 작전을 전개해 아임의 진로를 교란하는 한편으로 미합중국 전체 공병의 3할이 죽거나 탈영할 만큼 혹독하게 공사 기간을 앞당긴 결과 이듬해 초에 방화벽이 완성되었다. 미시시피강을 등진 모습이었는데, 그게

과연 최선이었나에 관한 논란은 완공 후에도 끊이지 않았다. 강을 전면에 두자는 쪽은 방어 형태가 수성전이므로 해자를 안고 싸우는 게 상식이라는 주장을 펼쳤고, 강을 후면에 두자는 쪽은 불을 끄거나 방화벽을 식히는 등 미시시피의 풍부한 수량을 이용하는 게 유리하다는 주장을 펼쳤다. 결국 수차례의 전략 시뮬레이션을 통해 배수진 형태로 결정되었지만, 막상 그러고 나니 방화벽을 관리하는 군대와 후방의 보급지원부대 사이에 강이 놓인 어정쩡한 형국이 되어 군데군데 임시 교량을 설치할 수밖에 없었다. 아임이 로키산맥을 뛰쳐나온 지 4년 하고도 9개월이 지난 시점이었는데, 미국인들 대부분은 가슴에서 우러나온 애도를 담아 터널커터 지미가 떠난 지 여섯 달이 되었다고 표현했다.

최대 방어기지 중 하나인 테네시 멤피스의 방화벽 온도가 눈에 띄게 올라가기 시작한 건 3월의 첫 금요일이었다. 아칸소의 리틀록이 작살난 게 2주 전이니, 낮은 농경지를 훑으며 느리게 전진하는 속도를 감안했을 때 70km 전방에서 다가오는 중이라 예상할 수 있었다. 이튿날에는 미주리의 세인트루이스와 케이프지라도에서, 그다음날인 3월 7일 일요일에는 역시 미주리의 헤이티와 미시시피의 그린빌에서 같은 동태가 보고되었다. 방위사령부는 야전부대에서 보내온 첩보와 고고도 무인정찰기에서 얻은 열화상 자료와 화염 토네이도 집단의 진행 패턴에다 고위 간부의 지레짐작을 조금 섞어 장차 북위 33.4°와 38.6° 사이에 공세가 집중될 것으

로 예측했다.

크게 다르지 않아, 실제로 3월 16일 가장 먼저 교전이 시작된 지점은 멤피스에서 남서쪽으로 40km 떨어진 호스슈 호수였다. 미리 대기하고 있던 2만의 수비 병력은 5시간의 격렬한 저항 끝에 방어선을 지켜냈다. 이 과정에서 열 마리 남짓한 새끼 화염 토네이도를 토벌했다. 곧이어 미주리의 페리빌에서 교전이 발생했고, 얼마 지나지 않아 세인트루이스 북쪽에서도 화염이 솟아올랐다. 호스슈와 세인트루이스가 방어선을 단단히 지킨 데 반해 페리빌은 방화벽 일부가 허물어지는 수모를 겪고 80t에 달하는 소화 폼foam 을 동원한 끝에 새끼 화염 토네이도들의 진입을 저지했다.

방위사령부는 하루 동안 무려 세 건의 전투를 승리로 이끌면서 단 한 명의 인명 손실도 입지 않았다는 사실을 크게 홍보했다. 그러나 이 승리는 어느 군사평론가의 말마따나 '길 잃은 불기둥 몇몇과 조우한 것'에 불과했다. 터널커터 지미였다면 그 정도의 전과는 양치질하면서도 올릴 수 있었을 것이다. 방위사령부가 사소한 승리에 고무되어 서로를 치하하던 3월 21일 오후, 방어선 남쪽 끝자락에서 시커먼 연기가 솟아올랐다. 아차팔라야강이 빽빽한 지류를 형성한 7시 방향으로부터 배턴루지 방어기지가 불시의 일격을 당한 것이었다.

이 소식은 워싱턴의 방위사령부를 심각한 패닉 상태로 몰아넣었는데, 왜냐하면 배턴루지는 남부 최대의 방어기지인데다가 그보다

400km나 서쪽에 있는 휴스턴도 그때까지 멀쩡히 살아 있었기 때문이다. 역추적 시뮬레이션에 의하면 아임은 댈러스에서 5시 방향 데이비크로켓 국유림까지 남진한 뒤 느닷없이 동쪽을 향해 크게 방향을 틀었고, 이후 서빈과 키새치 국유림을 밟은 뒤 다시 5시 방향으로 급격히 틀어 배턴루지의 코앞인 라피엣까지 진격해온 것이었다. 최고 수준의 정찰용 정지위성과 고고도 정찰기가 보내온 열화상 영상자료에도 불구하고 아임의 소재를 정확히 파악하는 데 실패한 이유는 미시시피 방어선의 서쪽 대륙 전체가 600°C 이상의 고열로 뜨겁게 달아올라 있던데다가 아임에게서 떨어져나온 새끼 화염 토네이도들이 끝없는 이합집산을 거듭하면서 아임에 육박하는 규모와 온도로 성장해 독자노선을 걷는 일이 잦았기 때문이다.

용케 도망친 배턴루지의 패잔병들은 아임이 강림했다고 주장했지만 실제 자신의 눈으로 불지옥의 중심을 본 사람은 없었다. 하늘을 뒤덮은 재와 화염을 향해 날아가다 떨어지는 크고 작은 먼지들, 그리고 무엇보다도 아임 주위를 경호원처럼 둘러싼 새끼 화염 토네이도들의 활약 탓에 목숨을 유지할 수 있는 거리인 30km 바깥에서 아임을 직접 목격하는 건 불가능에 가까웠다. 아직 아임이 배턴루지를 질겅질겅 뜯어먹고 있는 동안 남동쪽으로 100km 너머에 위치하며 폰차트레인을 비롯해 머레파스, 샐버도어 등 수많은 거대 호수에 둘러싸인 대도시 뉴올리언스 역시 통째로 반숙이

되어가고 있었다.

터널커터 지미를 저버리면서까지 구축해놓은 미시시피 방어선 일부가 허물어졌다는 소식은 세계 전역으로 일제히 타전되었다. 모든 사람들이 같은 단어를 떠올리며 걱정했지만 섣불리 입 밖에 내는 이는 드물었다. 그러다 4월 19일 새벽, 패색이 짙던 빅스버그 방어기지를 부랴부랴 70km 후방의 잭슨으로 옮기는 중에 두어 마리의 새끼 화염 토네이도를 놓쳐서 불길이 비엔빌 국유림 자락에까지 옮겨붙자 스페인 카탈루냐의 작고 용감한 지방신문이 맨 처음으로 저 불경스러운 단어를 머리기사에 사용했다. "아임은 진정 애팔래치아산맥을 노리는가?"

화재가 휴지기를 포함해 27년 동안 지속되면서 당장 엉덩이에 불붙을 걱정이 없는 다른 대륙 사람들은 미합중국의 대재난에 둔감해졌다. 10만 명, 20만 명이 타 죽는 장면을 보아도 그런가보다, 또 그런가보다, 아직 그런가보다, 계속 그런가보다 하고 마른 시선을 다른 데로 돌렸다. 아이의 아기는 달랐다. 아이의 아기는 매번 눈물을 줄줄 흘리며 울었다. 제 등짝에 불길이 옮겨붙은 것처럼 몸부림치며 울었다. 일곱 살이 되어도 마찬가지였다. 미시시피 방어기지의 텅스텐 도금 철벽이 종잇장처럼 날아올라 화염 토네이도로 빨려들어갔다가 자갈이나 알루미늄과 뒤섞여 반경 수십 km에 흩뿌려졌는데, 그 벌겋게 달아오른 쇳물 파편에 맞아 죽거나 다치는 이들이 너무 많았다. 영상은 여과 없이 텔레비전에 방송되었다.

아이의 아기는 침대에 엎드려 폐부를 쥐어짜듯 오열했다. 눈물을 닦아주려 일으켜보니 입술이 새파랗게 질려 있었다. 종희는 아이의 아기를 꼭 껴안았다. 그리고 노래를 부르듯 달래주었다. 미국은 아주 멀리 있단다. 그들의 상처는 우리한테 보이지 않고, 그들의 비명도 여기선 들리지 않아. 그들은 우리 친구가 아니란다. 그날 밤 회색 재를 품은 걸쭉한 비가 내려 종희의 도시를 더럽혔다. 비에서는 지독한 노린내가 났다.

아임이 로키산맥에 묶여 있던 때보다 한층 교활하고 무자비해졌다는 증거는 중부 최대 방어기지인 멤피스의 불명예스러운 최후에서 찾아볼 수 있다. 미시시피 방어선에서의 첫 승전보를 날렸던 로빈슨빌이 500m 가까이 치솟은 불기둥 속에서 지글지글 끓자, 그 열기에 벌써 전의를 상실한 멤피스의 야전사령부는 미시시피 방어선을 포기하기로 결정했다. 1차 퇴각 후보지는 두 군데인데 2시 방향으로 300km 떨어진 테네시주 내슈빌, 그리고 4시 방향으로 역시 그만큼 떨어진 앨라배마주 버밍엄이었다. 아임이 어떻게 움직이는지 주시하면서 둘 중에 보다 안전한 장소로 이동하려던 것이었다. 17만 병력의 대규모 퇴각작전은 언론을 통해 이미 공개가 되었기 때문에 많은 이들이 관심을 갖고 지켜보았다. 6월 8일, 멤피스 북서쪽의 매리언에서 봉화가 오르자 멤피스의 야전사령부는 신속히 동남쪽 버밍엄 방향으로 철수를 시작했다. 그러나 240km쯤 가서 뱅크헤드 국유림을 거쳐 해일처럼 밀어닥치는

불길과 마주쳤다. 황급히 목적지를 내슈빌로 수정한 뒤 북으로 진로를 틀었는데, 테네시강을 건너 플로렌스를 통과할 무렵 내슈빌로 들어가는 길목인 프랭클린에 화염이 솟아올랐다는 보고를 받았다. 다시 그 육중한 조직을 이끌고 5시 방향으로 전진해 몰턴까지 갔지만, 이번엔 목적지인 남쪽의 버밍엄과 동쪽의 헌츠빌이 동시에 함락되었다는 소식을 들었다. 이제 더는 방법이 없었다. 미시시피 방어선을 뚫은 서쪽의 아임은 홀리스프링스 국유림까지 진격한 상태였고, 북쪽으로는 프랭클린을 집어삼킨 불이 스프링힐을 거쳐 컬럼비아까지 휩쓸고 있었다. 미합중국 방위사령부, 또 미국인을 비롯한 세계시민들은 17만 최정예 전투 병력이 사방팔방으로 토끼몰이를 당하다가 불로 이뤄진 벽에 둘러싸여 한 명도 남김없이 몰살당하는 광경을 지켜보아야 했다. 멤피스 야전사령부의 병력은 디케이터와 애선스, 로저스빌, 킬렌을 거치며 희박한 산소와 엄청난 고온 속에서 4만으로 줄어들었고, 끝내는 로저스빌로 되돌아와 다치고 지친 마음을 내려놓으며 영원한 안식에 들어갔다. 6월 둘째 주의 일이었다.

모든 사람은 죽는다. 이것은 연역 논증을 암기하기 위한 명제를 넘어 주위에서 실제로 벌어지고 있는 일이다. 모든 사람은 죽기 때문에, 결국 삶이란 죽음을 향해 가는 과정에 다름 아니다. 그 길 끝엔 틀림없이 죽음이 있다. 그런데도 사람들은 죽음에 아주 가까이 다가가서야 비로소 놀라운 배신이라도 당한 것처럼 호들

갑을 떤다. 종희는 위암 진단을 받았다. 당장은 아니더라도 머지 않아 그로 인해 죽게 될 것이다. 비로소 생의 전부를 알아버린 기분이었다. 그게 전부였다. 호들갑이라도 떨어줄 만큼 생을 사랑하지 않았다. 나른한 일요일 오후에 남편의 사망 소식을 들었다. 집을 나간 지 벌써, 그게 언제더라, 아무튼 꽤 오래였다. 왜 나갔는지조차 제대로 기억나지 않았다. 남들의 주차 시비를 옆에서 구경하다가 별안간 심장이 멎은 거라 했다. 주머니에는 고시원 열쇠와 구겨진 담뱃갑과 일회용 라이터와 동전 1130원이 들어 있다고 했다. 1130원이 몽땅 10원과 50원짜리라고 했다. 그 얘길 듣자 클럽에서 나미의 빙글빙글 춤을 아주 열심히 추던 남편의 모습이 떠올랐다. 남편은 빙글빙글 춤을 종희에게도 꼭 가르쳐주고 싶어했다. 남편이 옆에서 가슴을 움켜잡고 쓰러져 죽는 바람에 주차 시비는 그만 끝이 났을까? 종희가 궁금한 건 그 하나였다. 그것도 실은 크게 궁금하지 않았다.

미시간 호수의 물을 길어다 끈질기게 버티던 시카고가 멸망한 건 이듬해 1월 5일의 일이었다. 동부에서 징집되어 온 22만의 병력과 몰리고 몰려서 더는 몰릴 곳이 없던 서부의 피난민들과 차마 고향을 떠나지 못한 현지인들까지 모두 합해 340만이 떼죽음을 당했다. 시카고 시장이 후퇴를 명령했지만 너무 늦었다. 도로를 뛰어가던 사람들은 질척하게 녹은 아스팔트에 팔다리가 묶인 채로 타 죽었고, 불길을 피해 호수로 뛰어든 사람들은 그 즉시 싯누

렇게 익은 몸이 되어 떠올랐다. 이에 비하면 축사의 황소 한 마리가 등불을 걷어찬 여파로 1800채의 빌딩이 전소되고 300명이 사망했던 1871년의 시카고 대화재는 캠프장 모닥불에 불과한 것이었다. 미시간 호수의 수면이 내려가 갯벌이 드러나면서 수역 경계가 동쪽으로 12km나 밀려났고, 노덜리섬은 불에 까맣게 그슬린 봉우리 신세가 되었다. 시카고의 1월 평균 기온은 따뜻해봤자 영하였다. 얼음이 얼고 눈도 많이 내렸다. 그러나 이제 2100℃의 화염으로 달궈진 시카고에는 수분이 단 한 방울도 남지 않았다.

불과 6년 전까지만 해도 미합중국은 아임과의 일전을 벼르고 있었다. 18년 동안의 긴 잠에서 깨어나 어서 덤벼들기를, 그 전쟁을 통해 미국 서부 해안 주민들의 원수를 자디잘게 분쇄하기를 고대해왔다. 하지만 실제로 벌어진 일은 정반대였다. 미합중국은 부지런히 도움을 요청했으나 다른 나라들로서도 마땅히 도울 방법이 없었다. 형식적으로 파견된 외국 구조대는 화염의 중심으로부터 멀찌감치 떨어진 곳에 주둔해 불구경을 하거나, 아니면 몇 발자국 더 나아가 몰살당하거나 둘 중의 하나를 선택해야 했다. 그 외에는 할 수 있는 것이 없었다.

인디애나의 인디애나폴리스, 켄터키의 루이빌, 테네시의 채터누가, 그리고 조지아의 애틀랜타는 3월 11일 동시에 함락되었다. 불안이 두껍게 내려앉은 새벽 3시에 대공세가 시작되어 불과 한 시간 만에 상황이 종료되었다. 그 불속에서 인류가 영영 잃어버

린 문화적 가치들, 이를테면 자동차를 향한 포드의 야망이나 소설 『바람과 함께 사라지다』를 떠올리는 이는 없었다. 200만에 달하는 사망자를 언급하는 이도 없었다. 모두들 이 도시들이 파괴됨으로써, 혹은 파괴되는 과정에서 드디어 현실이 되어버린 악몽을 탄식처럼 외치는 데 급급할 뿐이었다. 그것은 한때 세계적으로 금기시되었던 단어, 즉 '애팔래치아'였다.

인디애나폴리스와 루이빌의 화염이 각각 신시내티와 렉싱턴을 거쳐 동남쪽 대니얼 분 국유림까지 전진하는 동안 미국 남동부 최대 도시인 애틀랜타를 통째로 증발시킨 아임은 채터후치 국유림으로 북상했다. 허울뿐인 미합중국 방위사령부는 아임의 바짓단이라도 한번 잡아보기 위해 온갖 불평등 국제협정에 조인하며 구걸해온 수천 기의 터널커터를 투하했다. 그 수입산 터널커터들은 지미가 고안하고 개량한 것과 완전히 동일한 물건이었으나 예전처럼 효과가 있진 않았다. 정확히 어느 지점에 투하해야 아임의 터널이 파괴될지 모르고 또 알아낼 시간도 없던 방위사령부가 아까운 터널커터를 그냥 불 위에 쏟아버렸기 때문이다. 그래도 육중한 쇳덩어리로 융단폭격한 셈이어서 약간의 성과가 있긴 했다. 이를테면 대니얼 분 국유림에 번진 불은 나무 몇 그루 태우지도 못하고 금방 진압되었다. 문제는 채터후치 국유림이었다. 도슨빌 방향으로 전진할 거라 보아 그 주위에 빼곡히 4500기의 터널커터를 투하했는데, 불길은 엉뚱하게도 북서쪽 방향으로 70km 떨어진

채츠워스를 통해 침투했다. 5월 말, 애팔래치아산맥의 남서쪽 끝자락인 채터후치 국유림에서 불길이 치솟았다. 아임이 마침내 미합중국의 유류창고 속으로 들어온 것이다.

모든 사람은 죽는다. 이것은 실제로 벌어지고 있는 일이다. 평생에 걸쳐 뚜벅뚜벅 죽음을 향해 걸어온 주제에 도착 직전이 되어서야 비로소 놀라운 배신이라도 당한 것처럼 호들갑을 떤다. 아임이 18년의 칩거를 끝내고 로키산맥에서 뛰쳐나왔을 때부터, 아니 서부 전체를 불지옥으로 만들어놓았을 때부터, 아니 UCLA 식물원에서 처음 화재가 시작되었을 때부터, 아니 종희가 미국으로 건너갔을 때부터, 아니 종희가 깊이를 알 수 없는 권태에 붙들렸을 때부터, 아니 종희가 제 의지와 무관하게 세상에 던져졌을 때부터 3억 2천만 미합중국 시민 대부분은 벌써 죽은 목숨이었다. 괜찮으냐고 의사가 물었지만 종희는 아무 말도 할 수 없었다. 방사선치료를 받는 중인데 괜찮으면 미친 여자고 안 괜찮으면 불쌍한 여자다. 어느 쪽도 다른 쪽보다 낫지 않다. 채터후치 국유림에서 단단히 배를 채운 아임은 이듬해 초여름 낸터할라와 피스가를 거쳐 체로키 국유림으로 진격했다. 이어 조지 워싱턴 앤드 제퍼슨, 머농거힐라 국유림에 이른 10월 무렵에는 애팔래치아의 풍부한 화석연료를 밑천으로 몸집을 몇 배나 불렸다.

이제 아임은 저 옛날 서부 해안을 내달리던 시절의 작고 영리한 화마火魔가 아니었다. 중심부 온도가 평균 2250℃를 넘었고 하단의

지름이 상시 300m 이상인데다가 신장은 7km에 달하며 40m/s로 회전하는 화염 소용돌이를 가진 파괴의 신이었다. 공기를 대량으로 연소시키느라 구심 방향으로 몰려드는 거대한 폭풍이 생겨났는데, 멀리서 도망치던 어린아이나 작은 동물이 수십 km를 날아 그 폭풍 속으로 빨려들어가는 건 매우 흔한 광경이었다. 자동차나 주택, 심지어는 30층 빌딩까지도 통째로 지표면에서 뜯겨나가 아임의 연료 신세가 되었다. 일단 폭풍 아가리 속으로 들어간 것들은 탈 만큼 탄 뒤 남은 부분이 있으면 걸쭉한 쇳물 형태가 되어 맨 꼭대기의 출구를 통해 비산되었다. 이처럼 대기의 흐름을 뒤죽박죽으로 만들어놓는 대형 폭풍과 고속으로 날아다니는 금속 파편으로 인해 펜실베이니아와 뉴욕 전역의 공항에서는 비행기의 이착륙이 완전히 불가능해졌다. 한편으로 불기둥의 규모가 막대하게 성장한 만큼 이동 속도는 그에 반비례하여 크게 줄어들었는데, 이를테면 버지니아 윈체스터에서 메릴랜드 볼티모어까지의 125km는 68시간, 다시 펜실베이니아 필라델피아까지의 130km는 52시간이 걸렸다. 두 코스 모두 돌진에 가까운 직선이동이었음에도 그랬다. 애팔래치아산맥을 훑으며 이동할 때는 비교적 얌전했지만 도심의 빌딩숲을 훑으며 이동할 때는 미친 돼지처럼 날뛰었다. 너무 많은 철과 알루미늄과 구리와 콘크리트와 시멘트와 유리를 삼키고 태우고 녹인 다음 위로 뿜어내느라 고속으로 회전하는 화염 내부에선 끊임없이 번개가 발생했다. 아임이 휩쓸고 지나간 자리

에는 지하 깊은 곳의 석유와 석탄까지 모두 연소되어 용암이 흐르는 거대한 골짜기가 생겨나곤 했다.

이제 미합중국 방위사령부는 밑바닥까지 와해되어 하와이의 독립선언에도 형식적인 논평조차 내놓지 못할 지경에 이르렀다. 행정조직을 비롯해 정치, 외교, 교육, 의료, 군사, 교통, 통신 등 현대 국가의 모든 면모들이 돌이킬 수 없이 붕괴되었는데, 사실 그건 오랫동안 차근차근 진행되어온 일이어서 다만 이제 거기 도착한 것에 지나지 않았다. 다음해 2월이 지나가기 전에 캐나다가 국경을 전면 개방하여 300만 이상의 미합중국 난민을 받아들였다. 쿠바와 멕시코, 러시아도 차례로 비슷한 조치를 취했지만 수천의 난민을 태운 여객선이 대양 한가운데에서 침몰하는 사고가 잇따르자 6월을 기점으로 전면 중단했다. 위를 잘라내는 게 어떻겠냐는 말을 듣고 종희는 의사의 눈을 빤히 쳐다보았다. 대체 무슨 생각으로 그걸 나한테 묻는가.

막상 잘라내고 나니 위가 없는 인생도 별다를 거 없었다. 위가 있어서 행복하다거나 위가 없어서 불행하다고 말할 건 아닌 듯했다. 하지만 며칠 지나자 그게 아니라는 사실을 깨달았다. 하찮더라도 있는 게 나았다. 명목상으로나마 존재하던 워싱턴 방위사령부가 불에 탄 건지 야반도주한 건지 모르게 흔적 없이 사라지자 남은 북동부의 5개 주는 혼란에 빠졌다. 그들은 아임이 어디쯤 오고 있다거나 어떤 경로로 탈출할 수 있다거나 이동 수단이 어떻게

준비되어 있다거나 심지어는 어딜 가야 연방공무원을 만날 수 있다거나 하는 모든 정보로부터 깨끗이 차단되었다. 적절한 장비만 있다면 죽이거나 멀리 쫓아낼 수 있었을 새끼 화염 토네이도 한두 마리가 동부 해안의 난민촌에 들어와 수백 명을 할퀴어도 어디 하소연할 곳이 없었다.

9월 17일에 아임은 북으로는 뉴욕의 시러큐스를, 동으로는 매사추세츠의 보스턴을 함락시켰다. 국가로서의 미합중국은 사실상 이 시점에 끝났다. 아임은 뉴햄프셔의 화이트마운틴 국유림 부근에서 약간 더 몸집을 키웠는데, 전략적인 관점에서 볼 때 굳이 그럴 필요가 없었다. 방위사령부가 행방불명된 날부터 북동부 전역은 이미 무정부 상태에 빠져 행정력을 완전히 상실했기 때문이다. 노략질이 횡행했으며 군사기지에 보관된 보급품 또한 예외가 아니었다. 아임 없이도 연일 크고 작은 불길이 치솟았고 건물이 무너졌다. 민병대가 관공서를 약탈했고 시민들은 사소한 이유로 총살당했다. 그 지옥에서 탈출할 처지가 못 되는 이들은 하루가 다르게 치솟는 기온을 느끼며 죽음에 대비했다.

열흘 뒤인 9월 27일에 누적 사망자 수가 2억 명을 돌파하자 종희는 수치스러움을 느꼈다. 이럴 거면 위는 왜 잘랐을까. 림프에서 종양이 발견되었다. 뜻밖이었지만 그건 림프라는 단어를 난생처음 접했기 때문이었다. 듣자 하니 위암에서 림프암으로 전이되는 경우가 꽤 있는 모양이었다. 방사선치료와 항암치료를 병행했

다. 위암은 큰 거 하나인데 림프암은 작은 거 여럿이었다. 어떤 게 더 안 좋은 건지 알 수 없었다. 어디를 노려봐야 좋을지 모르기 때문에 후자가 더 나쁜 것 같기도 했다.

메인의 포틀랜드를 짓밟은 4월 8일을 마지막으로 신장 7km가 넘는 초대형 화염 토네이도, 아임이라 불리던 저 거대한 파괴의 신은 자취를 감추었다. UCLA의 식물원에서 뛰쳐나온 지 31년 만이었다. 이따금 신장이 2km 남짓한 화염 토네이도가 등장해 잿더미를 들쑤시곤 했지만 어느 것도 아임처럼 중심부 평균 온도가 2300℃에 이르거나 화염의 회전 속도가 40m/s에 달하지 않았다. 실은 그에 훨씬 못 미쳐서, 5월 3일 옛 보스턴 부근에서 발흥한 가장 강력한 화염 토네이도의 중심부 온도가 1600℃, 화염의 회전 속도 또한 18m/s에 불과했다. 화염 토네이도는 잿더미로 변한 대륙의 어디에서나 불시에 생겨났다가 불시에 사라졌다. 그 빈도는 날이 갈수록 줄어들었다.

6월이 되자 높이 100m가 넘는 화염 토네이도는 발견되지 않았다. 그렇게 지상의 불 대부분이 사그라진 뒤에도 지하의 불은 화석연료 부스러기를 태우며 지반을 야금야금 기체로 만들었고, 그마저 완전히 소비한 다음에야 트림하듯 짙은 연기를 뿜었다. 9월이 되면서 대륙의 평균 지표면 온도는 600℃ 이하로 내려갔다. 겨울에는 450℃까지 떨어졌다. 다시 1년이 지나자 160℃로 측정되었다.

평균 70℃ 이하로 내려간 4월부터 과학적 호기심 혹은 광활한 미개척 대륙에 대한 야심으로 탐사대를 파견한 국가가 총 22개국에 달했다. 현장에서 직접 얻어낸 데이터는 예상보다 훨씬 나빴다. 대륙 전체가 말 그대로 잿더미였다. 샌디에이고 오테이강에서부터 캐나다 코앞인 메인의 롱 호수까지 두터운 회색 재로 뒤덮여 있었다. 그 재를 살짝만 건드려도 치사량을 웃도는 유독가스가 터져나왔다. 특수탐사장비로 잿더미를 뚫고 내려가보니 통제된 실험실에서나 볼 수 있는 온갖 유독물질들이 주먹만한 돌멩이로 농축되어 지각의 뒤틀림에 따라 이리저리 굴러다니고 있었다. 실망한 대부분의 탐사대가 철수했지만 러시아, 인도, 일본, 카타르 탐사대는 1년 이상 현지조사를 이어갔다. 드물게 비가 내리는 일도 있었다. 그러면 젖은 재가 걸쭉한 진창을 이루었다. 설령 강력한 폭우가 내린다 하더라도 맨땅이 겉으로 드러나는 경우는 없었다.

러시아와 카타르가 먼저, 일본이 다음, 인도가 맨 마지막으로 철수했다. 각기 자신들의 정부에 제출한 최종 보고서의 내용은 비슷비슷했다. 지표면의 65%는 광물이 녹아 형성된 수평 암반이고 33%는 반용융 상태의 소괴clinker이며 나머지 2%는 모래 형태의 무기화합물이었다. 최고 22m, 최저 1.5m의 유독성 재가 대륙 전역에 평균 7m 높이로 쌓였으며 집중 강우시 0.3m 두께의 진창을 형성하나 대략 72시간이 지나면 본래대로 환원되는 것으로 관찰되었다. 그 지역에서는 거주와 채굴과 생명활동 모두가 불가

능, 불가능, 완전히 불가능했다. 이들 보고서의 대동소이한 요지는 '미국 같은 거 세상에 없는 셈 치라'는 것이었다. EU의 고위 공직자가 중국 다롄에 위치한 UN 본부에서 연설했다. "친구를 쉽게 잊어버릴 수는 없다. 하지만 아픔을 너무 오래 간직한다면 우리 모두가 불 없이도 죽어갈 것이다."

종희는 고개를 끄덕였으나, 조금 뒤에는 피식 웃을 수밖에 없었다. 삶에서 궁금한 건 이제 정말 하나도 남지 않았다. 몸이 무섭게 시들어가는 중이었다. 종희의 몸엔 정상 세포보다 암세포가 많다고 했다. 그래서 잘라내려면 오히려 정상 세포를 잘라내야 한다고 했다. 그걸 농담이라고 말하는 의사는 참 희한한 사람이었다. 아이가 제 아기를 앞세우고 병실로 찾아왔다. 아이는 눈가에 주름이 너무 많아서, 아기는 코밑에 수염이 거뭇거뭇 자라서 한눈에 알아보지 못했다. 두툼한 서류 뭉치를 내밀기에 빠짐없이 서명해주었다. 쭈뼛거리며 나가는 뒷모습을 보아하니 다신 지상에서 마주칠 일이 없을 모양이었다. 한편으론 다행스러웠고 한편으론 부러웠다. 돌이켜보면 제 삶의 말줄임표는 너무 요란한 것 같았다. 말줄임표의 점이 2억 개가 넘는 것 같았다. 그렇다면 줄어든 말은 인생 전체보다도 크지 않은가. 잘라내려면 오히려 인생을 잘라내야 하지 않겠는가.

느리지만 뚜벅뚜벅 다가온다. 그게 권태일 수도 있고, 운이 좋으면 다른 무엇일 수도 있다. 결국엔 알게 된다. 종희는 뭐든 가리

지 않고 잘 먹었다. 이따금 형언할 수 없이 끔찍한 복통이 엄습해 왔다. 일종의 조짐 같은 것이 있어서, 기미가 느껴질 때면 눈을 반짝반짝 빛내며 통증이 피어오르길 기다렸다. 다들 그녀를 싫어할 만했다. 그래도 종희는 뭐든 가리지 않고 잘 먹었다. 다시는 태어나지 않기를 빌었다.

죽음에 크게 한 발 걸치고 꿈을 꾸었다. 식물원의 외딴 구석이었다. 인디언 제니는 대자로 누워서, 멕시컨 제니는 작게 웅크려 앉아 잠이 들어 있었다. 불이 꺼진 모닥불에선 가느다란 연기만이 처량하게 흘러나왔다. 일어났다. 돌아서서, 아무도 깨지 않게 천천히 걸었다. 공기에서 탄내가 났다. 건조하지도 않고 축축하지도 않은 낙엽들이 밟혔다. 멋지게 자란 나무들 사이로 종희는 걸었다.

찾았다.

거기 있었다.

낙엽 더미 옆이었다. 작은 막대기 하나가, 그 끝의 단단한 불씨가, 렘브란트적인 홍염을 단정하게 일렁이며, 미칠 듯 저주받은 안색, 먼 옛날과 똑같은 모습으로, 아직 너무 어려 눈도 뜨지 못하는 아임을 깊이 품고서 거기 놓여 있었다.

가슴에 손을 얹은 채 기다렸다.

하나만 물어보자, 하고 불씨가 문득 입을 열었다.

대제국을 통째로 불태웠건만 어찌하여 너의 체온은 그대로인가?

한심해서 대꾸하지 않았다.

기다렸다.

그저 기다렸다.

이제 곧 피어오를 생의 마지막 통증만을 종희는 기다렸다.

시간의 입장에서

종이상자에 담긴 누런 유정란 하나가 맨해튼 이스트 강변의 UN 본부에 도착했다. 분석 결과 진짜 적색야계赤色野鷄, red jungle-fowl의 달걀로 판명 났고, 이 소식은 독일 본에 위치한 IPBES생물다양성과학 기구, Intergovernmental Science-Policy Platform on Biodiversity and Ecosystem Services 로 전달되었다.

월요일 오전 10시, 독일 IPBES의 종다양성보호위원회에서 사실 확인 및 개체 인수를 위해 현장 요원을 급파하기로 결정했다. 그런데 그날은 하필 10월의 첫 일요일 다음날이라 모든 요원이 옥토버페스트의 숙취로 고생중이었다. 오후 4시가 되어서야 지원자가 한 명 나왔다. 현장 요원도 아닌 사무직 중간 간부, 성범수였다. 승진에 별 도움이 되지 않는 일에 그는 왜 자원했을까?

귀싸대기를 맞았기 때문이다.

그렇다. 부끄럽게도 범수는 귀싸대기를 한 대 맞았다. 곤하게 자던 중이었다. 머리에 가해진 충격이 어찌나 강했던지 매트리스 스프링의 탄성에 의해 몸이 똑바로 일으켜질 정도였다. 자고 있던 방향과 타격이 가해진 위치, 그리고 오른 손바닥을 열심히 주무르는 모습 등으로 미루어보아 아내가 제자리에서 몸을 일으켜 왼손으로 매트리스를 짚은 뒤 오른손을 이용해 사력을 다해 내리찍은 모양이었다.

아내는 낮게 으르렁거렸다. 대략 남편을 비하하고 결혼생활을 후회하는 것 같았다. 여러 맥락을 종합해볼 때 그렇다는 것이지, 실제로는 한마디도 알아들을 수가 없었다. 그건 진짜 '으르렁'이었다.

상황을 이해하려는 노력이 벽에 부딪히자 범수는 귀싸대기 맞던 순간의 자세를 생각했다. 8년 동안 살을 맞대고 살아온 남편을, 무방비 상태로 곤히 잠든 뺨을, 입술로 살랑살랑 간질여도 시원찮을 판에, 벌레 밟듯 있는 힘껏 내리찍은 그 결기 있고 단호한 자세를 생각했다. 그러자 이건 정말 원통하단 생각이 들었다. 횡설수설하는 아내의 어깨를 밀었다. 아내는 삼류 엑스트라처럼 넘어지더니 침대 아래로 굴렀다. 대각선 저쪽 끝 문지방까지 데굴데굴 잘도 굴렀다. 갈고닦은 듯 몸놀림이 가볍고 자연스러웠다.

짐은 모두 싸둔 상태였다. 있는지도 몰랐던 커다란 이민가방이

현관 앞에 다섯 개나 줄지어 있었다. 집에 가겠다고 했다. 이혼서류는 우편으로 보낸다나 어쩐다나.

"여긴 독일이고, 당신 친정은 대전에 있어. 그리고 지금은 새벽 3시야."

"6시 15분 비행기로 예약했어."

그녀를 붙잡기 위해, 일단은 붙잡고 뭐라고 얘기라도 나눠보기 위해 노력했지만 그토록 착착 진행되는 단계의 어디에도 범수가 끼어들 틈은 없었다. 같이 살았던 지난 8년에 걸쳐 끝없이 리허설을 해둔 게 아닐까? 출발이 3시간 남았으니 이제 슬슬 남편의 귀싸대기를 내리찍어 깨워야겠네, 뭐 그런 건가? 제발 이유만이라도 알려달라고 사정했다.

"때가 된 거지."

아내가 쌀쌀맞게 대꾸했다.

"때가 되었다고?"

"당신도 잘 알고 있잖아."

범수는 잘 알고 있지 않았다. 실은 뭐가 어떻게 돌아가는 건지 전혀 짐작할 수 없었다. 그러나 고개를 끄덕이며 알아들은 척을 했다. 어쩐지 그러는 게 좋을 것 같았다. 혹은, 어떻게 해도 달라질 게 없을 것 같았다.

택시는 현관 앞에서 대기하고 있었다.

떠났다.

존스홉킨스 대학 연구팀에서 발표한 진화생물학 논문 한 편이 지나치게 많은 관심을 끌었다. 요약하자면 닭의 멸종이 임박했다는 것이었다. 뭐?

뭐라고?

많은 사람들이 머리를 갸우뚱거렸다. 닭은 지금 이 순간에도 지구상에 300억 마리 넘게 살고 있는 동물이어서, 산술적으로 계산해보아도 멸종할 확률이 인간보다 네 배는 낮다.

하지만 연구팀의 지적에 의하면 그건 닭이 아니라 "닭고기맛이 나는 유전공학적 농산물genetically engineered farm products tasting like chicken"에 불과하다. 지난 100년 동안 급격한 종 개량과 유전자조작을 거치며 그들의 직계 조상인 적색야계와 모든 면에서 완전히 달라졌기 때문이다. 논문은 그 주요한 근거로 생식적 격리 메커니즘reproductive isolation mechanism 추적 결과를 제시했다. 수정 후 격리postzygotic isolation, 즉 수정체 내에 결함이 발생하여 동종 개체와의 유전자 교류가 단절되는 아종 수준의 분화는 가축화가 시작된 약 4000년 전에 발생한 일이지만, 현대에 와서는 이러한 수준을 훌쩍 넘어 아예 짝짓기 자체가 물리적으로 불가능한 배우자 격리gametic isolation까지 일어나 급기야 생물학적 개편reorganization 단계에 이르렀다는 것이다. 말하자면 영판 다른 생물로 분류해야 할 만큼 격리가 진행된 것인데, 진짜 야계와 오늘날 닭 사이의 생물학

적 격리 수준은 곰과 미꾸라지 사이 정도로 추정되었다. 수컷 곰과 암컷 미꾸라지가 만나 가정을 이룬다고 생각해보라. 퍽이나 단란하겠다.

연구팀의 주장은 동료 연구자들의 후속 논문보다는 때마침 보고된 세계 각지의 유사 실험 결과를 통해 뒷받침되었다. 이를테면 2015년 2월에 KFC 연구팀의 분자육종molecular breeding으로 태어난 캔자스 위치토 양계장의 귀염둥이 닭 '미니'는 조류가 아니라 포유류, 그중에도 성질 급한 설치류여서 나흘에 한 번꼴로 6~8마리의 새끼를 낳아 젖을 먹였다. 매스미디어는 종말이 다가왔다며 온갖 생난리를 쳤으나, 정작 학계의 반응은 차분했다. 진화생물학자들은 이따금 생식적 격리 메커니즘을 교란시켜 그런 괴물을 만들어내기도 하는 모양이었다. 게다가 진화의 큰 틀에서 본다면 이와 같은 광경은 조작이 없는 순수한 자연 상태에서도 드물지 않게 발생한다. 널리 알려진 예로 옛날 말(에오세 초기의 하이라코테리움)은 몸집이 고양이만하고 나뭇잎을 먹었다. 옛날 잠자리(석탄기의 메가네우라)가 날개를 완전히 펼칠 경우 70센티미터가 넘었다. 옛날 호랑이(마이오세의 프로아일루루스)는 담배를 피웠다.

그러므로 존스홉킨스 대학 연구팀의 논문이 그처럼 놀라운 반향을 일으킬 수 있었던 요인은 내용(종분화의 완료)의 특이성에 있다기보다는 대상(닭)의 보편성에 있다고 보아야 할 것이다. 닭은 소보다 싸고 돼지보다 담백하며 양보다 도축이 쉽고 개구리보

다 잘생겼다. 말하자면 육식을 하는 사람들에게 닭이란 식재료의 슈퍼스타인 셈이다. 닭의 멸종 예고에 이성을 잃은 어떤 이들은 심지어 가축으로서의 닭gallus gallus domesticus보다 야계gallus gallus gallus 가 훨씬 맛있다고 주장했는데, 그 심정은 이해하지만 사리에 맞지 않는 얘기다. 닭을 비롯한 모든 가축이 인간의 입맛에 맞는 육질을 구현하는 쪽으로 진화해왔다는 건 기본적인 상식이다. 그럼에도 불구하고 대중은 상식과 논리가 아닌 감성에 설득되었고, 대도시마다 야계를 판다는 사기 음식점이 성행했다. 보통 그런 곳에서는 토막 낸 비둘기를 팔았다.

사실일까? 대량 사육이 행해진 고작 100여 년의 기간 동안에 닭과 같은 고등생물의 유전형질을 전면 개조하여 종분화를 완료하는 게 가능한 일일까?

세계 각국의 아마추어 과학자들이 의문을 품고서 검증에 돌입했다. 그들의 작업은 주로 인근 도계장에서 나온 축산폐기물 샘플을 채집한 뒤 유전자 데이터를 추출하여 조류 및 생물학 관련 유명 웹사이트인 에른스트윌터마이어닷컴(www.ernstwaltermayr.com) 게시판에 등록하는 방식으로 진행되었다. 이러한 지구적 집단지성 시스템 덕분에 한 해도 지나지 않아 전체 조사 대상의 98퍼센트에 달하는 4012개소 공식 도계장의 표본 데이터가 수집되었다. 데이터를 종합하고 분석하는 작업은 애초에 논쟁거리를 제공한

존스홉킨스 대학 진화생물학 연구팀이 맡았다.

분석 결과 모든 도계장에서 적색야계의 유전자가 단 한 톨도 검출되지 않았다. 이는 곧 지구상의 거의 모든 공식 도계장에서 출하되는 닭이 사실은 최첨단 유전자조작의 산물인 식용 단백질일 따름이어서, 수천 년 동안 식탁을 주름잡았던 닭이라는 멋진 생물은 사라지고 어미 아비가 누군지도 모르는 포동포동한 병신 새만 남았다는 사실을 의미했다.

해가 바뀌기 전에 UN의 행정가들이 분주하게 움직였다. IPBES에서 현장 과학자들을 주축으로 한 종다양성보호위원회를 설립하였고, 그 산하에 정보를 모으고 정책을 집행할 실무 부서를 조직했다. 그들은 아직 데이터가 게시판에 등록되지 않은 나머지 78개소의 공식 도계장 및 수만에 달하는 소규모 사설 도계장을 중심으로 살아 있는 야계의 유전자를 확보하는 작업에 투입되었다.

쉽지 않았다. 닭이 심각한 멸종 위기에 처했다는 소식은 인간 사회의 가장 오지에까지 퍼진 후라 야계로 추정되는 닭을 소유한 농민들은 일단 흥정부터 벌였다. 그 흥정은 UN의 거지근성과 결합되어 매우 딱한 방식으로 결렬되곤 했다. 몽골 북부 홉스굴에 사는 한 유목민은 사흘 안에 10만 투그릭을 내놓지 않으면 전부 먹어치우겠다고 협박했는데, 알고 보니 그는 한다면 하는 진짜 사나이여서 종다양성보호위원회가 기한을 넘기면서까지 몇 푼 더 깎아달라고 징징거리자 기르던 야계 20여 마리를 전부 삶아 먹

고는 배탈이 나 죽었다. 인도 안드라프라데시 뱀팔리 인근의 작은 마을에서도 비슷한 홍정이 들어왔으나 가보니 말짱 거짓말이었고 마을 주민 100여 명이 떼로 기어나와 위원회의 남녀 현장 요원 다섯 명을 비롯해 그들을 안내한 현지 경찰까지 집단으로 강간했다. 어찌나 추잡하고 무분별하게 강간을 했던지 이십대 후반의 미국인 여성 요원은 임신한 지 65일 만에 예쁜 샴고양이 네 마리를 낳았다. 죄다 그런 식이었다. 브뤼셀의 시장에서, 시카고의 뒷골목에서, 스리랑카의 수상가옥에서 야계와 관련된 제보가 쏟아져들어왔지만 정작 종다양성보호위원회가 얻은 것이라고는 신선한 적색야계의 유전자가 아니라 언제 어디서 그 지역의 마지막 야계가 도축되었는가 하는 뒤늦은 정보뿐이었다. 여섯 달 동안 엄청난 인력과 비용을 들였음에도 단 한 마리의 야계조차 확보를 못하자 IPBES 내에서마저 위원회의 능력에 대한 불신과 조롱의 목소리가 흘러나오기 시작했다.

반쯤 상해가는 달걀 하나가 종이상자에 담겨 맨해튼에 도착한 건 그 무렵이었다. 수신자는 'UN, 야계를 찾는 사람'이었고 발신자는 '응우예, 야계를 가진 사람'이었다.

메모엔 보상금을 원치 않는다고 적혀 있었다.

어디서부터 잘못된 걸까.

범수는 자문해보았다. 생각이 잘 나지 않았다. 당연한 일이다.

그는 밀림의 침침한 동굴에 갇혀 고열로 신음하는 중이다. 전신이 펄펄 끓는 주제에 생각이 척척 나면 그건 좀 엉뚱하지 않겠는가. 차근차근, 하고 스스로를 타일렀다. 차근차근, 그러니까 미얀마 양곤 공항에 도착했을 때부터 하나씩.

더웠다.

정말 더웠다. 미칠 듯이 더웠다. 기온이나 습도가 아니라 햇빛이 문제였다. 그늘에 들어서면 그럭저럭 참을 만했으나 잠깐만 태양에 노출되어도 피하지방이 지글지글 끓었다. 40대 중반으로 보이는 삐쩍 마른 남자가 다가와 악수를 청했다. 검은 피부에 넓고 투박한 이마를 갖고 있었다. 자신을 '뜨라 웅우예'라고 소개하며 '뜨라'는 선생이라는 뜻의 경칭이라고 덧붙였다. 내친김에 묻지도 않은 버마어의 경칭 및 어미구조까지 차근차근 설명해주었다. 뙤약볕 아래에서 그랬다.

둘은 기차를 타고 북쪽으로 220킬로미터 떨어진 도시 타웅우로 이동했다. 간판에 호텔이라 적혀 있어서 비로소 호텔인 줄 알게 되는 그런 건물에 투숙했다. 방은 쓸데없이 넓었다. 가운데가 살짝 처진 매트리스 위엔 병따개처럼 생긴 파상풍균이 어슬렁거리고 있었다. 범수는 옷을 입은 채로 드러누웠다. 그리고 귀싸대기의 밤을 떠올렸다. 그 밤은 지난 8년 동안의 달달한 속삭임과 마디 없는 웃음소리와 체온의 내밀한 전도 일체를 견고한 용기에 담고 꽉 닫아버렸다. 그런 것들이 있었다는 건 분명하지만, 꺼내어 만

지거나 볼 순 없게 되었다. 그게 범수가 처한 상황이었다.

아내는 나이가 어렸다. 성범수가 대학생일 때 초등학생이었다. 범수가 병역을 마치고 복학할 때 중학생이었고, 대학을 졸업할 때 고등학생이었고, 석사를 마치고 공무원이 되었을 때 대학생이 었으며, 외교부를 거쳐 UN에 자리를 잡았을 때 같은 사무실에 배치된 인턴이었다. 외모, 학벌, 재산 등 속물적인 관점 대부분에서 그녀는 일생을 승승장구해온 엘리트인 성범수의 기준에 조금씩 미달하는 아가씨였다. 범수뿐 아니라 사무실의 모두가 그리 생각했다. 하지만 일단 게임이 시작되자 그녀가 판을 완전히 바꿔버렸다. 새로운 룰을 파악하기도 전에 범수는 홀린 듯 무너졌고, 미친놈처럼 울고 웃었고, 설설 기며 반지를 사다 바쳤다. 그렇게 범수는 인턴 아가씨와 결혼했다. 당시엔 세상의 모든 것을 가진 기분이었다. 왜냐하면 그 아가씨가 세상 전부였기 때문이다. 그러니 8년 뒤 어느 밤의 귀싸대기는 세상 전부한테 맞은 것이었다.

다음날 새벽에 일어나 식사를 하며 일정에 대해 들었다. 타웅우에서 차를 타고 5번 국도를 따라 100킬로미터쯤 떨어진 시골 마을 모치로 간 뒤, 거기서부터 밀림에 접어들어야 했다. 미얀마까지 와서 8차선 하이웨이를 생각한 건 아니었지만 초목이 우거진 첩첩산골은 뜻밖이었다. 더 나쁜 소식은 목적지가 샨주와 카야주 경계에 위치한 카렌 힐스의 최고봉이라는 것이었다.

"오솔길이 있어. 그 길을 벗어나면 나무가 빽빽해서 움직이지

못해. 서두르면 어두워지기 전에는 도착하겠지."

정말 폭이 두 뼘쯤 되는 오솔길이 하나 있었다. 길 바깥으론 운신이 불가능할 만큼 빽빽한 밀림이라는 사실 역시 뜨라가 얘기한 그대로였다. 그러나 어두워지기 전에 도착한다는 건 범수가 아니라 범수 뒤편의 야생 고라니한테 건넨 말인 모양이었다. 산을 탄지 5시간이 넘자 범수는 근육통으로 쓰러졌다. 눈알을 이리저리 굴리던 뜨라가 슬그머니 자리를 깔았다. 미얀마까지 와서 5성급 호텔을 생각한 건 아니었지만 달빛 처량한 계곡에서의 노숙은 뜻밖이었다.

이튿날은 서너 차례 쉬면서도 전날의 두 배 가까이 나아갈 수 있었다. 산을 빙빙 돌며 올라가는 코스여서 경사가 훨씬 완만해진 덕이었다. 등고선을 따라 어찌나 성실하고 끈질기게 오솔길을 밟아났던지 그런 정신력이라면 진즉에 케이블카를 설치할 수도 있었을 것이다. 노목에 기대어 고개를 뒤로 젖히면 나뭇가지에 분할된 하늘이 마치 스테인드글라스처럼 보이곤 했다. 왜 저렇게 생겼을까 싶은 형형색색의 새들이 이끼 긴 나뭇가지에 앉아 있거나 쪼개진 하늘 너머로 날아갔다. 시선을 내리면 개미며 지네며 온갖 크고 작은 벌레들이 축축한 땅을 웅덩이처럼 뒤덮고 있었다. 두 겹이나 세 겹의 초목 너머로 덩치 큰 포유류들의 호기심 가득한 몸놀림도 느껴졌다. 단순히 느낌만이 아니었다. 무언가가 틀림없이 저쪽에서 이쪽을 지켜보고 있었다. 부글부글 끓는 원시 수프처럼

생명력으로 가득한 산이었다.

사흘이 되는 날 오후 마침내 목적지에 다다랐다. 작은 분지에 걸쳐 조성된 마을이었다. 30여 가구가 산등성이를 따라 띄엄띄엄 늘어서 있었다. 잘 마른 회갈색 지푸라기를 넉넉히 엮어 지붕에 올린 모양새가 마치 버섯처럼 보였다. 노인들은 마당에 나앉아 졸린 표정을 지었으며 아이들은 떼로 몰려나와 이방인을 환영했다. 범수는 땀 닦는 것도 잊고 마을의 이모저모를 유심히 뜯어보았다. 그곳이 바로 카렌 힐스의 최고봉 나타웅이었다.

그래, 거기까지는 좋았어. 우리가 꽤 멋지게 해냈지. 그런데 어쩌다 이 꼴이 된 거야?

아랫도리를 내려다보며 범수는 자문해보았다. 시퍼렇게 불거진 정맥이 분홍빛으로 부어오른 오른쪽 종아리를 둘러싸고 있었다. 상한 명란 같은 그 색깔이며 모양새가 끔찍이도 혐오스러웠다. 죽어가는 다리였다.

하지만 이쪽은 나중에 얘기하고, 왼쪽 다리를 먼저 볼까?

수포가 터져 흘러나온 끈적끈적한 고름이 왼쪽 발바닥에 젤리처럼 엉겨 있었다. 껍질이었던 피부는 누렇게 변색되어 너덜거렸고, 그 안쪽 살은 충혈된 건지 피가 맺힌 건지 모르게 새빨갰다.

왜 이렇게 됐지?

생각이 잘 나지 않았다. 당연한 일이다. 고열로 신음하는 주제

에 생각이 척척 날 순 없는 노릇이니까. 무엇보다도 기력이 너무나 약해져 있었다. 차근차근, 하고 범수는 스스로 타일렀다. 차근차근.

나타웅 분지에 도착할 무렵 이미 왼쪽 발은 절반쯤 작살이 나 있었다. 반시계 방향으로 돌아가며 산을 타느라 사흘 내내 경사만 디뎌야 했기 때문이다. 손도 마찬가지, 거친 나뭇가지를 잡고 바위를 짚은 바람에 왼쪽 손만 상처투성이였다. 옆구리도 그쪽만 끊어질 듯 아팠다. 그에 반해 오른쪽의 손과 발과 옆구리는 일없이 휘적거리는 게 무임승차와 다름이 없었다. 내려갈 땐 반대가 되니 균형이 맞겠지, 하고 낙관적으로 생각했다.

그렇지 않았다. 틀림없이 똑같은 길인데도 올라올 때보다 갑절은 힘들었다. 게다가 경사를 디디는 오른쪽뿐 아니라 왼쪽도 그만큼 아팠다. 한쪽은 디디느라 고생이고, 다른 쪽은 버티느라 고생이었다. 통증의 성격은 달랐지만 정도만 보면 딱히 어느 쪽이 손해라 할 수 없었다. 열댓 걸음 이동한 후 곁에 선 나무를 붙들고 헉헉거리기 일쑤였다.

나타웅 분지에서 하루 쉬었다 가자던 뜨라의 말을 듣지 않은 게 후회됐다. 그게 좋다는 걸 알고 있었다. 몸 상태가 곧바로 하산할 정도가 되지 않는다는 것도 알고 있었다. 이처럼 낯선 환경에서는 현지 전문가의 말을 따라야 안전하다는 사실, 그 역시 아주 잘 알고 있었다. 성범수는 그동안 선생의 조언을 귀담아듣는 영리한 학

생으로 살아왔다. 그래서 실패를 모르고 매번 승승장구할 수 있었다. 하지만 휴대전화기 액정에 뜬 디지털 신호가 범수의 판단력을 흐려놓았다. 신호에 의하면 배터리가 얼마 남지 않았고, 그리고 무엇보다도 통화 가능 권역에서 한참 이탈해 있었다. 사무국에 연락을 취해야 하기 때문은 아니었다. 그럴 필요 없었다. 급하게 결정된 파견 업무라 무슨 일이 생겨도 그때그때의 사정을 참고해 현장에서 결정하면 되었다. 적색야계만 산 아래 세상으로 무사히 운송하면 그걸로 충분했다. 휴대전화를 통해 이어지길 바라는 상대는, 그러니까, 사무국 같은 게 아니었다.

6시간 이상을 버둥거렸으나 반의반도 못 가서 날이 저물었다. 다음날도 마찬가지, 이틀 동안 이동한 거리가 총 여정의 절반에 못 미쳤다. 게다가 팔이며 다리며 성한 곳이 없었다. 당연한 일이었다. 올라갈 때 힘이 빠지면 멈추게 되지만, 내려갈 때 힘이 빠지면 구르게 된다. 언제부터인가 대발로 짠 닭장이며 얇은 방수 침낭 등을 전부 뜨라가 들었다. 범수가 든 건 비닐에 싸인 휴대전화뿐이었다.

사흘째 아침에 범수의 왼쪽 발은 더이상 부을 수 없을 만큼 탱탱해져 있었다. 조금이라도 더 부었다가는 펑 소리를 내며 터져버릴 것 같았다. 마지막 남은 진통제 한 알을 입에 털어넣고서 출발했다. 발을 내디딜 때마다 찌릿한 통증이 등줄기를 타고 올라왔다. 처음에 그것은 슬픔과 같은 느낌이었다. 조금 지나자 원망과

같은 느낌이 되었고, 이어 분노와 같은 느낌으로 바뀌었다. 어떻게 그럴 수가 있지? 설명 한마디 없던 아내의 처사는 너무 잔인했다. 상상만으로 끝없이 자책하다 뒈져버리길 바란 모양이었다. 귀 싸대기 한 대 달랑 남기고 간략하게 떠났다. 그러고 나서 일체 연락을 끊었다. 도대체 왜? 나무를 주먹으로 쳤더니 금방 피멍이 들었다. 딱 그 피멍만큼 위안이 되었다. 이 세상에 산간 오지가 왜 필요한지 알 것 같은 기분이었다.

속도는 점점 느려졌다. 1시간 동안 땀으로 범벅이 되어가며 이동한 거리가 채 100미터가 안 될 때도 있었다. 범수가 고생하는 모습을 보면서 뜨라는 한숨을 푹푹 쉬었다. 워낙 좁은 오솔길인지라 뜨라로서도 어찌 도와줄 방법이 없었다. 열 걸음가량 앞서가다가 거추장스러운 가지를 꺾고 바닥의 요철을 정리하여 범수가 보다 수월하게 따라올 수 있도록 거드는 게 그나마 최선이었다. 뒤처지는지 확인하기 위해 뜨라는 계속해서 범수를 돌아보았다.

갑자기 범수의 무릎이 휙 꺾였다. 앞으로 고꾸라져 굴렀다. 상체를 반쯤 일으킨 채로 어리둥절한 표정을 지었다. 뜨라가 재빨리 달려와 범수의 오른쪽 바짓단을 걷고는 종아리를 살폈다. 주머니칼을 꺼내 아킬레스건 위쪽에 칼집을 내어 피를 쭙쭙 빨았다. 사위가 순식간에 어두워졌다. 하늘에서 굵은 물방울이 떨어지기 시작하더니, 엄청난 굉음과 함께 폭우로 바뀌었다. 뜨라가 소리쳤다.

"당신, 뱀한테 물렸어!"

늦지 않게 동굴을 발견한 건 천운이었다. 경사가 심한 탓에 어디에도 고이지 못한 빗물이 거센 폭포수처럼 쏟아져내렸고, 사방은 순식간에 흙탕물이 범람하는 급류로 바뀌어 뿌리가 느슨한 돌덩어리나 약한 지반까지 죄다 휩쓸어갔다. 말려들었다가는 고래도 익사할 판이었다.

범수는 동굴 초입의 한쪽 바닥에 비스듬히 누워 천지가 뒤집히는 광경을 바라보았다. 급류가 내는 굉음이 동굴 안쪽에 부딪혀 이상한 전자음악 같은 메아리를 만들었다. 누군가 시원한 맥주를 한 잔 가져다준다면 브레이크 댄스도 출 수 있을 것 같았다. 범수는 브레이크 댄스를 잘 췄다. 한 바퀴 빙글 돈 뒤 손뼉을 마주친 다음 팔과 어깨로 물결 모양을 짓는 동작에 특히 자부심을 갖고 있었다. 그런데 아내는 그걸 싫어했다. 딱 병신 같네요, 하고 말했다. 이후로 어쩌다 흥이 날 때면 조용히 서재에 들어가 문을 걸어 잠갔다. 한 바퀴 빙글 돈 뒤, 손뼉을 딱 마주친 다음, 팔과 어깨로 부드러운 물결 모양을 지었다. 그러고 나면 아닌 게 아니라 딱 병신이 된 기분이었다. 연애와 결혼을 차례로 거치며 마음의 틈새마다 수많은 구차한 순간들이 그런 식으로 끼어들었다. 하지만 따져보면 전부 별거 아니었다. 어떤 것도 그 새까맣던 새벽에 목도한 자세만큼 모욕적이지는 않았다. 무방비 상태로 곤히 잠든 뺨을 있는 힘껏 내리찍은, 이별에 앞서 단행한 그 결기 있고 단호한 자세

가 단연코 1등이었다.

비가 그쳤다. 내리기 시작할 때처럼 갑자기 그쳤다. 그러나 동굴 밖으로 나갈 수 없었다. 양다리 모두 통증이 극심해 움직일 엄두가 나지 않았다. 1시간쯤 지나자 뱀에게 물린 오른쪽 종아리의 부기가 왼쪽 다리를 능가하기 시작했다. 어찌나 심하게 부어올랐는지 위아래로 압박한 끈 때문에 초대형 비엔나소시지처럼 보였다. 감각은 뒤죽박죽이었다. 미친듯이 가렵다가 까무러칠 듯 아프다가 순식간에 다리가 아예 없는 것처럼 평안해지기도 했다. 그러는 동안 마음엔 슬픔이, 원망이, 분노가 빠르게 지나갔다. IPBES 사무국에 플라스틱폭탄을 터뜨리고 싶었다. 닭장을 박살내어 야계의 목을 비틀어버리고 싶었다. 퉁퉁 부은 두 다리는 잘라버리고 튼튼한 독일제 캐터필러를 달고 싶었다. 아내가 두고 간 흔적을 모두 모아 변기에 흘려보내고 싶었다. 아내와 공유했던 시간들, 공유했던 공간들을 싹 태워버리고 싶었다. 왜 아내는 설명 한마디 해주지 않았을까? 곤히 잠든 귀싸대기를 후려치고 결혼생활을 끝장내려는 마당에 말로 사람을 지옥에 보내는 건 일도 아니었을 텐데. 제일 기분 더러운 건, 아내 목소리가 그립다는 사실이었다.

가쁜 숨을 몰아쉬며 땀을 흘리고 나자 살갗이 아릴 정도의 오한이 시작되었다. 뜨라가 동굴 밖에 나가 썩은 나무를 한 다발 마련해왔다. 여러 번 미끄러지고 뒹굴었던지 온몸이 진흙투성이였다. 그 꼴로 동굴에 앉아 비에 젖은 나무껍질을 대충 벗겨내고 작게

부러뜨렸다. 그리고 동굴 안쪽으로 들어갔다. 잠시 뒤 매캐한 연기를 내며 불이 붙은 나무토막 대여섯 개를 가져와 범수 옆에 포개놓았다. 한줌도 안 되는 열기가 그렇게 좋을 수 없었다.

"빨리도 피웠네."

투박한 이마를 보며 범수가 말했다.

"숯이 있었어."

뜨라가 턱끝으로 동굴 안쪽을 가리켰다.

"숯?"

"또, 그림 비슷한 것도 있어."

"그림?"

"사람들이 살았던 모양이야."

"사람?"

"아니, 우리 같은 사람 말고." 뜨라가 말을 이었다. "그러니까, 아주 오래전에 사라진 사람들."

범수는 고개를 저었다.

"먹어도 돼."

범수는 다시 고개를 저었다.

한 마리 더 가져오면 돼, 하고 뜨라가 말했다. 그의 검은 뺨에 모닥불 불빛이 반사되었다. "당신은 타웅지의 호텔에서 기다리고, 나 혼자 나타웅 분지에 가서 한 마리 더 가져오는 거야."

그럴 수도 있겠지. 범수는 생각했다. 자신은 타웅지의 2층짜리 호텔에서 기다리고, 뜨라 혼자 나타웅 분지에 가서 야계 한 마리를 더 가져오는 것이다. 나타웅, 그 이상한 마을에 가서.

멀리 윤곽이 보이기 시작할 때부터 마을은 범상치 않았다. 회오리바람으로 보일 만큼 수많은 새들이 빙글빙글 분지 상공을 맴돌고 있었다. 한두 종류가 아니었다. 어떤 새는 독수리 같은 맹금류였고 어떤 새는 참새처럼 작고 잽쌌다. 가까이 다가가보니 하늘만 그런 게 아니었다. 지푸라기를 푹신하게 엮어 올린 지붕에 각양각색의 새들이 내려앉아 한쪽에서는 쉬고 한쪽에서는 깃털을 고르고 또 한쪽에서는 알을 까는 중이었다. 한 집도 빠짐없이, 그러니까 산등성이를 따라 띄엄띄엄 늘어선 30여 가구의 지붕 전부가 그처럼 각양각색의 새들을 품고 있었다. 저 녀석은 뭔가, 하고 보면 부엉이나 까마귀였고 저 녀석은 또 뭔가, 하고 보면 딱따구리였고 앵무새였다. 이름을 아는 게 그 정도일 뿐, 대부분은 책이건 텔레비전이건 어디에서도 본 적이 없는 희한한 새들이었다.

마을 안쪽으로 접어들자 나타웅의 특별한 생태가 보다 가깝게 눈에 들어왔다. 지붕뿐 아니라 나무와 지푸라기로 만든 가옥의 안팎 할 것 없이 날짐승이 들끓었는데 큰 새들은 덩치에 맞게 서까래나 항아리 위에 앉아 있었고 작은 새들은 빨랫줄에 열을 지어 앉아 있거나 어디 벽의 틈새에 쏙 들어가 얼굴만 빼고 있었으며 이도 저도 아닌 중치의 새들은 사람들을 졸졸 따라다니며 보는 일

마다 참견을 놓았다.

그곳은 경계였다. 새의 나라와 인간의 나라가 맞닿은 경계였다. 극성맞게 마중나온 어린 떼거리 중엔 겨드랑이에 날개가 난 아이도 있었다. 깃털이 아주 새하얀 게 이다음에 커서 훌륭한 두루미가 될 모양이었다. 바이러스 간 유전자 교환에 의한 돌연변이로 입이 있어야 할 자리에 부리가 튀어나온 청년도 보였다. 엄마 젖을 어떻게 빨고 자랐는지 궁금했다. 그처럼 유별난 외양이 아니더라도 수많은 아이들이 저마다 친한 새를 개처럼 끌고 오거나 고양이처럼 안고 오거나 다람쥐처럼 주머니에 넣어 왔다. 한 아이는 타조를 타고 요란하게 달려왔는데, 실은 타조가 아니었던 모양인지 아이가 등에서 내리자마자 3미터에 달하는 날개를 펴고 훨훨 날아가버렸다. 그게 나타웅이었다. 그게 카렌족의 마을 나타웅 분지였다. 거기에 모두 있었다. 야계건 뭐건 손을 뻗어 원하는 새를 가져오기만 하면 되는 것이다.

하지만 한 마리 더?

범수는 눈을 꾹 감았다가 떴다. 정신이 조금 들었다. 두 눈으로 직접 보았다. 온갖 새가 다 있었으나 각각의 개체수까지 많은 건 아니었다. 야계 역시 마을 전체에서 한 마리밖에 보이지 않았다. 이제 동굴 안쪽의 닭장에 갇혀 얌전히 범수를 노려보고 있는 바로 그 녀석이었다. 한 마리 더, 는 아무래도 어려울 거라고 범수는 생각했다.

녀석은 늙고 병든 꼬부랑 할머니와 함께 살고 있었다. 치실보다 가느다란 끈으로 다리가 묶여 할머니의 팔뚝에 연결되어 있었다. 눈매가 부리부리한 게 수틀리면 언제든 줄을 끊고 하늘로 날아가 버릴 기세였다. 하지만 그러지 않는 이유는 그 허접스러운 줄이 아니라 대대로 본능 속에 새겨온 정서적 유대감으로 묶여 있기 때문이었을 것이다. 나타웅의 카렌족은 꼭 필요한 순간이 오기 전까진, 이를테면 어린 손자가 앓아누웠거나 산 아래의 세상이 필요로 하기 전까진 새들을 항상 가까운 곳에 두고서 일관된 보호와 애정을 주었다. 사실은 카렌족만 그런 게 아니었다. 어느 땅 어느 민족이나 마찬가지였다. 그게 오랫동안 인간이 동물들과 더불어 살아온 방식이었다. 어쩌면 인간이 닭을 얻게 된 기원은 인간의 선택이 아니라 닭의 선택이었는지 모른다. 우리가 간 게 아니라 그들이 왔다. 자신들의 세계에서 맞닿은 세계로, 그리고 맞닿은 세계에서 다시 인간의 세계로 건너왔던 것이다. 모든 동거는 본디 그렇게 시작되는 법이다. 뜨라가 끈을 풀어 야계를 취할 때, 꼬부랑 할머니는 눈물을 글썽거렸다. 그 작은 볏을 쓰다듬으며 목덜미를 쓰다듬으며 깃털을 쓰다듬으며 길게 인사했다. 택시가 문 앞에 대기하고 있다면 그럴 수 없을 만큼 다정하게 쓰다듬고 아주 길게 작별했다. 그런데, 뜨라. 너 왜 그런 거야?

"하나만 물어보자." 범수가 말했다. "방금 나타웅에 가서 한 마리 더 가져온다고 했지?"

뜨라가 고개를 끄덕였다.

"왜 진작 그러지 않았어? 처음부터 혼자 가져왔더라면, 양곤에서 날 만났을 때 줬더라면 일이 훨씬 수월했을 텐데."

뜨라는 대답하지 않았다. 불속으로 작은 나무토막을 던져넣었다. 모닥불은 일어나지도 줄어들지도 않고 처음의 형태를 유지했다. 능숙한 손놀림이었다.

아무튼, 하고 범수가 말했다. "쟤는 산 채로 데리고 가겠어. 그러려고 온 거니까."

단단히 일러둔 뒤 시간이 얼마나 지났는지 가늠해보았다. 하루를 꼬박 허비한 건가? 아니면 이틀? 자꾸 아찔한 기분이 들었다. 알 수 없었다. 이대로 100년이 지나 뼈만 남더라도 알아차리지 못할 것 같았다. 그런데 언제부터 시간이 흐른 거지? 언제부터 이 많은 일들이 시작된 걸까?

"그게 네 임무구나." 뜨라가 말했다. 검고 투박한 이마에 반사된 모닥불은 진짜 모닥불보다 3℃쯤 낮아 보였다. "적색야계의 미덕이 뭐지? 그렇게까지 보호할 가치가 있을까?"

"그러면 모기의 미덕은 뭔데?" 범수가 IPBES의 간부답게 곧바로 반문했다. "피를 빨아먹는 걸로도 모자라 말라리아 같은 병까지 옮기잖아. 오늘날의 과학기술로 지구상에서 모기를 싹 없애는 건 쉬운 일이야. 하지만 그러지 못하는 거지. 모기를 멸종시켰다가는 생태계에 무슨 일이 벌어질지 아무도 모르니까."

"그게 또 그런 건가." 뜨라가 한숨을 쉬었다. "하지만 가능하다면 모기만큼은 전부 없애고 싶네. 동생이 말라리아로 죽었거든."

폭우에 자갈이 드러나고 비탈도 들떠서 아래로 내려가나 위로 올라가나 평소보다 배는 위험했다. 하지만 뜨라가 무언가 방책을 찾아오지 못한 이유는 그 때문이 아니었다. 아기가 다 된 범수 때문이었다. 온갖 억지를 부려대며 뜨라를 붙들었다. 벌겋게 달아올라 불로 지지는 듯한 고통과 고통이 지나간 후 보상처럼 찾아오는 무감각의 황홀 사이에서 넋이 조금 나간 범수에게는 오한과 환청도 미칠 것 같은 굶주림도 새까맣게 죽어가는 오른쪽 하반신도 혼자 남는 두려움보다는 한층 견딜 만한 것들이었다. 범수는 뜨라가 망설일 때마다 한발 앞서 가지 말라고 애원했다. 그러면 마음이 약하다고 이마에 적혀 있는 뜨라는 또 맥없이 주저앉곤 했다.

"그래, 그래." 한숨을 푹 쉬었다. "하지만 계속 막을 수는 없어."

가르치듯 말하지 않아도 잘 알고 있었다. 모르는 게 아니었다. 보내지 않으면 도움을 받을 수 없고, 도움을 받지 못하면 죽을 수밖에 없다. 너무나 당연한 일이었다. 가지 않으면 오지 않는다. 네안데르탈인이 적당한 순간에 떠나지 않았더라면 현생인류는 번성하지 못했을 것이다. 범수도 아내도 뜨라도 태어날 수 없었을 것이다. 아닌가? 그게 아니라 우리 모두 거칠고 힘센 네안데르탈인의 후예였으려나?

그랬더라면 귀싸대기 한 방에 난 머리통이 터졌을 것이다, 하고 범수는 생각했다.

생각이 뒤틀리고 뒤틀리다가 급기야 중단될 때도 있었는데, 동굴 밖의 밝기와 모닥불의 형태로 미루어 보아 깜빡깜빡 기절을 한 모양이었다. 그래도 어쩌다 맑은 정신이 돌아오면 제가 처한 상황에 대한 체계적이고 종합적인 각성이 섬광처럼 떠오를 때가 있었다. 뜨라, 하고 부른 것도 바로 그런 경우였다. "이름이 응우예, 라고 했지?"

뜨라가 고개를 끄덕였다.

"그리고 뜨라는 선생이란 뜻, 맞지?"

"맞아."

"정말 선생이야?"

뜨라가 고개 들어 범수의 얼굴을 보았다. 피식 웃거나 혹은 뭐라고 부연해주길 기다리는 눈치였다. 하지만 범수는 그러지 않았다. 웃지도 않고 부연하지도 않았다. 잠시 머뭇거리던 뜨라가 마지못해 입을 열었다.

"97년도에 있었던 일이야. 마웅 에라는 버마족 장군이 텔레비전에 나와서는, 20년 뒤엔 카렌족을 박물관에서나 볼 수 있게 될 거라고 장담했어. 당시 나는 열일곱 살이어서 잘 이해가 되지 않았어. 저게 무슨 말이지? 우리 카렌족 800만 명을 20년 동안에 모두 죽이겠다는 소릴까?"

고개를 푹 숙인 뒤 두어 번 저었다.

"지난주에 나는 서른일곱 살이 되었어. 나와 내 친구들은 박물관이 아니라 여전히 이 땅에서 살아가고 있어. 그래서 이제 나는 무언가가 그런 식으로 사라지진 않는다는 걸 알아. 언젠가 날이 다하면 우리 카렌족의 마지막 한 명도 하늘로 돌아가겠지. 시간의 입장에서 볼 때 그건 어쩔 수 없는 일이야. 하지만 마웅 에 같은 쓰레기의 증오로 사라지는 일은 절대 없을 거야."

이어 범수의 눈을 똑바로 쳐다보며 말했다.

"맞아, 나는 선생이야. 카렌의 아이들에게 긍지를 가르치고 있어."

그제야 범수는 뜨라가 양곤의 공항으로 직접 적색야계를 들고 오지 않은 이유, 타웅우를 거쳐 험준한 나타웅 분지까지 기필코 자신을 데려간 이유를 깨달았다. 닭이 아니라 마을을 보여주고 싶었으니까. 카렌족의 자긍심은 닭이 아니라 그 마을에 있으니까. 저 높은 카렌의 고향 나타웅이야말로 적색야계의 가축화에 관한 제일 앞선 고고인류학적 증거니까.

그게 네 임무구나. 뜨라의 까맣게 빛나는 눈을 보며 범수는 생각했다. 내 임무는 닭 한 마리 호송하는 건데.

"다녀올게."

뜨라의 단호한 목소리였다. 더이상 우길 수 없었다. 받아들여야 했다. 동굴에 홀로 남아 그가 돌아오길 기다려야 했다. 맥이 풀렸

다. 잘 다녀오란 뜻으로 손을 마주잡고 싶었지만 그럴 힘이 없었다. 고개를 끄덕일 힘도, 입술을 열 힘도 없었다. 너무 오래 만류하느라 진이 쏙 빠진 모양이었다.

범수는 눈을 감았다. 가도 된다는 쓰라린 신호를 주려던 것이었는데, 낙담이 지나쳤던 탓인지 눈을 감자마자 기절해버렸다. 그리고 의식의 고저를 쉼없이 이동하는 이상한 혼수상태의 굽이굽이마다 귀싸대기를 시원하게 날리고 떠난 아내, 아니 카렌족의 원수 마웅 에를 떠올렸다. 왜 우릴 증오하느냐고 물어도 그는 알려주지 않았을 것이다. 그럴싸한 이유가 애초에 없었을 테니까. 그냥 죽이고 싶을 만큼 미웠을 뿐일 테니까. 하지만 그렇게 대답할 순 없었을 테니까. 도대체 사람을 얼마나 얕보고 무시했으면, 그렇게 벌써 문 앞에다 바리바리 짐까지 다 싸두고서……

영혼을 헤집어놓는 냄새에 정신이 들었다. 자면서 어찌나 눈물을 펑펑 쏟았던지 뒤통수가 흥건히 젖어 있었다. 멀리 희미하게 보이는 빛이 새벽 여명인지, 아니면 저녁 황혼인지 알 수 없었다. 닭장이 보이지 않았다. 그 대신 모닥불 가장자리에 넓적한 돌이, 또 그 위에 구워서 여러 조각으로 잘게 찢은 고기가 놓여 있었다.

몸을 구부정하게 돌려 한 점 집어들었다. 크게 베어 물었다. 기름이 흐를 정도는 아니지만 아직 온기가 남아 있었다. 우물우물 씹고, 삼킨 후, 곧바로 우웩 토했다. 다시 한입 베어 물고, 꼭꼭 씹어서, 꿀꺽 삼켰다. 확실히 맛이 없었다. 누린내가 나고 육질도 단단

했다. 만약 그게 아니라면 뜨라는 미얀마 최악의 요리사일 것이다.

구부정하게 옆으로 누운 채로 한 입씩 꼭꼭 씹어 먹었다. 먹다 보니 점점 속도가 붙어서 나중에는 한두 차례 씹고 바로 삼켰다. 그렇게 한 마리를 말끔히 해치우고 나자 겨우 살 것 같았다. 이렇게 목숨을 부지하는 것이다, 하고 생각했다. 별로 창피하지 않았다. 부끄러운 일이 아니었다.

똑바로 드러누웠다. 주머니에서 휴대전화기를 꺼내들었다. 잠시 망설이다가 버튼을 길게 눌러보았다. 전원은 들어오지 않았다. 잠깐 들어오는 시늉조차 없었다. 배터리에 전자가 한 방울도 남지 않은 모양이었다. 그럴 만도 했다. 바닥에 내려놓았다. 그제야 아내와 완전히 헤어졌다는 게 실감났다. 닭이 방금 전 지구상에서 멸종했다는 사실도, 그리고 뜨라 이 자식이 동굴을 떠났다는 사실도.

이상한 일이었다.

이상하다, 고 범수는 생각했다.

보내고 나면 냉큼 피눈물이 날 줄 알았는데.

키 큰 난쟁이

그는 자신이 난쟁이란 사실을 아주 천천히 알았다.

난쟁이를 낳은 부모는 큰 충격을 받았다. 충격은 곧 죄책감으로 바뀌었다. 아이가 제대로 자라지 못하도록 옭아맨 운명이란 그간 알게 모르게 지은 저희들의 죄 또는 부덕의 소치라 생각했고, 그래서 앞으로 감당해야 할 삶을 원망하는 대신 지나온 날을 반성했다.

이 가여운 아이는 피해자다. 우리의 죗값이다.

부모는 속죄하기 위해 노력했다. 유능한 연구원이었던 아버지는 야망을 접고 빠르게 돈을 벌어왔다. 존경받는 선생님이었던 어머니는 경력을 포기하고 전업주부가 되었다. 그런 식으로 얻어낸 돈과 시간으로 난쟁이를 키웠다. 천장을 낮추었고 문짝을 비롯한 집안의 모든 가구들을 작은 것으로 바꾸었다. 그중 몇몇은 진짜가

아니라 부잣집 아이들을 위해 만들어진 정교한 장난감이었지만, 아무도 그 사실을 알아차리지 못했다.

부모는 용기 있는 사람들이었다. 그토록 이상한 집에 손님을 초대하는 것도, 난쟁이를 환한 바깥에 데리고 나가는 것도 두려워하지 않았다. 아니, 어쩌면 두려워했을 수 있다. 하지만 설령 그랬다 하더라도 두려움을 마음 너무 깊숙한 곳에 가둬두었기에 본인들조차 깨닫지 못했다. 부모는 즐거운 마음으로 이웃을 초대하고 웃으며 근교를 산책했다. 다행히 그들이 사는 지역의 주민들은 예의 바르고 상냥했다.

물론 완벽하진 않았다. 때때로 부모는 이런저런 모멸감을 느꼈으며 유무형의 상처를 입었다. 그런 건 아무리 작더라도 가볍지 않은 법이다. 몇 해에 걸쳐 쌓이면 더욱 그렇다. 굳센 눈빛이 무뎌지고 온화한 미소도 사라졌다. 아버지는 전봇대에 기대어 숨을 몰아쉬었으며 어머니는 젊고 예뻤던 시절의 사진을 한 장 한 장 찢었다. 하지만 그건 이를테면 혼자서 몰래 부리는 사치 같은 것이었다. 가정이라는 일상으로 돌아오면 부모는 그 무엇에도 불평하지 않았다. 눈가와 입술과 손끝에 매달린 사치의 흔적을 전부 지웠다.

자라나는 아이에게 친구란 가족만큼 중요하다. 어머니는 신중히 난쟁이의 친구들을 골랐다. 세상에 다양한 사람이 산다는 걸 난쟁이에게 알려주기 위해 그녀가 세운 기준은 매우 복잡했다. 아

무데나 주저앉아 방긋방긋 잘 웃는 아이, 지능발달이 조금 늦은 아이, 체격이 너무 커 행동이 굼뜬 아이, 전신에서 광채가 날 정도로 예쁜 아이, 툭하면 겁에 질리는 심약한 아이를 데리고 왔다. 반면 한눈에 다름을 구분할 만큼 영리한 아이, 남의 약점을 재빨리 간파하는 아이, 호기심이 지나친 아이, 매사에 따지기 좋아하는 아이는 데려오지 않았다.

이처럼 별난 선택을 실행에 옮기는 게 가능했던 이유는 어머니가 전에 학교 선생님, 그것도 매우 뛰어난 선생님이었기 때문이다. 난쟁이의 집에 놀러간 아이들은 저도 모르는 사이 동요를 부르고 외국어로 말하고 숫자에 익숙해졌다. 주위 어머니들이 자기 아이가 난쟁이와 친해지기를 바라게 된 건 당연한 일이었다. 하지만 실제로 소원을 이룬 어머니는 많지 않았다. 누구의 잘못도 아니었다. 다만 그들의 아이가 난쟁이의 교육과 성장에 불필요했을 뿐이다.

사정이 이러했으므로 난쟁이가 스스로 난쟁이라는 사실을 일찍 깨닫지 못했던 건 별로 놀라운 일이 아니다. 세상에는 이런 아이도 있고 저런 아이도 있는 것이다. 난쟁이보다 똑똑한 아이도 있었고, 난쟁이보다 잘 우는 아이도 있었으며, 난쟁이보다 뚱뚱한 아이도 있었고, 되바라졌거나 상한 양파 냄새가 나거나 코를 깊이 후비는 아이도 있었다. 난쟁이는 손가락이 뭉툭하며 걸음걸이가 뒤뚱거렸다. 그뿐이었다.

학교에 갈 나이가 되었다. 부모는 머리를 맞대고 의논했다. 가능하다면 언제까지나 품안에서 보살펴주고 싶었다. 하지만 형제자매처럼 자라난 동네 아이들이 하나둘 그 집을 떠나갔듯이 난쟁이도 언젠가는 넓은 세상으로 나가야 한다. 넓은 세상에 사는 사람들 대부분은 난쟁이보다 클 것이다.

이 아이는 다름을 받아들일 준비가 되었을까?

부모는 난쟁이와 처음 대면한 순간을 떠올렸다. 그들은 평범한 가정을 예상하던 사람들이었다. 다른 삶은 생각해본 적이 없었다. 하지만 어느 날 갑자기 난쟁이의 부모가 되었고, 이후로 모든 것이 뭉툭하고 뒤뚱거렸다. 만사가 도전이었으며 도처에 곤경이었다. 그럼에도 이제껏 꽤 그럴듯한 시간을 보내왔지 않은가.

어머니는 학교에 가서 전 동료들을 만났다. 그들은 어머니의 뺨을 쓰다듬으며 슬퍼했다.

선생님 왜 이리 작아지셨어요.

특별한 관심 속에서 난쟁이는 학생이 되었다. 난쟁이처럼 가정교육을 잘 받은 아이는 드물었다. 행동거지가 얌전하고 마음씀씀이도 고왔다. 매사에 노력할 줄 알았고 친구들과 다정하게 지냈다. 난쟁이를 못살게 구는 학생들이 아예 없는 건 아니었다. 그러면 동료 선생님들은 그 학생을 불러다 꾸중했다. 전 동료의 아이라서가 아니었다. 그 아이가 난쟁이여서도 아니었다. 모든 학생들을 골고루 보살피는 게 자신들의 임무이기 때문이었다.

사춘기 무렵 뜻밖의 일이 생겼다.

난쟁이의 키가 갑자기 커지기 시작했다. 예외적인 경우였다. 키가 쑥쑥 자라는 게 눈에 보일 정도였다. 잠깐 한눈을 팔았다가 난쟁이를 보면 그새 또 키가 자라 있었다. 여섯 달 사이에 무려 두 뼘이나 자라 똑바로 서면 난쟁이가 아닌 것처럼 보였다. 하지만 크다고 해서 난쟁이라는 신분이 바뀌는 건 아니다. 한번 난쟁이는 영원히 난쟁이다.

키 큰 난쟁이라니.

부모는 비탄에 젖었다.

엎친 데 덮친 격이군.

천하에 둘도 없이 씩씩하던 어머니마저 자신이 한계에 다다랐음을 느꼈다. 키가 훤칠하여 더욱 우스꽝스러워진 난쟁이를 똑바로 마주보는 일이 점점 힘들어졌다. 그 아이를 껴안고 이런저런 다정한 말을 들려주는 것도 고통스러웠다. 이제 더이상 찢을 사진이 남아 있지 않았다. 결혼사진까지 모두 찢은 뒤였다. 찢으려면 자기 맨얼굴을 찢어야 했다. 이태가 지나 간신히 성장이 멈추었을 때, 난쟁이는 또래의 평균 신장 가까이 자라 있었다.

상황이 그 지경에 이르렀음에도 난쟁이의 심성이 삐뚤어지지 않았다는 건 대단한 일이다. 부모의 우려와 달리 난쟁이는 몹시 자연스럽게 저의 남다름을 받아들였다. 그 완만하고 냉정한 자각에는 슬픔의 정조가 거의 담겨 있지 않았는데, 마치 어린아이가

'나는 목수의 딸이구나' 또는 '우리집은 25평 전세구나' 하고 깨닫는 것과 비슷했다. 저 아이는 암산을 잘하고 저 아이는 콧물을 질질 흘리고 저 아이는 목덜미까지 갈기가 났고 나는 난쟁이구나.

그래, 나는 난쟁이구나.

그즈음 하여 난쟁이의 성격은 보다 유쾌하게 바뀌었다. 이와 같은 변화가 난쟁이로서의 자각과 어떤 관계가 있는지는 분명하지 않으나, 부모가 오랫동안 기대해왔던 바였음은 틀림없다. 부모는 난쟁이로서의 삶이 몹시 고단할 거라 예상했고, 그래서 시간의 일정한 마디마다 정신적 휴식이 필요하다고 믿었던 것이다. 유머 감각은 바로 그 정신적 휴식을 위한 일종의 쉼표였다. 비록 부모가 꿈꾸던 형태보다 조금 더 왁자지껄하고 조금 덜 고상했지만, 그 정도 익살을 부릴 만큼 마음의 여유가 있는 사람은 세상에 흔치 않았다.

난쟁이는 늘 친구들을 즐겁게 해주었다. 그는 스스로가 꽤 재치 있는 줄 알았다. 실제로 그렇기도 했다. 이때다 싶으면 바닥에 드러누워 데굴데굴 뒹굴기까지 했다. 난쟁이답지 않게 큰 키는 익살을 떠는 데 불리했기에 특별한 자세를 고안했고 한발 빨리 자빠졌다. 미처 발견하지 못한 요철 때문에 발목을 삐끗하거나 팔꿈치에 멍이 드는 경우가 있었다. 이에 대비해 아파서 비명을 지르는 순간의 표정까지 미리 연습해두었다. 난쟁이는 최선을 다해 익살을 부렸다. 별다른 이유가 있는 건 아니었다. 다만 남들을 즐겁게 해

주는 게 기쁘기 때문이었다. 그는 타고났거나 혹은 학습된 낙천성으로 하루하루 즐겁게 살았다. 비슷한 처지를 타고난 많은 이들이 어둠 속으로 뒤뚱뒤뚱 걸어들어갈 때 그는 환한 거리에서 아코디언을 치고 농담을 던졌다. 그건 한편으로는 팬히 미안해하거나 우울해지는 걸 바라지 않는 주위 사람들의 마음을 편하게 했다. 이 세계의 어두운 구석을 외면하고 싶은 비겁한 마음에 대한 알리바이가 되어주었기 때문에, 모두들 난쟁이를 좋아했다.

인생을 제대로 알려거든 여행을 다녀와야 한다고 누군가 조언했다. 듣자 하니 그럴듯한 얘기라서 난쟁이는 보따리 하나 들고 집을 떠났다. 바다를 건너고 산을 넘으며 풍경과 사람을 관찰했다. 추운 곳과 더운 곳에 머물렀고 계곡과 늪을 떠돌았고 밀림과 광야를 헤맸다. 운좋게 동행이 생길 때도 있었으나 그런 시간은 길지 않았다. 모두들 미리 정해둔 목적지를 향해 걸음을 재촉하기 바빴다. 난쟁이는 그처럼 빨리 걸을 수 없었다. 별수없이 혼자 걷고 혼자 먹고 혼자 자고 혼자 꿈꿨다. 하다보니 그것도 꼭 나쁘지만은 않았다. 난쟁이는 별이 가득한 자정의 초원에서, 굉음을 뿜으며 쏟아지는 폭포 아래에서, 100년째 성질을 참고 있는 휴화산 분화구 앞에서 탄식처럼 중얼거렸다.

세상은 참 크고 넓구나.

여비가 모두 떨어진 난쟁이는 거지꼴이 되어 터덜터덜 집에 돌아왔다. 며칠만 더 늦었더라면 어머니의 저 창백한 미소를 영영

보지 못했을 것이다.

장례식 이틀째가 되어서야 난쟁이는 자기 방을 나와 사람들 앞에 섰다. 비록 눈은 퉁퉁 부어 있었지만 말투며 표정은 평소와 다름없었다. 심지어 문상객에게 다가가 농담까지 건넸다.

어머니는 예쁘고 날씬한데 저는 보다시피 난쟁이니, 제가 울면 모두들 이상하다 여길 게 아니겠어요?

그리고 걸음이 꼬인 척 휘청거리다 현관 쪽으로 냅다 굴렀다. 허리가 삐끗하면서 통증이 몰려왔다. 에구, 하고 비명을 질렀다. 문상객 두세 명이 짧게 웃었으나 금방 전보다 조용해졌다. 그 정적이 무얼 뜻하는지 난쟁이는 알고 있었다. 실패였다. 골병만 들고 분위기는 바꾸지 못한 것이다. 사실 처음부터 불리한 환경이긴 했다. 세상에서 제일 웃긴 난쟁이가 와도 그 상황에서 크게 웃기기는 어려웠을 것이다. 슬그머니 일어나 방으로 들어갔다. 그곳에서 혼자 아파했다.

장례가 끝난 뒤 아버지는 유품을 정리했다. 구석구석 아무리 뒤져보아도 어머니의 사진이 한 장도 남아 있지 않아서 홀로 남겨진 아버지는 정말 미칠 것 같은 기분이었다. 사별한 남편이란 결코 상상해본 적이 없는 신분이었다. 그런데 이제 죽을 때까지 그 신분으로 살아가야 했다. 받아들이기 어려웠던 아버지는 퇴근길에 전봇대를 껴안고 여보 나 좀 도와주시오 하며 울곤 했다. 하지만 다 운 뒤에는 매무새를 다듬고 태연한 표정이 되어 집에 들어

갔다. 이렇듯 아버지는 구덩이처럼 탁한 절망을 난쟁이에게 손톱만큼도 들키지 않음으로써 어머니와의 신의를 지켰다.

사회에 나갈 시기가 되었다. 어릴 적부터 함께 자라난 어떤 아이는 외판원이 되고 어떤 아이는 수의사가 되고 또 어떤 아이는 경찰이 되었다. 난쟁이는 부동산 중개업자가 되었다. 사람을 좋아하고 돕기를 즐겨 하는 성향에 비춰 보아 그건 현명한 선택이었다. 경기가 좋을 때도 있고 나쁠 때도 있었으나 난쟁이는 자신이 나고 자란 지역에 꼭 필요한 일꾼이 되었다는 사실 하나만으로 늘 자부심을 느꼈다. 운도 꽤 따르는 편이었다. 찾아오는 사람들은 대부분 예의바르고 공손했으며 난쟁이의 조언에 귀를 기울일 줄 알았다. 그중에 젊은 아가씨가 한 명 있었다. 말투가 또렷하고 성격이 시원시원했다. 왼쪽 팔꿈치가 선천적으로 뒤틀려 있어 그걸 몹시 부끄러워했지만, 난쟁이는 그런 것 따위는 눈여겨보지 말도록 교육받아온 사람이었다.

아가씨는 난쟁이의 구김 없는 성격을 좋아했다. 난쟁이의 농담에는 남과 다르게 태어난 사람들 특유의 신경질적인 자학기가 없었는데, 이는 난쟁이가 받은 교육과 자라온 가정환경이 매우 훌륭한 수준임을 암시하고 있었다. 아가씨가 입을 크게 벌려 웃으면 난쟁이는 더욱 신이 나서 데굴데굴 뒹굴었다. 하루는 그렇게 땀으로 범벅이 된 채 몸을 일으키자 아가씨가 다가와 난쟁이를 껴안더니 이렇게 속삭였다.

당신은 세상에서 제일 큰 사람이에요.

아버지가 시름시름 앓다 세상을 떠난 이듬해 난쟁이는 아가씨와 결혼했다. 새로 해야 할 일이 생겼다. 선량한 부모의 유전자를 후대로 건네주는 것이었다. 이태 동안 보약을 먹어가며 노력한 끝에 깜짝 놀랄 만큼 예쁘고 건강한 딸을 낳았다.

난쟁이는 하루도 빠짐없이 아기의 사진을 찍어 부동산 사무실에 붙여두었다. 집을 구하러 온 사람들은 먼저 난쟁이의 딸부터 보아야 했다. 집을 구하는 시간이 길어지면 난쟁이의 딸이 하루하루 커가는 과정을 지켜봐야 했다. 어느 까다로운 중년 부부는 백일에서 돌까지 지켜봤다. 아기가 예쁘네요, 혹은 그와 비슷한 얘기를 들으면 난쟁이는 목소리가 너무 높아지지 않도록 주의하며 이렇게 말했다.

저를 닮은 구석이 한 군데도 없답니다.

그건 사실이었다. 처음엔 그냥 흰 떡을 이리저리 주물러놓은 것처럼 보였으나 어느 순간부터 틀이 잡히더니 온몸 구석구석 길쭉하고 매끄럽게 자라났다. 손가락도 길고 표정도 아주 야무지고 심지어는 쓸데없이 도도해 보이기까지 했다. 아기는 어느 날 처음 웃었고, 어느 날 처음 몸을 뒤집었으며, 또 어느 날에는 처음으로 일어나 앉았다. 그렇게 인간의 모든 성장 단계를 하나씩 차곡차곡 밟아가며 난쟁이 부부에게 큰 기쁨을 주었다.

아기를 제대로 키우기 위해서는 살 것도 많고 해야 할 일도 많

았다. 돈도 잠도 부족했다. 하지만 부부는 매일 경험하는 모든 순간들이 전부 놀랍고 신기하고 행복했다. 난쟁이는 부지런히 일했으며 일이 끝나자마자 집으로 향했다. 남들 눈에는 비록 뒤뚱뒤뚱 잰걸음 걷는 것처럼 보일지라도 난쟁이에겐 전력의 달리기였다. 약간의 지체가 소중한 어떤 순간을 빼앗아갈까봐 걱정이 되었던 것이다. 난쟁이는 그처럼 행복한 두려움을 경험해본 적이 없었다. 집에 도착해 아기가 짝짜꿍하는 모습을 보면 비로소 안심이었다.

자라는 모양이 어제가 다르고 오늘이 또 달랐다. 돌이 지나 걷기 시작했고, 두 살이 되자 나잇값을 하느라 끊임없이 조잘거렸다. 가만히 듣고 있으면 시원한 초원에 누워 졸졸 개울물 흐르는 소리를 듣는 기분이었다. 눈이 마주치면 아기는 뭐가 그리 부끄러운지 손으로 얼굴을 가리고 웃었다. 그러할 때 아기의 표정은 '아빠, 양도소득세 계산도 중요하지만 삶의 정답은 가정에 있어요' 하고 말하는 것 같았다. 아기의 하지 않은 말을 듣자 난쟁이는 비로소 인생의 숨겨진 의미를 알 것 같은 기분이었다. 이 크고 넓은 세상에서 마침내 그걸 찾아낸 것이다. 열심히 고개를 끄덕이며 아기의 하지 않은 말에 수긍했다. 아기는 세 살이 되던 해 인도로 돌진한 음주운전자의 차에 치여 죽었다.

난쟁이와 아내는 조촐한 장례를 치른 후 집에 머무르며 애도의 시간을 가졌다. 아기가 쓰던 물건들은 차마 버릴 수 없어 방 하나에 전부 몰아넣었다. 그리고 문에 쾅쾅 못을 박았다. 길고 두꺼운

못이었다. 난쟁이가 뭐든 먹는 즉시 도로 게워냈기 때문에 아내는 묽은 미음을 끓였다. 묽은 미음이라고 몸이 받아들이는 건 아니었지만, 게워낼 때의 고통은 조금 덜했다. 감각과 추억과 욕망이 죄다 뒤죽박죽이었다. 어떤 부분은 돌처럼 딱딱했고 어떤 부분은 형체도 없이 물컹했다. 그처럼 어지러운 꼴로 난쟁이의 시든 영혼에 달려들어 여기저기 할퀴고 물어뜯었다. 깜깜한 방에 맥없이 누워 있노라면 잠깐 한눈판 사이에 죽어버린 사랑하는 이들이 떠올라 비명을 지르곤 했다.

장례를 치르고 나흘째 되던 날의 늦은 저녁, 뜻밖의 전화가 걸려왔다. 처음엔 그 거친 목소리며 안하무인의 어투에 놀라 어리둥절했지만 금세 누군지 알아챌 수 있었다. 음주운전자였다. 한동안 횡설수설하더니 다짜고짜 합의금 얘기를 꺼냈다. 구체적인 액수를 제시하고는 자기가 먼저 언성을 높였다. 발음이 허술해 제대로 알아듣기 어려웠다. 술에 취한 모양이었다. 놀라서 황급히 끊었다. 도대체 무슨 상황이 벌어진 건지 납득이 되지 않아 한동안 전화기 앞에 멍하니 서 있었다.

전화는 1시간 후에 다시 걸려왔다. 전보다 침착해진 목소리였다. 액수를 올리고 싶다면 협상할 용의가 있다고 했다. 이해한다, 고도 말했다. 그 목소리는 더욱 침착해서 정말로 난쟁이의 폐허가 된 심정을 이해하는 것 같았다. 난쟁이는 다시 전화를 끊었다. 몸이 마구 떨려 침대에 누웠다.

조금 뒤 그자가 집에 찾아왔다. 체격이 좋은 중년 남성이었다. 거실로 들어오려는 걸 부부가 합심해 간신히 막아냈다. 그 와중에 난쟁이는 멱살을 잡혀 바닥에 나동그라지기까지 했다. 무섭지는 않았다. 다만 견딜 수 없이 수치스러웠다. 이웃 몇이 달려와 제지하자 남자가 욕설을 뱉으며 돌아갔다.

난쟁이는 어디론가 달아난 제 넋을 더듬어 찾다가 식탁 아래 처박혀 있던 아내의 넋을 먼저 주웠다. 아내에게 돌려주며 말했다.

끌려가는 걸 분명히 보았는데, 대체 어떻게 풀려났을까?

아내는 아무 말도 못하고 울기만 했다.

여보, 하고 난쟁이가 말했다. 너무 걱정 맙시다. 뭔가 착오가 있었나보오. 누군가 크게 실수를 한 모양이오.

아내가 고개를 저으며 울먹였다.

아니요, 아니에요.

묽은 미음조차 입에 대지 못하고 뜬눈으로 밤을 새웠다. 아침이 되자 난쟁이는 단정한 옷을 꺼내 입었다. 그리고 주저하는 아내까지 이끌어 함께 관청으로 향했다.

계단을 오르고 복도를 걸을 때까지만 해도 씩씩한 마음이었으나, 막상 담당자의 사무실에 들어서니 천장이 너무 높아 어깨가 오그라들 것 같았다. 5제곱미터쯤 되는 작은 공간이었고 정면에 놓인 담당자의 책상 뒤편 벽에는 '대민봉사왕'이라고 쓰인 표창장이 붙어 있었다. 출입구 옆의 작고 둥그런 테이블에서는 이마

가 정수리까지 올라가 변발한 것처럼 보이는 아가씨가 잡다한 서류와 씨름하고 있었다. 왼쪽에는 줄지어 선 캐비닛이, 반대쪽에는 누렇게 손때 묻은 사무기기가 보였다. 공기가 건조해서 목이 칼칼했다. 그 모든 게 언젠가 꿈에서 본 관청의 모습과 너무나 흡사하여 아찔한 기시감을 느꼈다.

아닌 게 아니라 왕처럼 생긴 관리가 의자를 권했다. 입은 웃는 모양새였지만 눈은 그렇지 않았다. 남들을 많이 웃겨본 난쟁이는 그 차이를 알고 있었고, 그래서 더 긴장되었다. 지난 저녁의 사정을 우물쭈물 털어놓았다.

"저런, 잘 알겠습니다."

관리는 그야말로 자기 전문이라는 듯이 서류를 검토하고, 여기저기 전화를 걸었다. 통화중에 고개를 몇 차례 끄덕였다. 통화가 끝나자 왕의 미소와 함께 말했다.

"진단서 좀 주시겠습니까?"

당황스러웠다. 일단 음주운전자에 대한 비난이, 다음에는 따뜻한 위로의 언사가 있고 나서 본론으로 들어가리라 생각했기 때문이었다. 그 모든 단계가 생략된 것이다. 난쟁이는 고개를 저었다. 멱살을 잡히고 이리저리 휘둘렸지만 의사를 찾아갈 정도는 아니었고, 그것 때문에 온 것도 아니었다. 차분히 설명했다.

"고소하려고 찾아온 건 아니오. 이 사람이 나흘 만에 풀려났는데, 어째서 그런 건지 알고 싶소. 아직 재판도 없었을 텐데 말이

오."

관리의 낯에 떨떠름한 미소가 짧게 스치고 지나갔다. 재빨리 예의바른 얼굴로 돌아온 관리는 두세 군데 더 전화를 걸었다. 이윽고 수수께끼가 풀렸다는 표정을 짓더니, 난쟁이를 향해 의기양양하게 말했다.

"보석금을 내서 어제 석방되었습니다."

이어 다음 업무로 넘어가겠다는 신호로 두 손바닥을 짝, 하고 부딪쳤다.

짝.

난쟁이는 어릴 적 무슨 일인가로 세상에 혼쩌검이 날 때마다 어머니가 그래주셨듯이 자신의 뒤통수를 가만히 쓰다듬어보았다. 그러자 과연 조금쯤 안심이 되었다. 처음부터 차근차근 시작해야겠다고 생각했다. 벌써 다른 서류를 뒤적거리고 있는 관리의 책상 쪽으로 몸을 기울였다. 숨을 크게 들이쉰 후 뱉었다. 입을 천천히 열었다.

"우리 아기가 죽었소."

옆에 있던 아내가 난쟁이의 손을 꾹 잡았다. 난쟁이의 단도직입적인 어투에 놀라 그런 것이었겠지만, 이유가 뭐든 간에 똑같은 슬픔을 공유하는 사람이 곁에서 손을 꾹 잡아주었다는 사실에 난쟁이는 이루 말할 수 없는 위로를 받았다.

"내년에 네 살이 될 예정이었지요."

관리는 고개를 옆으로 조금 기울이면서 의자에 기댔다. 그런 자세인데도 여전히 싹싹한 분위기를 풍기는 걸 보면 그는 태어날 때부터 대민봉사왕이었던 것 같았다.

"그런데 이제 영영 네 살이 될 수가 없게 되었소. 어떤 남자가 술에 취해 운전하다 인도에 있던 우리 아기를 치었기 때문이오. 아기는 10분 만에 죽었다고 하오. 나는 그 10분 동안에 아기한테 가지 못했소. 마지막을 함께하지 못했다오. 아내는 옆에서 지켰지만, 나는 혀가 빠지도록 달렸는데도 지키지 못했소. 보다시피 달리기를 제대로 못하니 말이오. 기껏해야 뒤뚱거리며 잰걸음을 걷는 것처럼 보일 뿐이라오."

그런데, 하고 난쟁이는 말을 이었다.

"그런데 그 남자가 어제 우리집으로 찾아왔단 말이오. 고작 나흘 만에 풀려난 거요. 뭔가 이상하지 않소?"

관리가 고개를 천천히 끄덕였다. 몸을 앞으로 숙여 애먼 서류를 만지작거렸다. 그러는 동안에 난쟁이는 아내의 손을 꾹 잡고 울렁거리는 가슴을 달랬다.

관리는 서류를 팔락거리며 이리저리 넘겼다. 그러면서 힐끗힐끗 난쟁이와 그 아내의 표정을 훔쳐보았다. 그렇게 한참 시간을 끌더니 흠, 하고 헛기침을 했다.

"흠, 음주운전에 사망사고니까 구속 수사가 원칙입니다. 아직 재판이 열리지 않은 것도 맞습니다. 하지만 이번 일은 예외라서

말입니다."

"예외라니? 어째서 그렇소?"

난쟁이의 물음에 관리가 난처한 웃음을 지었다. 난쟁이와 난쟁이의 아내, 변발 아가씨, 캐비닛, 그리고 서류 더미의 낯을 차례로 본 뒤 거기에 몇 번 헛기침을 더하더니 몸을 낮춰 작은 목소리로 반문했다.

"정말 몰라서 물으시는 겁니까?"

난쟁이는 대답 대신 아내의 손을 꾹 잡았다. 하지만 아내는 그만큼 꾹 잡아주지 않았다. 관리가 시간을 조금 더 벌어보려는 듯 한숨을 쉬고 천천히 말을 이었다.

"그 원칙은 일반인에게만 해당됩니다."

"그게 무슨 말씀이시오?"

난쟁이가 어리둥절하여 말했다.

"선생님은…… 난쟁이가 아닙니까?"

난쟁이.

물론 난쟁이도 난쟁이라는 단어를 알고 있었다. 다만 들어보지 못했을 뿐이다. 난쟁이라는 말을 다른 사람의 입을 통해 직접 들어본 적이 없었다. 그래서 실제로 그 단어를 듣게 되자 머릿속이 엉클어졌다. 난쟁이는 그게, 하고 반문했다.

"그게 뭔 상관이란 말이오?"

"말씀하신 대로 음주운전에 사망사고이긴 하나 가해자가 일반

사람이고 피해자가 난쟁이의 아기라면 사정이 조금 달라집니다."

머뭇거리던 방금 전과 달리 이번에는 기름을 바른 듯 유창한 설명이었다. 관리가 난쟁이라는 단어를 사용할 때마다 난쟁이는 몸의 관절이 뒤틀리는 기분이었다. 발가락에 힘을 주어 버티고는 만사형통의 섭리를 모색했다. 언제 어디서나 통하던 만능열쇠, 그건 다름 아닌 익살이었다. 옳거니 이 친구, 하며 잽싸게 만담 투로 받아쳤다.

"그런 법이 어디에 있다는 거요? 있으면 나도 좀 볼 수 있도록 이리 가져다주시겠소?"

"아, 그런 법은 없습니다." 관리가 눈 한 번 깜빡이지 않고 말했다. "이건 너무나 당연한 이치니 말입니다. 그러지 말라는 법도 없는 게 그 증거입니다."

쿵짝이 깨진 난쟁이는 관리를 쳐다보고 또 쳐다보았지만, 그래봤자 궁지에 몰린 건 난쟁이 자신이었다. 평소라면 한 번 또는 두 번쯤 가벼운 익살로 되받아쳐 주변 사람들을 웃기고 분위기도 바꿨을 것이다. 그게 난쟁이의 장기였다. 모두가 좋아해 마지않는 난쟁이의 장기였다. 덕분에 좋은 친구를 많이 얻었다. 하지만 당장은 아무리 애를 써도 얼굴근육이 펴지지 않았다. 얼굴 전체가 마비된 기분이었다.

"우리 아기가 죽었소."

그렇게 말하면서 난쟁이는 어쩐지 이 모든 게 끝없이 반복되는

기만에 불과할지 모른다는 생각을 했다. 머릿속에서 '아기가 죽었소' 하는 끔찍한 문장이 연달아 울렸다. 어지러웠다. 그런데, 하고 힘들여 말을 이었다.

"그런데, 당신은 내가 작아서 자식을 잃은 슬픔도 별로 크지 않을 거라 생각하시나보오."

"오해입니다." 관리가 허리를 곧게 펴고, 하지만 여전히 공손함이 철철 넘치는 말투로 반박했다. "선생님은 절대로 작지 않습니다. 저는 선생님처럼 키가 큰 난쟁이를 본 적이 없습니다. 실은 난쟁이가 아니라고 해도 깜빡 속아넘어갈 정도입니다. 신원을 조회해보면 금방 들통이 나겠지만 말입니다."

난쟁이는 신원을 속이다 들통이 난 것 같아 부끄러워졌다. 민망하여 주위를 둘러보았다. 모두가 자신을 보고 있었다. 대민봉사왕도, 변발 아가씨도, 사랑하는 아내도, 벽에 걸린 사진도, 심지어는 새하얀 벽도 자신만 보고 있었다. 이제 또 무슨 사리에 맞지 않는 엉뚱한 소리를 늘어놓을 것인지 기대하며 뚫어져라 쳐다보고 있었다. 무대에 홀로 선 기분이었다. 무대에 홀로 서서는 해야 할 대사를 까먹은 기분이었다. 난쟁이는 자신이 무척 기진맥진해 있다는 사실을 아내가 알아차리지 못했기를 바랐지만, 슬프게도 아내가 그걸 알아차렸다는 사실을 자기가 안다는 사실까지 아내가 알고 그래서 분주하게 이리저리 눈동자를 굴리며 다음 행동을 관찰하는 중이라는 걸 깨달았다. 아차, 하고 방심한 사이 눈물이 주룩

흘러내렸다. 난쟁이는 맥이 빠졌다. 아기가 죽었을 때도 울지 않았다. 적어도 남들과 함께 있을 때는 그랬다. 슬프지 않아서가 아니었다. 남들을 난처하게 만들고 싶지 않아서였다. 그런데 하필 관청의 낯모르는 사람들 앞에서 울어버린 것이다. 관리가 재빨리 티슈를 한 장 건네주었다. 그리고 서류를 뒤적여 다음 업무로 넘어가는 시늉을 했다.

난쟁이는 더 할 말이 없었다. 곁에 있던 아내가 관리에게 인사를 하고는 난쟁이의 손을 강하게 잡아끌었다. 난쟁이는 못 이기는 척 아내를 따라 발걸음을 옮겼다. 그때 출입구 옆에 앉아 있던 변발 아가씨가 피식 웃는 걸 보았다. 못 보았으면 좋았겠지만, 보고 말았다.

난쟁이는 멈춰 섰다. 변발 아가씨 쪽으로 몸을 돌렸다. 뒤통수에까지 번진 이마를 보지 않으려 시선을 아래로 내리깔고 물었다.

"아가씨는 어째서 웃으셨소?"

"어머, 죄송해요. 저, 실은……"

당황한 변발 아가씨가 손으로 자기 입을 가리며 말했다.

"실은, 난쟁이도 자식이 죽으면 사람처럼 운다는 게 너무 이상해서요."

그 말을 듣자 눈앞이 캄캄했다. 하지만 저리도 쩔쩔매며 사과하고 있지 않은가. 옹졸한 사람으로 보이기는 싫으니 '아, 그거라면 괜찮소, 아가씨' 하고 재빨리 대답해야 했다. 그런데 온몸에 기운

이 너무 없었다. 정신이 혼미한 나머지 윙크를 해버리고 말았다. 그것도 다섯 번이나 연달아 했다.

아내가 잡아끄는 대로 사무실을 나섰다. 현기증이 일었다. 새하얀 건물 복도가 낯설었다. 사무실에 들어갈 때 보았던 복도가 아니라 전혀 다른 복도처럼 느껴졌다. 아내가 두어 걸음 앞서 걸어갔다. 뒤틀린 왼쪽 팔꿈치를 마치 자기 팔이 아닌 것처럼 옆구리에 바짝 붙인 채였다. 그런 자세로 걷는 게 얼마나 불편한지 난쟁이는 상상도 할 수 없었다. 그런데 아내는 언제 내 손을 놓은 건가? 사무실에서는 계속 잡아주었다. 꾹 잡고 힘을 보태주었다. 아내가 없었더라면 몇 번이고 주저앉아버렸을 것이다. 아내 덕분에 그런 곤경을 피할 수 있었다.

손을 뻗어 아내의 등을 톡 건드렸다.

아내가 오른쪽으로 몸을 틀었다. 아내는 왼쪽으로 돌아보는 법이 없었다. 오른쪽으로 반쯤 돌아 난쟁이를 보았다.

"잠깐 기다려보시오."

주름의 일부가 되어 있던 익살이 어디론가 날아간 얼굴로 난쟁이가 말했다.

"이건 잘못된 거요. 돌아가서 말해야겠소. 우리한테 이러면 안 된다고 말해줘야 하오."

아내가 울음을 터뜨렸다.

"그만, 이제 그만하세요. 당신은 대민봉사왕을 충분히 괴롭히셨

어요."

난쟁이의 얼굴이 달아올랐다. 또다시 튀어나오려는 윙크를 가까스로 참았다.

"당신도 내가 잘못했다고 얘기하는 거요? 내가 이상한 사람이라고?"

"네, 이상해요. 저는 늘 당신을 존경해왔어요. 항상 자기 역할을 잘 알고 또 그걸 능숙하게 해내서 존경해왔어요. 하지만 오늘은 도무지 존경할 수가 없네요."

"내 역할이 뭐요?"

"당신은 언제나 사람들에게 웃음을 주는 분이었어요. 당신은 유쾌하고 사랑스러운 사람이었어요. 그게 당신 자리였다고요."

"자식이 닷새 전에 죽었는데도 난쟁이는 마냥 짤고 까불어야 한다는 말이오?"

난쟁이는 혼란스러운 나머지 저도 모르게 아내의 아픈 구석을 건드렸다.

"하지만 여보, 당신 팔을 보시오. 암, 당신도 남들과 다르잖소. 내게 그런 말을 할 자격이 있겠소?"

아내가 실망스러운 눈으로 쳐다보았다.

오, 맙소사.

아내는 그렇게 말했다.

"오, 맙소사. 당신 정말 몰랐군요. 나는 당신이 어떻게 그렇게

구김 없이 웃는지 몰랐어요. 어떻게 그리 낙관적이고 따뜻하게 세상을 대하는지 몰랐어요. 그저 굉장한 사람이라고만 생각했어요. 그런데, 그냥 몰랐던 거로군요. 그래요. 몰랐던 거예요. 당신은 생의 단 한 순간조차 난쟁이로 살아보지 못한 사람처럼 거만을 떨고 있어요. 난쟁이에 대해 호의가 있고 배려심이 깊은, 그러나 저 자신은 난쟁이가 아닌 어느 훌륭한 신사 흉내를 내고 있어요. 하지만 그건 진짜가 아니잖아요. 그렇죠?"

그래요, 하고 아내가 몸에 착 붙여두었던 왼팔을 들어 이리저리 흔들었다.

"그래요, 보다시피 나는 팔이 뒤틀린 사람이에요. 팔이 뒤틀린 채로 태어났으니까요. 하지만 당신과 달리 난 그걸 알고 있어요. 남들이 불쾌해하지 않도록 눈에 띄지 않는 응달에서 착하게 숨어 지내야 하는 내 신분도, 뒤틀리지 않은 팔이 당연한 것처럼 보여도 실은 얼마나 감사하고 다행스러운 축복인지 깨우쳐주는 내 역할도 잘 알고 있고요."

그러니, 하고 아내가 눈물을 흘리며 애원했다.

"그러니, 아기 일은 그만 덮도록 해요. 제발 우리끼리 있을 때만 울어요. 평범한 사람들을 더 불편하게 만들지 말아요. 어서 원래 모습으로 돌아와요. 아코디언을 치며 뒤뚱뒤뚱 걸어요. 당신이 잘 하는 익살로 세상에 웃음을 주세요. 당신은 제가 가엾지도 않은가요?"

귀로 파고드는 아내의 호소에 난쟁이는 죄책감을 느꼈다. 그러고 보니 정말로 울어야 할 사람은 아내였다. 아기가 죽고 남은 거라곤 달랑 키 큰 난쟁이뿐이지 않은가. 몸에 힘이 한 톨도 없었다. 마음 같아서는 바닥에 벌렁 드러눕고 싶은데, 그랬다가는 지나가던 사람들이 익살로 착각해 웃을까봐 겁났다. 할말이 없어 사무실을 나왔건만 이젠 아내에게도 할말이 없었다. 아내가 애절한 표정으로 눈앞에 서 있었다. 아내의 얼굴을 보면 볼수록 죽은 아기가 떠올랐다. 죽은 아기는 아내를 닮아 예뻤다. 죽은 아기는 난쟁이가 아니었다. 난쟁이가 아닌데 죽었다. 그건 얼마나 큰 손해인가.

할말이 정말 없었다. 누구에게도, 세상 무엇에 관해서도 할말이 전혀 남아 있지 않았다. 난쟁이는 축 늘어진 몰골로 아내를 비껴지나갔다. 뒤뚱거리지 않으려 하체에 힘을 주었다. 뒤에서 흐느끼고 있는 아내에게 그런 모습을 보이고 싶지 않았다. 하지만 그는 난쟁이여서 뒤뚱거리지 않고서는 걸을 수 없었다. 복도 끝에 계단이 있었다. 난간을 잡고 한 발 한 발 내려섰다. 아무리 내려가도 계속 계단이 나왔다. 머릿속은 정리되지 않은 문장들로 어지러웠고 얼굴은 결심하지 못한 표정들로 부산했다. 계단이 끝도 없기에 지옥까지 내려가는구나 하고 생각했지만 난간이 끊긴 곳에서 고개를 들어보니 거기가 사람 사는 1층이었다.

관청을 나와 무작정 걸었다. 거리에 찬바람이 불고 있었다. 관청에 올 때도 이리 추웠던가? 아니다. 그렇지 않았다. 관청에 머무

는 동안 한 계절이 다 지나간 모양이었다. 그럴 만했다. 난쟁이는 구부정하게 몸을 숙이고는 구석을 따라 걸었다. 전신에 실금이 나 있어 행인과 살짝 스치기만 해도 몸이 산산조각나버릴 것 같았다. 길쭉한 그림자가 보일 때마다 겁을 집어먹고 더욱 구석으로 피했다. 저 크고 넓은 세상을 구경할 때 왜 저와 같은 난쟁이를 만나본 적이 없었는지 비로소 이해가 되었다. 전부 입다문 채 다락에 숨어 살고 있었던 것이다. 몰리고 몰린 아찔한 마음에 부모를 떠올렸다. 그들이 그리웠다. 하지만 누군가 저승에서 그들을 데려온다 해도 만나고 싶지는 않았다. 부모는 평생에 걸쳐 거짓말을 했다.

그들은 나를 대체 뭐라고 생각했던 건가?

난쟁이는 무책임한 배려와 이기적인 관용에 홀려 살아온 지난 세월을 돌이켜보았다. 누구도 이런 날이 올 거라고 말해주지 않았다. 언젠가 틀림없이 광장에 끌려나가 개처럼 두들겨맞을 거란 사실을 알려주지 않았다. 착각이 길어질수록 그날의 고통은 더할 거라고 얘기해주지 않았다. 부모도 마찬가지였다. 아니, 그들이 제일 지독했다. 믿을 수 없는 일이다. 도대체 어떤 부모가 제 자식에게 그런 짓을 저지른단 말인가.

고개를 들어보니 막다른 골목이었다. 삼면이 잿빛 담벼락으로 둘러싸여 있었다. 갑자기 눈앞의 공기들이 차갑게 얼어붙어 커다란 전신 거울이 되었다. 거울에 비친 그 자신의 형체가 구석구석 똑똑히 보였다. 도저히 용서할 수 없는 모습이었다. 한때는 세상

에 이런저런 사람들이 있다고 믿었다. 암산을 잘하는 아이, 콧물을 질질 흘리는 아이, 목덜미까지 갈기가 난 아이가 있듯이 자신은 그저 손가락이 뭉툭하고 걸을 때 남들보다 좌우로 조금 더 흔들리는 아이라 믿었다. 그렇지 않은가? 겉보기에 약간 차이가 있을 뿐, 난쟁이도 생각과 감정과 욕망을 가진 똑같은 사람인 것이다. 부모가 그렇게 가르쳤다.

그들이 전부 망쳐놓았다.

돌아서서 빠르게 걷기 시작했다. 다친 마음에 걸음이 자꾸 뒤틀렸다. 아니, 난쟁이라서 걸음이 뒤틀렸다. 난쟁이는 생때같은 자식이 죽었을 때 위로받을 자격이 있는 사람들처럼 걸어보려 애썼다. 하지만 어떻게 발을 내디뎌보아도 소용없었다. 키 큰 난쟁이에게 그건 불가능한 일이었다.

외톨이

나는 이제 끝장이다, 라는 말을 남기고 한국을 떠난 뒤에 성범수의 삶은 오히려 활짝 핀 것처럼 보인다. 에너지 사업으로 떼돈을 벌었고 첨단 연구소들이 주목하는 과학자가 되었으며 유럽 최고의 석학들과 교유했고 세계 전역을 여행했고 바하마의 호화로운 저택에서 살았다. 그리고 '대역전'으로 알려진 음모를 꾸몄다.

본디 그런 인생과 전혀 어울리지 않는 사람이었다. 성범수는 가난한 재봉사의 외아들로 태어났다. 어렸을 때부터 두뇌 회전이 빠르지 않은데다 체력도 약했다. 타고난 표정은 또 어찌나 침울한지 가까이서 본 아가씨들이 어머, 하고 놀라기 일쑤였다. "얘 좀 기분 나쁘네."

그건 꽤 억울한 일인데, 왜냐하면 성범수가 원한 게 아니었기

때문이다. 누구도 성범수의 의견을 물어보지 않았다. 너를 지구인
으로 낳아도 좋겠느냐, 가난한 재봉사 집안인데 괜찮겠느냐, 지능
이 좀 떨어지고 몸도 허약한데 견딜 수 있겠느냐, 타고난 표정이
침울하여 가까이서 본 아가씨들이 글쎄……

　미리 물어봤더라면 이 세상에 대역전 같은 건 오지 않았을 것
이다. 사람들은 대대로 전해온 산천에 살며 진부한 평화를 누렸을
것이다. 상어나 가오리가 아직 바다를 헤엄쳤을 것이고 소금은 여
전히 짰을 것이다. 미리 물어봤더라면, 성범수는 애당초 이따위
세상에 태어나지도 않았을 것이다.

　일곱 살 때 부모가 한꺼번에 죽어서 유일한 혈육인 고모에게 맡
겨졌다. 일이 잘못되려면 보통 이런 식으로 진행되는 법이다. 아
이란 무릇 검소하게 길러야 한다고 믿는데다가 몇몇 창피한 일로
빚까지 좀 지고 있던 고모는 성범수에게 '부러워하면 지는 거'라
고 가르쳤다. 그래서 성범수는 일찌감치 기대를 딱 접었다. 그것
은 의외로 티가 많이 나는 일이었다. 툭하면 남에게 얻어터져 피
를 흘리곤 했다. 거지에게 신발을 빼앗기기도 했다. 길에서 구면
인 개한테 물린 적도 있었다. 이 모든 사태가 성범수의 의사와 상
관없이 이루어졌다. 아픈 건 알았으나 상처가 상처인 줄 몰랐다.
그늘에 앉아 뿌연 거리를 바라보면서 성범수는 신이 자신을 사랑
하지 않는다고 생각했는데, 그건 옳은 판단이었다. 신은 성범수를
사랑하지 않았다. 사랑해본 적도 없고, 앞으로도 사랑할 계획이

없었다.

고등학교를 간신히 졸업한 성범수는 음식점에다 식재료를 납품하는 회사에 취직했다. 직급 피라미드의 최하층, 실적에 따라 수수료를 받는 계약직 영업사원이었다. 벌어들이는 돈이 매우 적었으나 별로 문제되지 않았다. 성범수는 먹고 싶은 음식도 없었고 입고 싶은 옷도 없었으며 보고 싶은 영화도 없었고 놀러가고 싶은 여행지도 없었다. 남에게 잘 보일 생각도, 미래에 대한 기대도 없었다. 성범수는 단지 살아 있었다. 스스로에 대한 자존감과 회사 내에서의 평판은 일치했다. 그는 회사에 도움이 되지 않는 직원이었다. 외모 자체에서 집단 식중독이 연상되었고, 툭하면 초점이 사라진 눈으로 몰아지경에 빠져 자신뿐 아니라 남의 시간까지 허비하기 때문이었다. 일찌감치 해고되지 않은 건 순전히 그를 데리고 있는 것과 해고하는 것 사이에 비용 차이가 별로 나지 않는 탓이었다. 성범수 스스로도 그걸 알고 있었다. 그러나 불만을 갖지 않았다. 자기처럼 허약하고 재수없는 인간이 싸구려 양복에 싸여 은근슬쩍 목숨을 부지할 수 있다는 사실에 오히려 안심하는 쪽이었다. 그렇게 성범수는 지하철역 부근에서 흔히 마주칠 수 있는 지질한 인간으로서 심장이 없는 20대를 보냈다.

인생이 흥미롭게 바뀌게 된 계기는 중학교 동창인 한 여자와의 재회였다. 그녀는 중학교 시절에도 푸르스름한 실핏줄이 보일 정도로 마르고 턱이 뾰족했는데, 자라면서 점점 심해져 급기야는 거

대 발육한 메뚜기 같아 보였다. 쉽게 말해 성범수나 여자나 무심
코 지나치기 어려운 외모였다. 퇴근하는 사람들로 붐비는 광화문
의 거리에서 여자가 먼저 말을 걸어왔다. 성범수는 그녀의 연락처
를 받아 적었다. 그리고 뭔가 숨기는 게 있는 사람처럼 떠났다. 그
날 밤 성범수는 예전의 여자 모습을 떠올려보려 애썼다. 하지만
생각나는 게 별로 없었다. 당연한 일이었다. 둘 다 김치 냄새 취급
을 받던 외톨이들이었다. 당시에 누구 냄새가 더 지독했는가는 중
요하지 않다. 아무튼 십수 년이 지나 다른 쪽 냄새에게 저기요, 하
고 말을 걸어온 건 여자였다.

때맞춰 성범수의 삶은 분주해지기 시작했다. 거래처가 빠르게
늘어났고 주문도 밀려들었다. 여러 음식점에서 식재료 주문을 받
아 종류별로 공장에 발주하여 제때 납품하려면 이리저리 뛰어다닐
수밖에 없었다. 땀에 젖은 몸으로 기진맥진하여 퇴근하기 일쑤였
는데, 그 와중에도 여자에 대한 생각이 머리에서 떠나지를 않았다.
몰아의 상태로 시간을 낭비하는 버릇은 깨끗이 사라졌다. 당장 마
음이 어지러운 이유를 찾는 데만도 자는 시간을 쪼개야 했다.

가슴 한편에 심장이 자라나고 있었다.

며칠 뒤 성범수는 여자에게 전화를 걸었다. 여자는 금방 나왔
다. 함께 저녁을 먹은 후 성범수는 지구 한가운데 못박힌 채로 메
뚜기가 저멀리 걸어가는 걸 지켜보았다. 주말에 성범수가 다시 전
화를 걸었다. 여자는 이번에도 금방 나왔다. 여자는 전화하면 금

방 나오는 이상한 사람이었다. 둘은 거리를 걸었고 들꽃을 보았고 아이스크림을 사먹었다. 아이스크림콘을 뿌리까지 맛있게 먹은 여자가 "나 지켜줄 거지?" 하고 물었다. 일이 잘못되려면 보통 이런 식으로 진행되는 법이다.

많은 게 바뀌었다. 무심코 지나치던 거리 풍경, 그저 탄수화물을 얻으려 섭취하던 음식, 괜히 피부만 익혔다 얼렸다 괴롭히던 사계의 변화가 전에 없던 감각으로 다가왔다. 마침내 세상에 한자리 낀 기분이었다. 성범수는 여자와 늘 손을 잡고 걸었으며, 양손이 필요할 때가 오면 둘이 공평하게 한 손씩 갹출했다. 어느 날인가 성범수는 미얀마의 전설을 듣게 되었다. 바닷가 동굴에 금슬 좋은 박쥐 부부가 살았다. 둘 다 나이가 많아서 원하는 대로 변신할 수 있었는데, 낮이면 사람의 모습이 되어 손을 잡고 다정히 거닐곤 했다. 그러던 어느 하루, 어두컴컴한 폭풍에 휘말려 둘은 그만 서로의 손을 놓치고 말았다. 다음날 간신히 정신을 차린 박쥐 남편은 박쥐 아내를 박쥐 아내는 박쥐 남편을 찾아 미친듯이 헤매었다. 둘은 파도가 밀려난 해변에서 마주쳤다. 서로 힘껏 부둥켜 안고는, 지난 하루를 따로 보낸 게 너무나도 분하고 원통하여 1년 동안 울었다.

성범수는 이 전설을 만나는 사람마다 들려주었다. 특히 '지난 하루를 따로 보낸 게 너무나도 분하고 원통하여 1년 동안' 부분을 좋아했다. 하지만 매번 듣는 이의 반응은 폭소를 터뜨리거나 혹

은 어리둥절한 표정을 짓거나 둘 중 하나였다. 어느 쪽도 원하는 반응이 아니었으므로 성범수는 머쓱한 얼굴이 되어 시선을 비스듬히 돌리곤 했다, 마치 자기 편을 찾는 듯이. 그러면 거기에 벌써 눈물이 그렁그렁 맺힌 여자가 메뚜기마냥 고개를 끄덕이고 있는 것이었다.

여자에게는 이렇다 할 성격이 없었고, 그래서 성범수는 여자가 중간쯤에 속하는 사람이라 생각했다. 반은 맞고 반은 틀렸다. 확실히 여자는 어느 한쪽으로 치우치는 법이 없어서, 가끔은 꽤 어정쩡해 보이기도 했다. 하지만 그건 한쪽으로 치우칠 때마다 반대편의 성정이 재빨리 끌어당겨 다시 중간으로 돌아왔기 때문이었다. 여자는 가운데 면모만으로 이루어진 게 아니라 양극단을 포함한 모든 면모를 깨알같이 지니고 있었다. 이를 알고 나자 성범수는 여자가 인류 전체인 것 같았다. 여자에게 사랑받는 건 인류 전체에게 사랑받는 것 같았다. 성범수는 세상이, 신이 자기를 사랑해주기로 입장을 바꾸었다고 생각했다. 실은 전혀 그렇지 않았지만, 그리고 성범수도 머지않아 그 사실을 깨닫게 되었지만, 당시에는 그렇게 착각할 소지가 있었다.

성범수는 기대할 줄 아는 남자가 되었다. 근사한 가정을 꾸미고 싶다, 여유가 있는 삶을 살고 싶다, 병원비를 걱정하지 않아도 될 만큼 돈을 벌고 싶다, 세상의 무시와 조롱으로부터 단단해지고 싶다, 가족과 함께 행복해지고 싶다, 나는 행복해지고 싶다, 행복

하고 싶다…… 성범수는 매일 기대했고, 그 기대가 곧 충족되리라 기대했다. 여자와 결혼식을 올리고 난 얼마 후에는 제대로 된 월급을 받는 정규 사원이 되었다. 식재료 가격을 후려치는 실력이 날이 갈수록 섬세해졌다. 향수를 뿌렸고 저금을 했고 자주 웃었다. 그런 식으로 성장기에 잃어버렸던 무언가를 되찾기 위해 노력했다.

둘은 멋진 여름휴가를 그리느라 여러 주 동안 머리를 맞대었다. 배낭을 둘러메고 드디어 집을 나설 때에는 기대가 너무 커서 몸이 덜덜 떨려올 지경이었다. 여행 사흘째 날에 둘은 아름다운 산호초로 나가 스노클링을 했다. 수영이 서툰 성범수를 위해 아내가 계속 곁에서 맴돌아주었다. 갑자기 이안류가 발생해 둘을 바다 절벽 쪽으로 밀어냈다. 당황한 성범수가 허우적거리며 사방을 둘러보았다. 아내가 안 보였다. 물속에 고개를 집어넣었다. 팔을 쭉 뻗은 채 경사면 너머로 가라앉는 희미한 형체가 있었다. 아내였다. 성범수가 죽을힘을 다해 자맥질을 하는 동안, 주위에 있던 외국인 몇이 도와주러 헤엄쳐 왔다. 그들은 수영을 매우 잘하는 사람들이었다. 조금 지나 하나둘 수면 위로 올라와 숨을 몰아쉬었다. 그리고 가라앉는 속도가 이상하게 빠르다며 큰 소리로 떠들었다. 흔한 현상임에도 불구하고, 그들 중 누구도 해저 급경사가 만들어내는 난류의 소용돌이를 경험해본 적이 없었다. 몇 분 후 성범수가 반쯤 익사한 상태로 혼자 떠올랐다. 폐를 크게 다쳐 숨을 제대로 못

쉬었다. 바다에서는 흔한 일이었다. 수색대가 사흘 동안 절벽 인근을 샅샅이 뒤져보았으나 끝내 아내의 시체를 찾지 못했다. 그역시 바다에서는 흔한 일이었다.

성범수는 제 인생에 여름을 두 번 가졌다. 가을은 한 번밖에 없었다. 겨울도 한 번뿐이었고, 봄도 마찬가지로 딱 한 번뿐이었다. 성범수는 더 깊이, 더 오래 쫓아갔어야 했다. 그러지 못해 아내를 놓치고 말았다. 이제 더이상 살아갈 이유가 없었다. 모든 조명이 한 번에 꺼졌다. 계절은 영원히 정지되었다. 성범수는 자신이 보기 좋게 농락당했음을 알았다. 신은 성범수를 사랑하지 않았다. 사랑해본 적도 없고, 앞으로도 영영 그럴 계획이 없었다.

대역전을 해석할 때 어떤 관점들은 특히 경계할 필요가 있다. 성범수의 생애에 기상천외한 낭만과 터무니없는 신비를 덧씌우는 경향이 그중 하나다. 그와 같은 덧씌움을 통해 성범수라는 인간의 타락이 몹시 예외적인 현상임을 주장하려는 노력은 인도주의적이지만, 대역전을 겪은 인류의 슬픔은 그런 기만에 조금도 위로받지 못한다. 모두들 알고 있다시피 사실은 정반대다. 우리는 모두 눈앞의 평화를 파괴할 절묘한 아이디어를 하나씩 품고 있다. 예나 지금이나 여기가 바로 지옥이다.

아무도 성범수에게 묻지 않았다. 누구인지, 무얼 원하는지, 어떻게 살 것인지 묻지 않았다. 기대하는 바가 없기 때문이었다. 그

런 대접 속에서 자라온 성범수 역시 세상에 기대하는 게 없었다. 익숙해지다보니 기대할 필요를 느끼지 못했다. 기대한다고 행복해지지 않았다. 기대하지 않아서 불안해지지도 않았다. 여자를 만나기 전까지는 그랬다.

나는 이제 끝장이다, 라며 한국을 떠날 때의 성범수도 마찬가지였다. 여자와 함께한 14개월 동안 성범수는 더 나은 사람이 되고자 꾸준히 애썼고, 실제로 꽤 성공했다. 그런데 모두 잃고서 예전의 어둠으로 돌아가는 건 순식간이었다. 아니, 그보다 훨씬 나쁜 곳으로 추락했다. 성범수는 아무것도 기대하지 않았다. 숨을 제대로 쉬는 것조차 기대하지 않았다.

한국을 떠나 내던져진 곳은 마카오였다. 그게 가장 쉽게 구할 수 있는 항공권이었다. 하지만 어디를 가야 상실감으로부터 멀어질 수 있단 말인가? 그런 곳은 세상에 없었다. 그러니 사실은 집을 떠날 필요도 없었던 셈이다. 숨을 쉴 때마다 망가진 폐에서 쉭쉭 소리가 났다. 성범수는 그만 끝내고 싶었다. 딱히 어떻게 하겠다고 결정해둔 건 아니었다. 구체적인 자살 계획까지 세우기에는 자신의 생이라는 게 너무나 보잘것없고 구질구질하기 때문이었다. 그냥 적당한 순간에 적당한 방식으로 죽어버릴 생각이었다. 그런데 무심코 들어간 도박장에서 가진 돈 전부를 걸었다가 크게 따버리자, 갑자기 정신이 번쩍 드는 것이었다. 행운을 가져다준 숫자는 28, 아내가 제일 좋아하던 숫자였다.

평생 구경도 못해본 돈이 눈앞에 쌓였다. 성범수는 허리를 곧게 폈다. 최고 3만 달러까지 걸 수 있는 룰렛 테이블이었다. 0부터 36까지의 숫자가 적힌 레이아웃을 물끄러미 보다가, 만 달러짜리 칩 세 개를 숫자 2에 스트레이트로 걸었다. 아내가 태어난 달이었다. 보기 드문 고액 베팅에 주위 사람들이 숨을 죽였다. 딜러가 긴장한 표정으로 구슬을 던졌다. 빙그르르 돌다가 홀에 들어갔다. 2, 이번에도 맞았다.

성범수는 입술을 깨물었다. 배당이 끝나길 기다려 이번엔 11에 걸었다. 아내의 생일이었다. 딜러가 구슬을 던졌다. 그리고 염력을 끌어모으려는 듯 휠을 노려보았다. 구슬이 핀에 부딪혀 사방으로 통통 튀다가 멈추었다. 영락없이 11번 홀이었다. 여기저기에서 탄식과 경탄이 터져나왔다.

배당금을 받자마자 31에 걸었다. 결혼기념일이었다. 사색이 된 딜러가 구슬을 힘껏 굴렸다. 관성에 따라 한동안 휠 트랙을 회전하던 구슬은 중력에 이끌려 아래로 떨어졌고, 핀에 부딪혀 이리저리 방향을 바꾸다 홀에 쏙 들어갔는데, 거기가 마음에 들지 않았던지 금방 튀쳐나와 두 바퀴를 더 방황한 다음, 달려오는 핀에 서너 차례 얻어맞고 회전축을 또르르 가로질러 홀에 들어갔다가, 거기서도 가만히 있지 못하고 다시 한번 슬그머니 기어나와 바로 옆홀에 들어앉았다.

31이었다.

더이상은 베팅을 할 수 없었다. 벌어놓은 칩을 잃는 게 겁나서가 아니었다. 배포가 크건 작건, 그런 계산적인 사고는 평범한 일상에서나 가능한 법이다. 하루아침에 돌이킬 수 없이 가라앉은 남자는 그런 계산을 할 수가 없다. 성범수는 베팅뿐 아니라 다른 것, 이를테면 수백만 달러에 달하는 칩을 세어본다거나 부러워하는 표정으로 축하해주는 사람들에게 감사의 미소를 짓는 일 따위도할 수 없었다. 물론 이건 우연이고, 성범수에게는 우연을 이해할만큼의 이성이 아직 남아 있었다. 그러나 네 번의 잇단 우연이 직조해낸 어떤 유혹은 막무가내로 성범수를 무대에 올려 세웠다. 암흑 속에서 작은 조명 하나가 켜지더니 *끝장*이라는 단어를 축어적으로 비추었다. 대역전은 그 순간에 잉태된 것이나 다름없었다.

나흘 뒤 성범수는 두툼한 여행자수표를 들고 마카오를 떠나 영국으로 갔다. 런던 외곽의 허름한 아파트에 머물며 영어를 공부했다. 한 해 뒤에는 두 박스 분량의 물리학 원서를 사들였다. 그 책으로 연구를 했는지 아니면 베개로 썼는지는 확실하지 않다. 중요한 건 그가 인터넷으로 검색했거나 문화센터에서 수강했거나 혹은 책의 형태로 사들였던 모든 물리학 지식보다 더 나은 성과가탄생했다는 사실이다. 덴마크의 닐스 보어는 러더퍼드의 원자 모형과 발머의 수소 스펙트럼에 관한 연구와 플랑크의 양자가설을종합해 새로운 원자 모형을 창안했다. 재봉사의 아들인 성범수는러더퍼드와 발머와 플랑크의 이론을 이리저리 짜깁기하여 꼭 업

소용 식자재 냉장고처럼 생긴 발전기를 고안했다. 플루오린을 액체 상태로 보관하기 위해 -200℃를 유지하는 강력 컴프레서와 두꺼운 구리 봄베, 플루오린을 산화 악티늄 박막 위로 쏘아 보내는 미세 주사기, 접촉 단자에 모인 전기를 정제하는 변압기 따위가 어지럽게 들어찬 기계였다.

이 못생긴 발전기는 전기 발생의 원리에 관한 오랜 통념을 전복시켰다. 사업가와 정치가와 사기꾼이 성범수와 흥정하려 몰려들었다. 모두들 이 새로운 발전기를 원했다. 그도 그럴 것이, 액화 플루오린 한 바가지면 대규모 반도체 공장이 필요로 하는 동력을 수백 년간 공급할 수 있기 때문이다. 조작도 간단하고 장소의 구애도 받지 않았다. 변압기에 달린 보조 분배기가 발전에 필요한 초기 동력을 스스로 축전 및 송전했는데, 그러고도 전기가 남아돌아 쓸데없이 네온 입간판까지 종일 밝혔다. 전자기유도 작용에 근거해 기전력을 생산하는 고전 방식이 아니어서 열과 소음이 없고 고장도 적었다. 딱 하나 문제가 있다면, 이 플루오린이라는 게 매우 위험한 물질이라는 점이다. 아무리 발전기 내부를 아르곤 기체로 가득 채웠다 해도 일단 플루오린이 봄베 밖으로 새기 시작하면 반도체고 뭐고 당장 도망쳐야 했다.

특허와 설계도는 고가에 팔렸다. 그러나 시제품으로 세 대가 만들어진 후 폐기되었다. 1년도 못 되어 훨씬 안전성이 높은 새로운 발전기가 등장했기 때문이다. 성범수의 플루오린-악티늄 발전기

를 대체한 건 플루오린-수소 발전기였다. 그 역시 성범수 작품이었다.

이 과정에서 성범수는 전자의 성질과 흐름에 대해 감을 잡았고, 다음 단계로 넘어갈 자금도 모았다. 생의학자들이 나노나이프로 생명체의 DNA를 조작하듯 성범수가 전자의 에너지준위를 멋대로 조절할 수 있었던 건 파울리나 훈트 같은 이들의 선행 연구를 몰랐기 때문에 가능한 일이었다. 샹쿠르투아의 연구를 모른 채 뉴랜즈가 더 나은 논문을 썼고, 뉴랜즈의 논문을 모른 채 멘델레예프가 더 나은 결과를 내놓은 것과 같은 이치다. 원래 부모님 말씀 잘 듣고 공부 열심히 하는 모범생 중에서는 좀처럼 천재가 나오지 않는다.

유명 인사가 된 성범수는 넉 달 후 호주로 건너가 멜버른 대학교 물리화학연구소에 자리를 잡았다. 거기서 통 사람 보는 눈이 없는 과학자들과 교유하며 양자화학 분야의 지식을 쌓았다. 기초가 약하다보니 성범수의 아이디어는 기상천외한 한편으로 매우 불안정했다. 성범수는 아인슈타인이 그랬듯 수학을 못했고, 그래서 아인슈타인이 그랬듯 수학에 능숙한 동료를 끌어들여야 했다. 한가락씩 하는 호주의 유능한 과학자들은 단지 새로운 관점을 보여준다는 이유만으로 성범수에게 많은 도움을 베풀었다. 만물의 실체를 추적하는 자연과학의 시대에서 가능성을 탐구하는 이론과

학의 시대로 도약하던 학계의 분위기 역시 성범수에게 유리한 환경이었다. 그렇다고 전부 순조로웠던 건 아니어서, 적대적인 동료와 마주치거나 불리한 상황에 처하는 경우도 가끔 있었다. 그럴 때면 성범수는 피를 한 바가지씩 토했다. 아내를 잃은 날부터 성범수의 폐는 언제든 내킬 때마다 피를 한 바가지씩 토할 수 있었다. 그가 두 해를 못 채우고 쫓겨나다시피 연구소를 그만둔 이유는 능력에 대한 불신이나 인간적인 약점 때문이 아니라 카시미르 효과를 이용해 대량살상무기를 고안한다는 의심을 샀기 때문이다.

다음으로 둥지를 튼 곳은 베이징의 중국과학원이었다. 그곳에서 양성자와 중성자를 결합시키는 핵력에 관해 연구했다. 연구가 벽에 부딪힐 때마다 성범수는 자기 머리를 벽에 찧어 피떡을 묻혔는데, 얼마 안 가 그게 인턴 연구원들 사이에서 유행이 되었다. 성범수의 연구는 빠르게 진척되었으나 별로 주목받지 못했다. 핵력을 마이너스 수준으로 낮추는 게 도대체 무슨 의미가 있는지 알아챈 사람이 없었기 때문이다. 숨쉴 때마다 쉭쉭 소리가 나는 성범수와 공동 연구를 하고 싶어하는 연구원도 없었다. 날이 갈수록 성범수는 김치 냄새 취급을 받았다. 허벅지를 송곳으로 찌르는 새 유행에 밀려 머리에 피떡 묻히는 유행 또한 시들해졌다. 그에 더해 외국인 연구원에게 따라붙는 고급정보 접근제한까지 점점 강화되자, 시카고의 페르미연구소에서 제의가 온 김에 야반도주하다시피 미국으로 건너갔다.

모든 연구 환경이 전보다 나아졌다. 특히 페르미연구소가 운영하는 최고 수준의 과학자 네트워크를 마음껏 이용할 수 있었다. 성범수에게 많은 영감을 준 당시의 돌대가리들 중 셋은 노벨상까지 받은 병신들이었다. 일이 잘못되려면 보통 이런 식으로 진행되는 법이다. 성범수는 런던 시절에 러더퍼드와 발머와 플랑크의 이론을 가지고 그랬던 것처럼 페르미연구소의 과학자 네트워크를 통해 수집한 최신 정보들을 요래조래 오리고 붙이며 여태까지와 비교할 수 없는 속도로 자신의 연구를 확장해나갔다. 그러던 어느 날 성범수는 독일의 원로 과학자에게 편지를 써 자신의 최근 성과에 대한 검토를 요청했다. 독일 과학자는 보름 후 전화를 걸어와 넋이 나간 목소리로 말했다. "당신이 정말 만물의 섭리에 도달한 건지는 아직 잘 모르겠어요. 그러나 세상에서 가장 아름다운 공식을 만들어낸 건 틀림없습니다." 그리고 조금 뒤 말했다. "어서 이걸 발표합시다."

성범수는 그냥 쉬쉬거렸다. 슬그머니 전화를 끊고, 기라성 같은 과학자들이 우글거리는 구내식당에 들어가 박력 있게 피 한 바가지를 토했다. 성범수의 퇴직 신청은 페르미연구소와 국토안보부와 백악관 과학기술정책실 책임자의 재가를 거쳐 바로 승인되었다.

페르미연구소를 나온 성범수는 뉴욕으로 날아가 잭슨하이츠의 작은 공장에 개인 연구실을 마련했다. 전자기 상호작용을 통한 소립자 간의 척력 현상을 연구하는 데에는 많은 자금이 필요했다.

그냥 많은 정도가 아니라 엄청나게 많이 필요했다. 당시 성범수가 뉴욕 금시장에 내놓은 순금은 2.2t에 달했는데, 평생에 사들이거나 선물받은 금이라고는 탈탈 털어보았자 결혼반지 하나에 지나지 않았으므로 2.2t의 순금이란 전부 소립자 인력 도치 및 오비탈 결합 조작을 응용한 연금술로 빚어낸 것일 수밖에 없다. 긁어모으기로 작정한 자금의 규모를 감안하면 순금 2.2t은 오히려 지나치게 적은 양이었다. 물질의 비밀에 대해 더 깊은 지식을 쌓은 성범수는 무겁고 운송이 불편한 금 대신에 우울의 순수 결정체인 블루 사파이어를 만들어, 그것도 일단 세숫대야만한 크기로 하나 만들어두고는 의심받지 않도록 필요할 때마다 엿가위로 잘게 떼어 룩셈부르크의 피둥피둥한 보석상들에게 내다팔았다. 이 무렵에 성범수는 이미 핵력을 진동 현상으로 파악하고 있었다. 달리 말하자면 소립자 가설과 초끈 가설이 연결되는 대통합 이론에 한 발 걸쳐둔 상태였다.

뉴욕 라과디아 공항에 인접한 잭슨하이츠 구역을 택한 건 두 가지 이유에서였다. 하나는 실험장비들이 내는 굉음을 감추기 위해서였다. 성범수는 탈레스 이래로 상식이 된 전자유도의 물리적 방식을 화학적 방식으로 바꿔 발전기 소음을 제거한 바 있는데, 동종同種 페르미온 간의 좌표 교환시간을 연장하는 데 필요한 고에너지 장비들은 무슨 제한이 그리도 많은지 작고 저렴하게 개량할 여지가 없었다. 다른 하나는 라과디아 공항을 통하여 원하는 지역에

쉽고 빠르게 다녀오기 위해서였다. 성범수는 연구를 하는 틈틈이 세계 전역으로 여행을 떠났고, 그곳의 바닷물을 작은 유리 시약병에 담아왔다. 진동 패턴의 교집합을 확정하려면 최대한 많은 샘플이 필요하기 때문이었다. 바다마다 조성비는 비교적 일정하지만 염분은 제각각이다. 이를테면 발트해는 하천에서 흘러드는 담수의 양이 많고 낮은 기온 탓에 증발량이 적어 염분이 10psu 이하인 반면, 사정이 그와 반대인 홍해는 염분이 45psu나 된다. 신이 성범수를 농락한 장소는 필리핀의 보홀해이지만, 바다는 모두 서로 연결되어 있으니 실은 이놈이나 저놈이나 한통속이었다. 여행에서 돌아오면 성범수는 연구실에 틀어박혀 바닷물에서 마그네슘, 유황, 칼륨, 브롬 따위를 추출한 후 소립자 단위로 끊어냈다. 물질의 그 유서 깊은 결합을 찢어발기며 성범수는 비 맞은 중처럼 중중거리곤 했다.

"봐라, 이게 바로 너희가 나한테 한 짓이다."

하지만 그것이 정말 복수였을까? 혹시 어느 달 밝은 밤에 산호 군락을 헤치고 가끔은 검보라색 성게에 발가락도 찔리면서 천천히 절벽 아래를 더듬어 수색해보려던 게 아니었을까? 아무 저열한 감정 없이, 노인이 노화를 그저 받아들이듯, '네 배를 길게 찢을 테니 가만히 벌리고 있어봐'라고 말하려던 게 아닐까? '내 아내가 거기 있나 좀 보게.'

어느 쪽인지 아는 사람은 없다. 누구도 성범수에게 물어보지 않

았다. 대역전이 닥치기 직전까지 다들 저 하고 싶은 말만 했다. 예전에 아내를 잃고 누더기 꼴이 되어 귀국했을 때, 고모와 직장 동료와 아내의 친구들이 기를 쓰고 병원까지 찾아와 아주 길고 동의할 수 없는 문장들을 늘어놓았다. 병원이 자기 것이 아니어서 성범수는 그들의 방문을 막지 못했다. 나흘 후 그럭저럭 발성發聲이 가능해진 상태로 퇴원하기 전, 성범수는 마지막으로 그들에게 한마디 건넸다. 깊은 숨을 몰아쉬며, 번지고 뭉개지는 저주파로 한토막씩, 세 번에 걸쳐.

나는

이제

끝장이다

한국을 떠나 성범수가 살아간 시간은 대략 9년에 이른다. 그게 어떤 의미인지는 1200ft짜리 릴 테이프를 재생 속도에 맞춰 두 손으로 줄줄 뽑아내보면 알게 된다. 1시간 후 이리저리 얽힌 진갈색 자기테이프가 당신 앞에 산더미처럼 쌓여 있을 것이다. 이제 다음 릴 테이프를 가져다 똑같이 하라. 이런 짓을 매일매일 18시간씩 9년 동안 하라. 성범수가 어떻게 살았는지 싫어도 알게 될 것이다.

성범수의 실제 9년에는 거기에다 혐오스러운 몇 가지를 더해야 한다. 영양실조로 치아 대부분을 잃었다. 당뇨 합병증 탓에 곪은 발가락 네 개를 니퍼로 직접 잘라내었고, 탈장 증세가 심해져 마

지막 2년은 기저귀를 찬 채 살았다. 호주와 중국과 미국의 동료 과학자들은 성범수가 풍기는 악취에 은근히 골머리를 앓았다. 사실 그럴 수밖에 없는 일이었다. 성범수는 통째로 썩고 있었다. 잇몸이, 폐가, 발가락이, 똥구멍이, 똥구멍에서 삐져나온 직장이 썩어갔다. 눈과 귀에서 진물이 나오고 무릎관절과 폐와 내장이 염증을 일으켰다. 몸 안팎의 모든 부위에 박테리아와 바이러스와 또 가끔은 살구색 애벌레들이 제국을 건설해 서로 연합하고 전쟁하고 난리였다. 그러나 성범수는 9년 동안 어떠한 형태의 전문 진료도 받지 않았다. 벌어들인 돈은 전부 제일 요긴한 일에 썼다.

마지막 해의 3월 초에 터키 아나톨리아고원에 있는 투즈 염호가 사라졌다. 목격자들의 말은 서로 달랐는데, 어떤 이는 엄청난 벼락이 호수 중앙부를 강타하면서 단숨에 증발시켰다고 진술했고 또 어떤 이는 거대한 토네이도가 불어와 물을 모두 빨아들였다고 주장했다. 그나마 비교적 일치하는 증언은 이 현상이 아주 짧은 동안에 이루어졌으며 호수가 감쪽같이 사라진 직후 비릿한 수증기가 고원 일대를 뒤덮었다는 정도였다. 염호를 구경하던 관광객과 가이드 등 30명가량이 사망했고, 실종자 수는 그 다섯 배였다. 폭발물 흔적이 발견되지 않았기 때문에 예외적인 자연현상으로밖에는 설명할 길이 없었다. 그로부터 두 달이 지난 5월 말에 중국 칭하이성의 차카 염호가 사라졌다. 이번에도 목격자들의 말은 엇비슷했고 영문을 알지 못해 우왕좌왕하는 것 또한 투즈 염호의 경

우와 같았다. 보름 후에는 카자흐스탄의 발하슈 염호에 유사한 현상이 발생했다. 다만 이번에는 전체가 아니라 78%만이 사라졌다. 나머지 22%는 열흘 뒤에 사라졌다.

이 열흘의 간격 덕분에 중국과 러시아의 정보 당국에서 아주 작은 실마리 하나를 찾아낼 수 있었다. 열흘 사이에 채취한 발하슈 염호의 물을 분석하여 생소하고 불안정한 구조의 물 분자를 발견한 것이다. 자연적으로는 결코 생겨날 수 없는 구조였다.

유럽 주도의 연합수사국이 조직되어 3월 초순의 투즈 염호, 5월 하순의 차카 염호, 6월 중순의 발하슈 염호를 상수로 배치한 방정식을 짰다. 현장에 방문한 사람들과 사건 당시 현장에 머물렀던 사람들의 목록을 만들고 물리화학 분야의 과학자 목록과 대조했다. 당연히 성범수의 이름은 등장하지 않았다. 매번 뒷골목에서 사들인 위조 여권으로 이동했고, 대규모 기체 팽창에서 몸을 피하기 위해 시간 차 기술을 사용했으며, 특히 자신의 과학적 성과를 논문으로 발표하지 않았기 때문이다. 베이징의 동료들이 노벨상을 받건 말건 독일의 원로 과학자가 꿈의 대통합 이론을 발표하건 말건 개의치 않았다. 일이 잘못되려면 보통 이런 식으로 진행되는 법이다. 연합수사국은 염호들의 증발이 인간 사회에서의 살인과 비슷하다는 점을 간과했고, 그래서 살인사건을 조사할 때 반드시 염두에 두어야 할 결정적인 조건 하나를 빠뜨림으로써 석 달 넘도록 헛다리만 짚었다. 그건 바로 살해 동기, 즉 원한이었다.

진상은 우연한 계기로 드러났다. 9월 중순 미연방 환경보호국의 한 관리가 고농도 황산 거래를 포착했다. 뉴욕 잭슨하이츠에 위치한 연구실이 구매한 것인데, 유해물질 취급 권한이 있긴 하지만 연구실 규모에 비해 아무래도 과도한 양이었다. 조사차 방문한 관리는 창고에 황산과 공업용 형석螢石이 함께 쌓여 있는 걸 보고 기겁하여 FBI에 신고했다. 황산과 형석은 플루오린, 다시 말해 대량의 자가발전에 필요한 물질의 원료들이었다. 다행히도 예전에 전자류電子流의 파동함수에 관한 서신을 교환하며 성범수에게 도움을 주었던 세계적인 병신 중 하나가 FBI의 전문가 네트워크에 자문역으로 속해 있었다. 그는 잭슨하이츠에서 수거해온 여러 증거들, 특히 암염에 묻어 있던 탄화된 실리콘 부스러기를 면밀히 조사한 후 조심스러운 비약과 과감한 추론 끝에 성범수가 염호 증발에 관련되었을 가능성을 제기했다. 그가 제출한 세 쪽짜리 보고서에는 실리콘에서 발생한 미세진동이 염소 이온의 전하이동 메커니즘을 공격함으로써 옥텟 규칙에 따라 안정화된 주위 물 분자 속 원자들에게 강한 척력을 부여한다는 내용이 담겨 있었다. 쉽게 말해 그 진동 실리콘이 바닷물을 산소와 수소로 찢어버린다는 얘기였다.

　얼추 방향은 잡았으나, 이번에도 꽤 늦은 감이 있었다. 성범수가 미국을 떠나 바하마로 옮겨간 건 그보다 한 달도 전인 8월 초순이었다. 위조 여권과 현금을 사용했기에 추적이 매우 어려웠다.

바하마의 부촌에 새로 매입한 거처는 수영장과 개인 선착장이 딸린 호화저택으로 침실만 열한 개에 달했는데, 널따란 정원에 아편 농장을 차려도 될 만큼 외부와 차단된 환경이었음에도 성범수는 지하의 연구실에만 틀어박혀 나오지 않았다. 그렇다고 해서 성범수가 세련된 스파이처럼 저를 숨기는 데 많은 공을 들였다는 증거는 없다. 사실은 그 반대였다. 건강이 급격히 악화됨에 따라 분별력을 잃은 성범수는 한때 교유했던 과학자들이 자신을 추적하지 못하도록 조심하는 데 별로 신경쓰지 않았다. 위조 여권을 사용한 이유는 단지 한국 여권의 유효기간이 만료되었기 때문이었다.

물론 계획을 세우고 자금을 마련하고 실행에 옮기는 그 모든 단계에 부조리한 정황이 아예 없던 건 아니어서 대역전 후에 창궐한 온갖 음모론의 중요한 근거가 되었다. 그러나 음모론자들이 단골로 들먹이는 사진들, 그중에서도 베네수엘라 시몬 볼리바르 국제공항의 CCTV에 찍힌 영상 화면을 보면 그들의 주장이 매우 잘못된 전제를 깔고 있음을 알 수 있다. 음모론자들은 40대 초반의 성공한 악당 두목인 성범수가 임산부·노약자 전용 패스트 트랙으로 안내받는 장면을 놓고 뒤가 든든하다는 증거라 주장한다. 하지만 사진 속의 남자는 아무리 예쁘게 봐줘도 '40대 초반의 성공한 악당 두목'보다는 '비렁뱅이 독거노인'에 가까워 보인다. 한쪽 눈이 실명하여 눈동자 없이 흰자만 남았고 탈모가 진행된 머리카락은 윤기 없는 잿빛인데다 슬쩍 부딪히면 당장에 픽 쓰러져 숨이 끊어

질 것처럼 아슬아슬한, 그래서 타인의 궁핍과 고통에 공감할 줄 아는 예의바른 인간이라면 금방 다른 곳으로 눈을 돌리게 만드는 비참한 행색이다. 만약 그 외관에서 오는 선입견을 조금 덜어내어 저기요, 하고 말을 걸어주었더라면 성범수는 뭔가를 숨기는 대신 '나는 성범수요. 저 빌어먹을 바다를 날려버리는 데 목숨을 걸었다오' 하고 지나치게 솔직히 털어놓았을 것이다. 누군가 말을 걸어주었다면, 그냥 한마디라도 걸어주었다면.

다시 CCTV 화면으로 돌아가 성범수의 멀어버린 왼쪽 눈이 응시하는 어느 한 순간을 살펴보자. 베네수엘라를 방문할 당시, 그러니까 생의 마지막 해에 접어들 무렵 성범수는 매일 반복되는 악몽에 시달리고 있었다. 아내가 가라앉는 속도는 도무지 정상이 아니어서 눈 깜빡할 사이에 저 아래의 어둠으로 빨려드는 것 같았다. 도대체 무얼 했어야 하지? 내가 무얼 할 수 있었지? 속수무책으로 깨어나면 정말 미칠 것 같은 심정이 되어 아침까지 끅끅 울곤 했다. 성범수의 망가진 폐는 음산한 비명과 검붉은 피를 함께 뿜어냈다. 만약 아내가 말라리아로 죽었다면 성범수는 모기를 멸종시켰을 것이다. 만약에 아내가 칼에 찔려 죽었다면 철기 문화를 파괴했을 것이고, 높은 곳에서 떨어져 죽었다면 만유인력을 해체했을 것이다. 그게 도대체 가능한지 불가능한지 고민하고 따지는 대신에 일단 덤벼들어서는 죽을 때까지 시도했을 것이다. 그러지 않고서는, 그런 목표가 없이는 너무나도 분하고 원통하여 단 한

순간도 호흡할 수 없었다. 성범수는 수천만 달러를 호가하는 바하마 리포드 케이의 호화로운 저택에서 곰팡이 핀 빵을 먹고 욕실의 수돗물을 마셨으며 반들반들한 색색 광고 전단으로 똥을 닦았다. 돈이 모자라서가 아니었다. 입맛과 건강과 위생을 돌볼 만한 자존감 자체가 없기 때문이었다. 성범수는 매일매일 이 막다른 골목에서 저 막다른 골목으로 뛰어다녔다. 한 손에는 막대기를 또다른 손에는 돌멩이를 들고 바다에 달려드는 미치광이의 심정으로 9년이라는 시간을 살았다.

10월에 들어서면서부터 성범수의 기력은 극도로 쇠하여 간단한 기계장치를 제작하는 데만도 일주일 이상을 끙끙거렸다. 그 간단한 기계장치란 비스무트 봄베 수십 개를 한날한시에 정확히 해체하여 안에 담긴 황갈색 진동 실리콘을 바닷물에 노출시키는 디지털 타이머였다. 처음에는 그게 필요할 줄 몰랐다. 일단 퍼텐셜 장벽을 터널링한 소립자는 자신의 특수한 경험을 이웃 소립자에게 광속의 10%에 해당하는 일정한 속도로 전달한다. 따라서 오대양을 통째로 증발시키는 데 필요한 진동 실리콘의 이론적 임계질량은 소립자 한 개에 불과하고 실리콘을 운반할 비스무트 봄베도 하나면 충분하다. 성범수는 그 하나의 봄베를 목에 건 채 바닷속으로 들어가 직접 봉인을 풀 작정이었다. 그래야 한다고, 그게 마땅하다고 오랫동안 생각해왔다. 그러나 염호를 상대로 벌인 실험에서 예상보다 훨씬 다양한 변수들이 존재한다는 사실을 알게 되었

다. 이를테면 파도에서 발생한 저주파가 실리콘의 진동 주파수를 왜곡시켜 일부 상쇄해버리는 때도 있고 지하수 용출 등의 영향으로 염소 이온이 희박한 특정 지역도 있으며 또 가끔은 크게 무리를 지은 해양 생물이나 일몰 뒤 촉수를 내밀어 부들부들 떠는 산호 따위가 진동을 포집하여 전달하지 않는 경우도 있었다. 결국 가장 확실한 방법은 실리콘을 모든 대양 구석구석에, 그것도 동시에 노출시키는 것이었다. 성범수는 카자흐스탄 발하슈 염호를 비틀어 죽이는 과정에서 열흘의 시차를 두어 변수들에 따른 진동 주파수 소실 현상을 관찰한 바 있었다. 그리고 가능한 악조건을 전부 대입했을 때 실리콘이 한 번에 증발시키는 해수의 양을 평균 7천만 km^3로 추정했다. 지구에 존재하는 해수의 총량이 14억 km^3 정도이니 투입할 위치를 제대로 잡을 경우 약 20개의 실리콘이 필요한 것이다. 물론 그건 최소량이었다. 성범수는 실효 범위가 적어도 30% 이상씩 겹쳐지도록 넉넉히 계산했다.

10월의 마지막날에 성범수는 문도 잠그지 않고 바하마 저택을 떠났다. 행낭 안에는 수십 개의 위조 여권과 세 종류의 화폐, 방문할 좌표가 빼곡히 표시된 세계해양지도, 그리고 황갈색 진동 실리콘을 담은 초소형 비스무트 봄베 50개가 들어 있었다. 그것들을 모두 준비하는 데 9년이 걸렸다. 길고 고통스러운 시간이었다. 그리고 이제 마지막 여정이 남았다. 너덜거리는 무릎관절로 부지런히 나아갈 생각이었다. 다시는 돌아오지도, 어딘가에 머무르지도

않을 작정이었다.

대역전에서 살아남은 자들, 그리고 대역전 후에 태어난 이들은 성범수를 지독히 타락한 인간이 아닌 재앙 그 자체로 떠올린다. 영혼에 깊이 새겨진 참상을 더듬을 때 어떤 이들은 인간이 얼마나 보잘것없는 존재인지를 생각하고, 또 어떤 이들은 반대로 인간이 얼마나 놀라운 존재인지를 생각한다. 어느 쪽이든 우리를 두렵게 하는 건 마찬가지다.

성범수가 바하마의 은신처를 떠나 편도로 세계여행을 시작한 건 10월 말이지만 연합수사국은 이미 한 달 전부터 총력을 기울여 그를 찾고 있었다. 성과가 전무했던 이유는 세 가지로 요약해볼 수 있다. 첫째, 엉뚱하게 커넥션을 조사하는 데 시간을 허비했다. 그렇지만 성범수는 특정 조직이나 정부를 위해 일하지 않았다. 뒤에서 지켜주는 단체도, 감시하는 집단도 없었다. 여자와 함께한 14개월을 제외하면 성범수는 평생 외톨이였다. 둘째, 염호가 목표라고 착각했다. 그래서 아랄, 에어, 우유니, 판공초 같은 유명 염호의 상공에 정찰용 드론을 띄우고 인공위성까지 동원해 24시간 감시했다. 하지만 발하슈 이후로 성범수는 염호는커녕 식염수 근처에도 얼씬하지 않았다. 셋째, 지구에 정신병자가 너무 많았다. 시민들의 자발적인 협조를 기대하며 수사 내용 일부를 텔레비전에 공개했더니 너도나도 자수를 해왔다. 많은 사람들이 초자연적

인 재앙을 일으켜야만 했던 저마다의 곡진한 사연을 표정에 담고 연합수사국 문을 두드렸다. 어떤 이들은 언론에 공개된 성범수의 얼굴과 비슷하게 성형까지 했는데, 이러한 코카시안 성범수 알비노 성범수 여자 성범수를 돌려보내느라 연합수사국 인력의 절반이 식사도 제대로 못할 지경이었다. 연합수사국은 12월이 다 되어서야 바하마 리포드 케이의 저택을 습격했다. 하지만 이때는 성범수가 이미 카나리아 해류가 흐르는 북대서양의 라팔마섬, 쿠릴 한류가 지나는 캄차카 반도, 북극해와 면한 엘즈미어섬, 해저산맥으로 둘러싸인 베링해의 세인트폴섬, 적도반류와 페루 해류가 교차하는 이사벨라섬을 비롯해 오대양의 구석구석을 들쑤시고 난 후였다. 일이 잘못되려면 보통 이런 식으로 진행되는 법이다.

저 어두컴컴한 겨울의 자정, 중국 공군이 50여 발의 테르밋 소이탄으로 푸저우시 중심부를 맹폭했다. 3000℃에 달하는 고열이 솟아올라 곤히 잠든 진안구 일대를 시뻘겋게 달구었다. 엄청난 숫자의 푸저우 시민들은 영문도 모른 채 증발했고, 전설의 시인들이 거닐던 거리와 천년을 견뎌온 석조 건물들은 걸쭉한 용암이 되어 진안강으로 흘러내려갔다. 중국 정부는 그 수증기, 그 먼지, 그 용암에 성범수와 저 알쏭달쏭한 실리콘 덩어리 또한 섞여 있으리라 확신했다.

불행히도 그렇지 않았다. 중국 정부가 입수한 건 잘못된 첩보였다. 정작 그 시각에 성범수는 몰타의 호텔 침대에서 홀로 고통스

럽게 몸부림치고 있었다. 발작과 경련이 두어 차례씩 지나가고 나자 몸의 수분이 죄다 빠져버린 듯한 느낌이었다. 이제 성범수의 몸은 마르고 말라서 더 마를 게 없었다. 그런 성범수를 약 올리기라도 하듯 탁자에 물이 한 컵 놓여 있었다. 맑고 차갑고 신선한 물이었다. 마시고 싶어 환장할 것 같았다. 하지만 거기까지 갈 힘이 있다면, 그 컵을 들어 목구멍에 흘려넣을 힘이 남아 있다면 그 힘을 아끼고 아껴 밖으로 작업하러 나갔을 것이다. 아차, 하는 새 또 발작이 시작되었다. 턱에서부터 하반신으로 번져갔다. '여기까지'라는 체념과 맞서 싸우느라 너무 많은 기력을 빼앗겼다. 그래서 아무것도 없는데, 남은 게 하나도 없는데 경련은 고목처럼 시든 몸에서 자꾸 뭔가를 쥐어짜내는 것이었다. 아직 두 군데를 들르지 못했다. 활짝 열린 창문 너머로 옥빛 지중해가 찰랑거리고 있었다. 그 한가운데에 봄베를 쩔러넣을 예정이었다. 이어 그리스의 낙소스섬으로 곧장 날아가 에게해에 같은 작업을 할 계획이었다. 리비아의 트리폴리 앞바다에 손을 써두긴 했지만, 끝까지 만전을 기하고 싶었다. 저 빌어먹을 신이 단 하루만이라도 딴전을 피워주었다면 기필코 그렇게 했을 것이다. 성범수는 죽음이 치렁치렁한 망토를 벗고 눈부신 알몸으로 침대에 올라와 자기 몸 위에 천천히 엎드리는 걸 보았다. 좀 안 그랬으면 좋겠다고 생각했다. 코끝이 맞닿자 찌릿한 냉기가 흘러왔다. 심장은 저 내키는 대로 멎었다가 뛰었다가 지랄이었다. 눈알이 튀어나갈 정도로 고통스러웠

다. 하지만 지난 9년의 결실을 직접 볼 수 없게 되었다는 좌절감만큼 고통스럽지는 않았다. 성범수는 신이 자기를 너무 막 대한다고 생각했는데, 그건 정확한 판단이었다. 신은 성범수를 사랑하지 않았다. 사랑해본 적도 없고, 이번 생이건 다음 생이건 그럴 계획이 없었다. 격렬한 고통과 갈증 속에서 두 은하 사이의 먼지처럼 쓸쓸히 소멸하도록 영영 내버려둘 따름이었다. 죽음과 완전히 겹쳐지기 직전, 성범수는 그간 척을 지고 살아온 신에게 한마디 건넸다. 깊은 숨을 몰아쉬며, 번지고 뭉개지는 저주파로 한 토막씩, 두 번에 걸쳐.

야

인마

수사관들이 들이닥쳤을 때에는 아직 체온도 가시지 않은 상태였다.

많은 사실이 드러났다. 비스무트 봄베는 총 50개가 제작되었다. 47군데의 바다에 투입될 예정이었으며, 실제로는 총 45군데에 투입되었다. 남은 5개의 봄베에서 디지털 타이머를 분리해 조사해보았더니 모두 한날한시를 가리키고 있었다. 약 120시간 후였다.

120시간 안에 오대양을 뒤져 새끼손가락 크기의 봄베 45개를 몽땅 회수하는 건 당연히 불가능한 일이었다. 연합수사국은 세계 각국에 비상사태 발령을 권고했다. 긴가민가하면서도 대부분의 정부가 권고에 따랐다. 즉시 핵발전소 가동을 중단했다. 해안

과 접한 도시의 주민들을 내륙으로 대피시켰고, 크기가 작거나 최고도가 해발 80m 이하인 섬에는 강제 소개령을 내렸다. 선박의 운항을 금지시켰으며 바다를 지나는 항공편도 모두 취소했다. 캐나다는 만약에 대비하자는 STIC과학기술혁신위원회의 제안을 받아들여 북태평양의 해수 3000t을 퍼서 브리티시컬럼비아 내륙으로 운송했다. 일본도 CSTP종합과학기술회의의 주도로 비슷한 사업을 검토했으나 내륙이 없어 흐지부지되었다.

연합수사국 본부의 실험실에서 과학자들이 아크릴 창 너머를 지켜보았다. 노란색과 분홍색의 아름다운 산화 피막에 싸인 비스무트 봄베가 거기 있었다. 몰타에서 수거해온 5개 중 하나였다. 시간이 다 되자, 작은 볼링 핀처럼 생긴 봄베의 위쪽 타이머에서 소리가 났다.

띠릿.

하방에 실금이 가더니 봄베 귀퉁이가 허물어져내리며 속에 든 실리콘 덩어리 일부가 드러났다. 불길한 황갈색이었다.

그게 끝이었다. 별일 없었다. 아니,

잠깐.

무슨 일이 생겼다.

발밑에서 진동이 느껴졌다. 강도가 점점 세졌다. 과학자들은 자세를 낮추고 흔들리는 건물 밖으로 뛰쳐나갔다. 주차장에 모인 이들 중에서 누군가가 고함을 쳤다. 벌써 여러 명이 한 방향을 가리

키는 중이었다.

그 평야 수백 km 너머에 북대서양이 있었다.

두 세계가 격렬히 충돌했다. 한쪽은 김치 냄새 나는 외톨이 한 명이었다. 다른 한쪽은 장엄한 바다였다. 충돌의 대가로 전자는 외롭게 죽었고, 후자는 영영 반편이가 되었다. 이게 과연 공평한 결과인지는 함부로 단언하기 어렵다.

첫 2시간 동안 행정력이 유지되었던 나라는 몽골과 차드, 파라과이 등 바다와 멀리 떨어져 살아온 10여 개국에 불과했다. 중국이나 러시아, 브라질, 캐나다처럼 영토가 광대한 나라들도 그럭저럭 살아남았다. 나머지 모든 땅은 처참한 피해를 입었다. 14억 km^3의 염수가 동시에 기체로 팽창해 상승하는 과정에서 해안 지대의 상당 부분이 덩달아 허공으로 솟구쳤다. 특히 필리핀과 일본, 인도네시아, 카리브 연안의 섬들은 기반암 위쪽 토양이 전부 뜯겨나가면서 극심한 피해를 입었다. 칠레와 소말리아, 노르웨이, 포르투갈처럼 면적 대비 긴 해안선을 가진 나라들도 회복할 수 없이 궤멸되었다.

그러나 시간이 지나자 피해는 결국 비슷해지기 시작했다. 갈기갈기 찢긴 채 상승기류를 타고 올라가던 소립자들이 성층권에 이르러 진동의 척력을 잃고 원자로 분자로 급격히 응축되며 두꺼운 얼음층을 형성했다. 그 얼음층 덕분에 지구 밖으로 유출되는 물과

염류가 20% 안팎으로 억제되었으나, 또 바로 그 얼음층 때문에 태양 복사열과 지열 대류와 지구의 자전과 달의 인력 등 여러 에너지가 격렬하게 충돌하여 원시 지구 그대로의 혹독한 뇌우를 일으켰다. 40일 동안 세계 전역에 반쯤 얼어붙은 소금비가 쏟아져 온갖 형태의 문명을 덮고 할퀴고 쓸어갔다. 육지를 뒤덮은 바다의 잔해는 오랫동안 쓰레기와 뒤엉켜 거대한 진창을 형성했다. 춥고 어두운 다섯 달이 지나자 겨우 대륙의 해안선 형태가 잡혔고, 열 달이 지나면서 지면의 물이 걷히기 시작했다. 마른 땅이 드디어 모습을 드러낸 건 대역전 후 한 해가 다 되어서였다. 기근과 전염병이 가장 약한 이들을 먼저 쓰러뜨렸으며, 비린내 진동하는 유독성 안개와 폐허 위를 유령처럼 둥실둥실 떠다니는 수만 개의 적황색 구전球電과 행복했던 지난날의 추억을 떠올릴 때 엄습하는 슬픔이 그다음으로 약한 이들을 쓰러뜨렸다. 그러나 7억에 달하는 인류는 끝까지 살아남아 가족과 이웃의 주검을 마른 땅에 묻어주었다.

바다는 머지않아 깊고 푸른 본래의 모습을 회복했다. 다만 겉으로 보기에 그럴 뿐이었다. 예전처럼 짜지 않았다. 어딘가 밍밍해서, 소금을 넣는다는 걸 실수로 미원을 넣어버린 맛 같았다. 조금 기다리면 원래대로 돌아오겠지, 했으나 3년이 지나고 5년이 지나도 여전히 간이 맞지 않았다. 심지어는 실험실에서 과거 바닷물의 조성비를 참고해 똑같이 만들어보아도 마찬가지였다. 그러나 맛이 그렇다는 것이지 희한하게도 염도 자체는 전과 똑같았다. 이

미스터리는 염소 이온의 진동 패턴이 대역전 이후로 바뀌어버렸다는 사실이 밝혀지면서 덩달아 풀렸다. 성범수는 바닷물 속의 수소와 산소에 상호 척력을 부여하려고 진동 실리콘으로 염소의 전하이동 메커니즘을 교란시킨 바 있는데, 바닷물이 지구 전체로 비산하는 과정에서 이 교란된 염소 이온이 애꿎은 육지의 염소 이온까지 죄다 오염시킨 것이었다. 짠맛이 전자의 행방에 따라 달라진다는 오래된 상식을 깜빡하고 그동안 다들 엉뚱한 이유만 찾아다녔던 셈이다.

급한 일이 산더미고 또 짠맛은 건강의 적이라지만 오래 지녀왔던 무언가를 영영 잃어버린다는 건 아무래도 슬픈 일이었다. 다행히 아직 희망이 3000t이나 남아 있었다. 마음씨 고운 캐나다 정부는 브리티시컬럼비아 내륙에 저장해둔 옛 바닷물 중에서 2000t을 시설과 인력이 있는 다른 국가와 똑같이 나눈 후 어떻게 바다를 복원할 수 있을지 공동으로 연구했다. 하지만 이런저런 탓에 3년에 걸친 모든 연구가 수포로 돌아갔다. 별수없이 더 나은 아이디어가 나올 때까지 기다리기로 했는데, 문제는 시간이 마냥 인류의 편이 아니라는 사실이었다. 탱크에 저장해둔 1000t의 옛 바닷물이 하루가 다르게 썩어갔던 것이다. 썩어버린 희망은 희망이 아니라서, 캐나다 정부는 고심 끝에 앨버타의 캘거리에 거대한 지하 냉동실을 만들어 1000t 전부를 꽁꽁 얼려두었다. 그 과정에서 외부의 염소 이온과 접촉하지 않도록 각별히 유난을 떨었음은 새삼 언

급할 필요도 없다. 재미있는 건, 짠맛을 과거로 만들어버린 성범수가 한편으로는 짠맛의 미래 또한 밝히고 있다는 점이다. 캘거리의 지하 냉동실이 필요로 하는 엄청난 동력은 네 대의 플루오린-수소 발전기가 사이좋게 공급한다. 이모저모를 따져봐도 그보다 나은 발전기가 없다.

새로 출현한 바다에서는 더이상 상어나 가오리를 보지 못한다. 그들은 모두 상승기류에 실려 우주로 튕겨나갔거나 혹은 얼음층을 들이받고 추락했다. 요행히 해저에 납작 엎드려 상승기류로부터는 벗어났다 치더라도 아직까지 살아남았을 리 없다. 명태도 도다리도 사라졌다. 오징어도 해파리도 말미잘도 떠났다. 그 대신 미원에 적응한 쏘가리, 메기, 가물치, 그리고 돼지를 닮은 괴생물체 따위가 이리저리 헤엄쳐 다닌다.

살아남은 사람들은 신화 속의 악마를 떠올리듯 성범수의 이름을 기억한다. 세월이 지나면 이 느슨한 직유는 보다 단단한 은유가 될 것이다. 성범수가 악마라는 단어를 완전히 대체할 날도 언젠가는 올 것이다. 성범수가 이를 크게 비통해할 것 같지는 않다. 성범수는 생전에도 그보다 나은 대접을 받지 못했다.

여전히 음모론을 주장하는 어떤 이들은 묻는다. 성범수는 본디 혼자서도 그럭저럭 잘 살아가지 않았는가. 자존감도 낮고 기대도 없던 사람이지 않았는가. 왜 원래의 모습으로 돌아가지 않았는가.

그건 인간이 어떤 존재인지 몰라서 하는 소리다. 성범수는 돌

아갈 수 없었다. 이전 시대에 북극해를 유영했다던 혹등고래처럼, 눈 깜빡할 새 원래 있던 자리보다 훨씬 어두침침한 절벽 밑바닥으로 처박혔다. 둥실 떠올랐던 기억은 곱게 사라지지 않는다. 만남과 헤어짐을 겪을 때마다 누구나 조금씩 멸망해간다. 설령 아무리 짧더라도, 설령 그것이 아무리 사소하더라도.

옛날 미얀마라 불리던 나라의 바닷가 동굴에 금슬 좋은 박쥐 부부가 살았다. 둘 다 나이가 많아서 원하는 대로 변신할 수 있었는데, 낮이면 사람의 모습이 되어 손을 잡고 다정히 거닐곤 했다. 그러던 어느 하루, 어두컴컴한 폭풍에 휘말려 둘은 그만 서로의 손을 놓치고 말았다. 다음날 간신히 정신을 차린 박쥐 남편은 박쥐 아내를, 박쥐 아내는 박쥐 남편을 찾아 미친듯이 헤매었다. 둘은 파도가 밀려난 해변에서 마주쳤다. 서로 힘껏 부둥켜안고는, 지난 하루를 따로 보낸 게 너무나도 분하고 원통하여 1년 동안 울었다.

성범수는 이 전설을 만나는 사람마다 들려주었다. 특히 '지난 하루를 따로 보낸 게 너무나도 분하고 원통하여 1년 동안' 부분을 좋아했다. 하지만 매번 듣는 이의 반응은 폭소를 터뜨리거나 혹은 어리둥절한 표정을 짓거나 둘 중 하나였다. 어느 쪽도 원하는 반응이 아니었으므로 성범수는 머쓱한 얼굴이 되어 시선을 비스듬히 돌리곤 했다. 마치 자기 편을 찾는 듯이.

그러면 눈물이 그렁그렁 맺힌 아내가 틀림없이 거기 있어 메뚜기마냥 고개를 끄덕이는 것이었다.

거기 있나요

1/9

첫번째 청문회가 시작되었다.

〈진화동기재현연구〉의 목표는 진화 메커니즘을 규명하는 것이었다. 연구 방법에서 여타 유사 프로젝트와 차별되는 부분은 크게 두 가지다. 하나는 관찰에 막대한 시간이 소요되는 실물 유기체 대신 특수 함수를 전개시켜 그 연산 과정을 추적한다는 수학적 아이디어다. 다른 하나는 이를 구체적 이미지로 참조할 수 있도록 함수의 전개 방향과 연계해 양자공간에 구축한 미시우주 시설이다.

연구윤리심의회의 요청에 따라 함수 일부가 공개되었다. 규칙적으로 발산하는 변형 모듈러 함수였다. 그 안에 세포 자동자를 산입한 뒤 구동하면 항끼리 접촉해 새로운 집합을 형성하고, 오류

를 일으키고, 다른 항을 흡수하거나 반대로 흡수되었다. 이것들은 각각 생명체의 생식활동, 돌연변이 반응, 그리고 먹이사슬 구조를 의미한다.

프로젝트를 위해 고안해낸 세포 자동자는 총 다섯 가지, 그로써 만들어진 변형 모듈러 함수 또한 다섯 가지였다. 그러나 연구소의 양자컴퓨터에 실제로 투입된 함수는 세 가지였다. 나머지 둘은 최종 검토 단계에서 상호 대칭하는 파동에너지를 갖고 있는 것으로 밝혀져 소환된 탓이다. 수학적으로는 양변을 소거해 '0'으로 만들면 그만이지만 현상계에서 접촉할 경우엔 물질-반물질 상쇄에너지의 급격한 방출로 인해 폭발할 수 있다.

소환된 함수들은 매뉴얼에 따라 폐기 수순을 밟았다. 단순한 임무여서 양자공간실험실의 광자光子 기술조교, 일명 '광조교'라 불리는 이가 그 일을 담당하였다. 폐기 완료 보고서를 작성한 이도 바로 그였다.

하지만 그건 사실이 아니었다. 보고서는 위조된 것이었다. 광조교는 두 함수를 폐기하지 않고 몰래 보관해왔다. 그리고 엄격하게 금지된 '방향성 조작'에 이를 동원했다. 피부가 좀 더러워 별명이 흑등고래인 표준물리실의 수석연구원은 그렇다, 고 말하며 모멸감에 눈을 꾹 감았다.

"그가 권한을 남용했다. 그 쌍놈이 빛을 함부로 휘둘러 우리가 이룩한 모든 업적을 날려버렸다."

연구소에서 사용하는 메인컴퓨터의 CPU는 BEC Bose-Einstein Condensate 박스로서, 양자연산 타입 중 가장 성능이 뛰어난 모델은 아니지만 가장 단단한 모델이라 부를 만하다. 군더더기 없이 설계되어 군사용 CPU에 필적할 만큼 간결하고 효율적이다. 당연히 그 안에 유머 같은 건 없다. 박스 내부에 수백 가닥의 나선으로 정렬된 원자들은 양자적 얽힘 quantum entanglement에 따라 동일한 모드로 진동하는데, 이러한 결맞음 coherence 상태의 원자에 광자 빔을 쪼이면 원자가 빔을 튕겨내는 과정에서 스핀 방향이 바뀌므로 그 튕겨난 빔을 받아 스핀의 세부 변화를 측정하는 원리다. 연산에 소요되는 시간은 원칙적으로 '0'이니, 어디에도 농담 따위가 끼어들 틈은 없는 것이다.

BEC 박스를 사용한 이유는 〈진화동기재현연구〉가 '모호성' 요소를 전제하기 때문이다. 원칙적으로 진화는 관찰될 수 없다. 관찰하는 행위가 진화의 방향을 왜곡하는 탓이다. 이는 기상학 분야의 나비효과와 비슷하다. 내일의 날씨를 알아내려는 오늘의 노력은 어떤 식으로든 내일의 날씨에 영향을 미치기에, 그렇게 구한 답은 '알아낸 날씨'가 아니라 '조작한 날씨'에 지나지 않는다. 따라서 순수한 진화 메커니즘을 연구하려면 통제되지 않은 완전한 자연 상태를 모방해야 하며, 자연 상태의 작동 원리란 바로 양자적 조건 즉 '우연'을 가리키고, 이는 달랑 0과 1의 값을 갖는 비트 bit 형식이

아니라 무수한 중첩 가능 값을 갖는 큐비트qubit 형식을 요구한다. 비트 형식의 CPU에서 초기 조건 의존성이 0으로 나온다면 이는 두말할 것 없이 오류겠지만, BEC 박스 고유의 큐비트 형식에서라면 그것은 신비로운 우연으로 해석되어 프로젝트의 기준을 만족시킨다.

자연 상태의 혁명적인 구현이 확인된 후 연구소는 양자공간실험실의 거대한 진공 탱크 속에 표준 물리법칙이 지배하는 미시우주계를 구축하여 메인컴퓨터와 연동시켰다. 이어 아토미터10^{-18}m 단위에서 관찰되는 감응 입자를 미시우주계에 도포하고서 그 활동을 추적했다. 계획대로 메인컴퓨터가 연산하는 모듈러 함수 발산 패턴의 구체적이고 물리적인 변화가 감응 입자의 움직임을 통해 실시간 구현되었다. 메인컴퓨터와 미시우주계 간의 출력 오차를 줄이는 것이 최대 관건일 텐데, 위상 관계 동기화 수준을 얼마나 신뢰할 수 있는지 밝혀달라는 요청에 응용관측실 책임연구원은 난처한 표정으로 웃었다.

"연산부인 메인컴퓨터와 출력부인 미시우주계 사이에는 미세한 차이가 존재합니다. 예를 들어 변형 모듈러 함수의 패턴은 기본적으로 2차원에서 전개됩니다. 그에 맞추기 위해서는 감응 입자 또한 미시우주계 내에 단층으로 도포되어야 할 텐데요, 아무래도 도포 시스템의 정밀도가 떨어지는지라 겹치지 않게 할 도리가 없거든요."

하지만 중복 도포된 감응 입자는 순식간에 단층으로 재편되거나 깨끗이 소멸하였다. 물질계 조작의 기술적 한계로 인해 발생한 오류가 저절로 교정된 것이다. 게다가 이를 관찰하는 과정에서 미시우주계에 도포된 직후의 감응 입자가 '파울리의 배타원리'를 따르는 페르미온 입자의 성질을 지니고, 따라서 '페르미-디랙 통계'를 응용할 수 있다는 사실이 발견되었다. 이것은 감응 입자 각각이 독립된 생명체처럼 활동한다는 뜻이었다. 다만 붕괴 속도가 너무 빠르다는 게 문제였는데, 다행히도 도포 작업이 거듭될수록 입자의 총량은 꾸준히 확대되었다. 그 생장곡선 분석은 응용관측실 책임연구원과 그보다 스무 살 많은 역학자료분석실 수석연구원이 공동으로 맡았다.

"그는…… 그는 좋은 분이었습니다."

책임연구원의 탱탱한 볼이 새빨개지더니 금세 눈물로 젖었다.

"아무 죄도 없이 살해되었지요. 허리가 잘리고 얼굴이 훼손된 채로 연구소 밖에 버려져 있었습니다."

3/9

연구원들은 미시우주계에 도포된 감응 입자의 질량 및 전하량이 바닥bottom 쿼크로 알려진 입자와 흡사하게 관측된다는 이유에서 이들을 'B쿼크'라 불렀다. 초기에는 도포 즉시 소실되는 입자가 너무 많아 궁색하게도 '플랑크 시간 이상 지속될 가능성' 단위

를 사용했으나, 실험이 거듭되면서 점차 사정이 나아져 '정착 면
적'으로 측정 단위를 수정하였다.

펄서와 백색왜성으로 이루어진 근접쌍성계를 공전하는 목성형
행성, 아름다운 주황색의 분광형 K4V 왜성 주위를 공전하는 지
구형 행성, 적색 초거성 주위를 공전하는 소행성, 이렇게 세 군데
에 도포 작업이 집중되었다. 세 행성은 B쿼크의 정착에 압도적으
로 유리한 환경을 지니고 있었으며 실제로 유의미한 규모로 발전
한 경우도 적지 않았다. 그러나 역시 지속시간이 문제였다. 각 행
성이 1회의 공전을 마칠 때까지 살아남은, 다시 말해 그 행성에서
사계四季를 경험한 B쿼크를 발견하기란 굉장히 어려운 일이었다.

연구원들은 세 행성뿐 아니라 미시우주계 전역을 샅샅이 뒤졌
다. 모든 좌표에서 에너지 발생 여부를 반복하여 조사하고 B쿼크
의 증감 양상에 유의미한 변화가 있는지 살폈다. 성과가 너무 적
었기 때문에 그것은 대단히 무료한 작업이었다. 연구소 전체가 죽
은 듯 고요한 날이 몇 주씩 이어지기도 했다. 지친 연구원들은 정
신 분열의 기미 속에서 자신의 초자아를 험담하고 오후 3시를 노
려보고 민주주의를 주먹으로 쳤다. 간혹 그럴듯한 생장곡선을 이
어나가는 B쿼크 무리가 발견되면 모두 식당에 모여 떠들썩한 파
티를 벌였다. 살아남기를, 꼭 살아남아 무럭무럭 자라나기를 한마
음 한뜻으로 빌었다. 그런 날이면 흥이 과해 눈물을 글썽이는 연
구원도 한두 명쯤은 있었는데, 공교롭게도 꼭 그런 재수없는 자식

들이 해당 무리의 멸종을 처음으로 보고하는 것이었다.

크고 작은 부침 속에 프로젝트 1기가 끝날 무렵 지구형 행성이 유일한 희망으로 남았다. 그 별에 성공적으로 정착한 B쿼크 무리에게서는 세 가지 모듈러 함수 중 두 가지의 파동에너지가 검출되었다. 하나가 유실된 게 안타깝긴 하나, 어쨌든 일부 상보와 일부 상쇄를 통해 존속할 수 있는 최소 환경이 갖춰진 것이다. 당시 B쿼크 무리의 정착 면적은 23피코미터10^{-12}m였다. 연구원들은 수소 원자의 절반 크기에 불과한 이들 B쿼크 집단을 특별히 '선조先祖B'라 불렀다.

선조B는 불완전한 자가 복제 및 분열을 통해 매우 느린 속도로 면적을 늘려갔다. 최초의 규모에서 두 배로 성장할 때까지 행성의 공전주기 기준으로 대략 4억 년, 연구소 시간으로 석 달이 걸렸다. 그것은 참을 수 없는 수준이었다. 대책회의가 열렸다. 태양 역할을 해주는 분광형 K4Ⅴ 왜성의 온도가 지나치게 낮다는 사실에 주목하여 에너지를 추가 공급하기로 결정했다.

초반에는 광자 투입 경험이 부족한 탓에 어려움을 겪었다. 포톤 빔을 쬐는 방식 및 시간에 따라 정착 면적이 폭발적으로 늘어나거나 급격하게 줄어들었다. 그 위태로운 줄다리기 속에서 감응 입자를 모두 잃어 프로젝트가 수포로 돌아가더라도 이상할 게 없는 상황이었다. 다행히 실무를 맡은 양자공간실험실의 기술조교가 몹시 영리한 인물이어서, 상추밭에 물 뿌리기와 하등 다를 바 없던

일을 제법 전문적인 영역으로 끌어올렸다. 앞선 몇 차례의 실패를 분석한 뒤 업무 효율을 높이기 위해 광자를 일렬로 조사照射하는 방식을 고안했고, 넓은 지역에 단기간 쏘는 방식과 옅게 분무하는 방식을 고안했으며, 나중에는 알갱이를 하나씩 쏘는 방식까지 고안해냈다. 그로써 광자 공급이 안정적으로 통제되자 투입할 광자의 양을 가늠하는 책임연구원의 업무 일부가 조교 직급인 그에게 자연스레 위임되었다. 이즈음부터 모두들 그를 '광조교'라고 불렀다. 그 호칭에는 유능한 동료에 대한 과학자들 특유의 신뢰와 애정이 듬뿍 담겨 있었다.

첫해가 지나기 전에 정착 면적의 배증기倍增期는 8천만 년으로 단축되었다. 다시 한 달이 흐르자 총 면적이 탄소 원자 크기가 되어 일반 전자현미경으로도 관찰할 수 있게 되었다. 연구소장은 프로젝트 2기의 성공적인 종료를 선언하였다.

다음 목표는 진화 폭발의 방아쇠를 당기는 것이었다. 물론 연구진의 의도를 일체 배제하는 것이 여전히 최우선으로 지켜져야 할 조건이었다. 아주 약간의 방향성 조작이라도 끼어든다면 재현 및 관찰을 전제로 한 〈진화동기재현연구〉는 그야말로 우주적 사기가 되기 때문이었다. 어찌 보면 프로젝트의 단기 목표와 전제 조건이 상충하는 것 같다. 방아쇠를 당기되 일부러 당기지 말라는 주문이 가능할까? 적분기호처럼 생긴 역장이론물리실의 수석연구원은 길게 말하지 않았다.

"가능합니다."

4/9

계산은 이렇다; 불가능한 표적을 제시한다. 조준·발사했으나 명중되지 않았으니 의도한 일은 벌어지지 않은 것이다. 하지만 방아쇠는 벌써 당겨졌다.

요컨대 의도를 분산시키고 모호하게 만들어 우연을 모방한다는 얘기인데, 예를 들어 칼라비-야우 공간에다 표적을 설정하는 식으로 확률 자체를 회피할 경우 이는 크게 틀리지 않은 논리다. 〈진화동기재현연구〉는 처음부터 이와 같은 논리에 따라 진행되었고, 바로 그 때문에 시행착오를 감당할 놀이터가 충분히 제공될 수 있도록 은하 규모의 실험동을 건설했던 것이다.

선先시대를 거치며 지속 가능성이 검증된 B쿼크는 행성의 전역으로 꾸준히 퍼져나갔다. 입자에 내재된 두 파동에너지가 상보와 상쇄를 거듭하면서 무수한 돌연변이를 생산해냈다. 대부분은 새까만 외로움 속에서 절멸했으나 어떤 돌연변이는 기어이 자기 세대를 돌파하고 새로운 단계로 나아갔다. 메인컴퓨터는 그 모든 과정이 한정된 범위 내에서의 양자적 조건, 곧 발생 가능한 우연에 전적으로 기인하도록 쉼없이 변덕스러운 환경을 연산해 전송했고, 미시우주계는 그 값을 수신한 즉시 관찰 가능한 현상계의 물질로 구현했으며, 그 과정에서 검출된 전자기력 및 핵력의 미세간

섭현상은 지체 없이 메인컴퓨터로 회송되어 오차 수정에 사용되었다.

많은 이들이 태양에게 고마워한다. 덕분에 과일과 채소가 자라고 적당한 온도가 유지되며 아름다운 경관을 즐길 수 있기 때문이다. 감사하는 마음이야 거룩하지만 천만의 말씀, 태양이 심성이 고와서 은총을 베푸는 게 아니다. 태양은 아주 오래전부터 거기 혼자 못박혀 불타고 있었다. 펑펑 낭비되는 에너지를 보던 어떤 존재들이 이리 궁리하고 저리 적응하고 이렇게 진화하고 저렇게 번성하다 오늘의 모습에 이르렀을 뿐이다. 누가 굽실거리건 말건 태양은 늘 거기 있었고 앞으로도 무심히 거기 있을 것이다.

광자 투입 매뉴얼이 방향성 조작을 피하기 위해 한 일도 그와 비슷했다. 감응 입자의 생장에 도움이 되도록 그때그때 투입량을 조절하는 건 엄격하게 금지되었다. 다만 입자를 일거에 전멸시키지 않게 주의할 뿐, 변화된 환경에서 이루어질 모든 선택은 오롯이 입자 스스로의 몫으로 남겨졌다. B쿼크는 모든 관찰자의 의도로부터 격리되어야 했고, 미시우주계 역시 파국으로부터 스스로를 보호하려는 우아한 항상성 원리에 의해서만 운행되어야 했다.

이러한 원칙은 상당 기간 지켜졌다. 우연한 빛줄기로 인해 세포분열이 시작되었다. 뜻밖에 광합성이 발명되고 난데없이 염색체전이가 이루어졌다. 가능성으로 들끓는 원시 바다에서 무작위의 미숙 입자가 떠올랐다. 희박한 확률로 자라나 후손들의 고향을 향

해 헤엄쳤다. 돌연변이가 멋대로 촐랑거리며 퍼져나갔다. 그리고 마침내 진화 폭발의 조건이 모두 갖춰졌다.

프로젝트 4기의 단기 목표는 별로 아름다운 내용이 아니었다. 하지만 과학에는 미추美醜가 없다. 그간의 성과에 익숙해진 연구원들은 이번 목표 또한 별 어려움 없이 달성될 거라 내다보았다. 설령 이번 목표에 대해 슬픔과 두려움을 느꼈을지라도 그 때문에 자기 임무를 소홀히 하는 이는 없었다. 적어도 겉으로는 그랬다.

수심 얕은 연안이 북적이게 되자 어떤 입자들은 아예 육지에 올라 휴식을 취했다. 그중 일부는 끝내 바다로 돌아가지 않았다. 땅을 기다가 나무에 올라갔으며, 다시 땅으로 내려왔을 때에는 돌멩이를 무기로 사용할 만큼 팔을 자유롭게 움직일 수 있었다. 이제 가장 발달한 B쿼크 집단은 변형 모듈러 함수의 한계인 낮은 방어력을 구성원들끼리의 결속을 통해 극복하는 수준에 이르렀다. 그것은 사회의 탄생을 의미했다.

놀라운 발견은 그뿐이 아니었다. 완전히 새로운 돌연변이 입자가 출현해 연구소를 발칵 뒤집어놓았다. B쿼크보다 1000배쯤 짧은 수명을 지닌 이 새로운 쿼크는 질량과 전하량이 물리 교과서에 나오는 꼭대기top 쿼크와 흡사해 'T쿼크'라는 별칭을 얻었다. 너무 빨리 붕괴되어 B쿼크에 미치는 영향으로 간접 관찰하는 게 오히려 수월할 정도였는데, 최대한 성장하더라도 B쿼크 총량의 약 0.025% 규모를 넘지 않았다. T쿼크는 언제나 B쿼크에 둘러싸여

보호받았으며 집단이 선택의 기로에 놓일 때마다 일정한 영향력을 행사했다. 이렇게 B-T종간군체種間群體가 형성됨으로써 조직이 빠르게 분화했다. 그로부터 얼마 지나지 않아 프로젝트의 단기 목표가 달성되었다.

고의적인 동족 집단 살해가 관찰된 것이다.

5/9

관측 초기에만 해도 학살은 부족끼리의 이동 경로가 특수한 형태로 교차할 때 발생하는 보기 드문 접촉반응이었다. 그러나 행성에서 정착 가능 면적의 3할가량이 B-T종간군체로 덮이는 시기를 기점으로 교차 형태와 무관한 학살이 발생하기 시작했고, 심지어 일부러 경로를 바꿔 학살을 자행하는 경우까지 관찰되었다. 경로 교차의 빈도 자체가 높아진 탓도 있지만 그처럼 고의적인 혹은 신경질적인 학살은 위상수학만으론 분석하기 어려운 현상이었다. 프로젝트 5기를 거치며 몇몇 예외적인 집단이 유명세를 얻었다. 그중 '아틸라'라는 별칭이 붙은 집단은 순전히 학살만을 위해 이동하는 기이함으로 주목받았다. 어찌나 게걸스럽게 동족을 사냥하며 돌아다녔던지 행성의 종간군체 규모를 순식간에 반토막 냈는데, 그러나 집단 내부에서 의사 결정권을 독식하던 T쿼크 무리가 세대교체기에 접어들자 이 광대한 미치광이 제국은 수천 개의 소형 부족으로 쪼개져 보복 학살의 표적이 되었다.

학살은 마구잡이 살해와 구별되는 고도의 정치 행위여서 꽤 복잡한 의사소통 방식을 필요로 한다. 여러 종간군체에 걸쳐 광범위하게 채집된 이들의 언어는 64비트 프랙털 패턴의 음성기호체계로서 4개의 원언어原言語와 17개의 중심언어 그리고 생성과 소멸을 빠르게 거듭하는 80여 개의 방언으로 분류되었다. 중심언어는 구句와 절節의 결합 패턴에 따라 극성極性이 도치되는 전자기에너지를 발산했는데, 뜻밖에도 태초의 모듈러 함수와 상이한 파동을 지니고 있어서 감응 입자의 논리회로가 애초에 설계된 방식을 고수하지 않고 환경에 맞춰 진화했음을 보여주었다.

언어의 발달은 조직 시스템을 안정시켜주는 한편으로 B-T종간군체의 급감을 초래했다. 집단 내부의 결속이 강하다는 건 달리 말해 집단 외부에 대해 배타적이란 뜻이다. 부족 간의 학살 및 보복이 더욱 빈번해졌으며, 우연한 마찰 전쟁이 줄어드는 대신 계획에 따라 신속하게 공격하는 정복 전쟁이 늘어났다. 중심언어가 복잡해지고 방언이 줄어드는 등 언어체계가 성숙해짐에 따라 집단의 결속을 다지기 위한 형벌 시스템 또한 강화되어 계급 피라미드의 최상층부인 T쿼크에 동조하지 않는 구성원을 살해하는 일이 조직적이고 규칙적으로 자행되었다. 처형은 규모와 빈도에서 집단 간의 학살과 맞먹었다.

이와 같은 여러 사정으로 인해 감응 입자의 총 규모는 빠르게 감소했다. 자가 복제 및 분열 반응을 통해 평균 100제곱피코미터

가 늘어나는 동안 학살과 처형으로 107제곱피코미터가 줄어들었다. 줄어드는 비율도 문제지만 줄어드는 속도가 더 큰 문제였다. 어떻게든 대책을 마련하느라 연구소 전체가 분주히 돌아가던 바로 그때, 흑등고래가 말한 저 '쌍놈'이 겸손하게 손을 들더니 아주 구체적이며 즉각적인 해결 방안을 내놓았다.

새로운 광자 조사기가 양자공간실험실로 운송되어 미시우주계와 나란히 설치되었다. 광조교가 직접 설계한 그것은 무게가 8t에 달하는 거대한 프리즘이라 불러도 좋을 것이다. 최대출력시 젭토미터10^{-21}m 단위의 세밀한 조정이 가능했으며 필요에 따라 입자 또는 파동의 형태로 광자를 공급할 수 있었다. 그 '필요' 및 광자 조사의 범위와 최대 최소 투입량은 매뉴얼에 따라 광조교가 결정했는데, 실은 그 매뉴얼도 프로젝트 2기 때부터 광조교가 직접 작성해온 것이었다. 광자를 파동의 형태로 분무하는 광역 조사 시스템은 처음부터 별문제가 되지 않았다. 그러나 특정 감응 입자를 겨냥해 광자 알갱이를 발사하는 표적 조사 시스템은 연구원들의 고개를 갸우뚱하게 만들었다. 과거에도 광자 알갱이를 하나씩 발사할 수는 있었지만 그건 좌표에 발사하는 방식이었고 단일 입자에 직접 발사할 순 없었다. 그런데 새로운 광자 조사기는 표적 기능이 훨씬 개선되어 움직이는 다수의 입자를 각각 조준 사격하는 게 가능했다. 그런 재미난 기능이 왜 필요한지는 누구도 알지 못했다.

어쨌든 새로 설치된 광자 조사기는 덩칫값을 제대로 했다. 평균

적인 조건하에서 정착 면적의 증가 속도를 평균 네 배까지 끌어올렸다. 그것은 신경 회로망 발달 단계가 배배 꼬이지 않도록 미리 설정해둔 임계값에 육박하는 수치였다. 당장 필요로 하는 걸 내놓았기에 광자 조사기가 지닌 설계상의 몇 가지 단점, 이를테면 전력 자원을 너무 많이 점유한다거나 안전 설비가 기준에 못 미치는 등의 문제는 간과되었다.

사고는 프로젝트 5기가 완료될 무렵 터졌다. 광자 조사기의 전원장치에 과부하가 걸려 화재가 발생한 것이다. 사태를 수습하던 연구원의 가운에 불씨가 옮겨붙었는데, 그는 무사했으나 뒤늦게 달려와 탈의를 돕던 인턴 조교 한 명이 광자 조사기와 미시 우주계의 연결부를 건드리는 바람에 그만 광자에 노출되었다. 격렬한 섬광이 인턴 조교를 휩싸더니 순식간에 2.5g의 탄소로 바꿔 놓았다.

내부감사 결과 광자 조사기의 설계 불량 및 안전 절차 불이행이 직접적인 원인으로 판명되어 두 명의 고위급 연구원에게 중징계가 내려졌다. 당연히 광조교에게도 징계가 내려졌다. 그러나 곧바로 그 처분은 무기한 연기되었고, 오히려 사고 수습의 전권이 맡겨졌다. 광조교는 그간 축적해온 데이터 및 사고 보고서를 참고하여 광자 조사기의 성능을 개량했다.

연구원들은 여전히 그를 광조교라고 불렀다. 하지만 그 호칭에는 예전만큼의 신뢰와 애정이 담겨 있지 않았다. 사고로 동료를

잃어버린 연구원들은 빛을 가지고 얼마나 많은 걸 할 수 있는지 조금씩 깨닫기 시작했다. 광자를 어떻게 다루느냐에 따라 감응 입자를 태어나거나 죽게 할 수 있고, 생명력을 강화시키거나 반송장으로 만들 수 있으며, 행복하거나 고통스럽게 만들 수도 있다. 특정 지점을 시커멓게 태워버릴 수도 있고, 나아가 생면부지의 부족 사이에 끔찍한 전쟁을 일으킬 수도 있다. 능력을 가졌음에도 그걸 사용하지 않는다는 건 대단히 괴로운 일이다. 그리고 일단 사용하기로 마음먹었다면, 뭔가를 망치는 쪽으로 사용하는 게 훨씬 매력적이다.

우연히 광조교의 장난이 들통났다. 행성의 해저 맨틀에 광자를 집중 조사하여 소용돌이 모양의 섬을 융기시킨 것이다. 섬의 한가운데엔 굵은안상수체로 제 이름까지 새겨놓았다. 응용관측실 책임연구원에 의해 발각될 당시 이미 그곳엔 43제곱피코미터에 달하는 B-T종간군체가 독자적인 해양문명을 이룩해가는 중이었다.

추궁을 받은 광조교는 자초지종을 실토하면서도 '장난을 치겠다는 의욕이 우연히 일어났기 때문에 그 역시 양자적 조건'이라는 기상천외한 궤변을 늘어놓았다. 그런 식으로 제 편을 만들지는 못했다. 그러나 연구소 입장에서도 구두 경고로 대충 수습하고 넘어갈 수밖에 없었다. 실수나 사고가 아니라 고의적인 장난이었기 때문이다. 선불리 징계를 내렸다가는 사안이 공식화되어 방향성 조작 논란으로까지 번질 게 뻔했다. 그건 모두 함께 망하는 길이었다.

소용돌이 모양의 아름다운 섬, 섬에서 평화로이 살아가던 43제곱피코미터 규모의 B-T종간군체, 그리고 그들의 눈부신 해양문명은 흔적도 없이 소거되었다.

6/9

프로젝트 6기를 통틀어 B-T종간군체는 다섯 차례에 걸쳐 형태 진화를, 열한 차례에 걸쳐 정신 진화를 일으켰다. 형태 진화는 파동에너지의 진동수를 늘려 입자 간 물리적 소통에 필요한 전자기력을 발달시켰고, 정신 진화는 파동에너지의 진폭을 키워 의사 교류에 필요한 음성기호체계를 고도화시켰다.

그러는 동안 집단 내 T쿼크의 위상엔 별다른 변화가 없거나 혹은 관측되지 않았다. 그들은 갑자기 늘어나지도 않고 갑자기 줄어들지도 않으며 속한 집단에 맞춰 저희 규모를 조절했다. 그들은 그림자처럼 행동했다. 하지만 아무리 용을 쓰더라도 결코 그림자가 될 순 없었다. 그들은 집단 평균의 스무 배에 달하는 광자를 소비했기 때문에 항상 밝게 빛났고 아름다웠고 활력이 넘쳤다. 전염병이나 폭동이나 원인 불명의 정신착란이 집단을 덮치는 경우에조차 T쿼크가 받는 영향은 엄격히 제한적이었다. 심지어 프로젝트 7기의 중반에 다다라 최초 모듈러 함수에 적용된 두 가지 세포 자동자의 개성이 느닷없이 배타적으로 환원되면서 양성으로 분화, B쿼크 전체가 빠르게 양성생식체계로 재편되는 와중에도 T쿼

크는 옛 전통을 고수해 자가 복제 및 분열을 통해서만 새로운 구성원을 생산했다. 그래서 어찌 보면 프로젝트 1기를 거치는 동안 유실되었다고 알려진 세번째 모듈러 함수가 T쿼크를 매개 삼아 제3의 성性으로 재현된 것 같기도 했다. 실제로 표준물리실 쪽에서 그러한 주장을 제기한 바 있다. 그러나 이는 사실이 아니었다. T쿼크는 기대 수명이 B쿼크의 약 0.01%밖에 되지 않을 정도로 붕괴 속도가 빨라서 양성생식을 취했다가는 속옷도 벗기 전에 늙어 죽을 팔자였던 것이다. 자가 복제 및 분열은 무슨 거창한 전통이 아니라 타고난 운명이었다.

짧은 생을 보상이라도 하듯이 T쿼크에게는 막강한 권한과 풍족한 환경이 세습되었다. 그런데 가끔은 그것만으론 부족한 모양이었다. 일부 집단을 중심으로 무고한 B쿼크를 괜히 잡아 죽이거나 필요 이상의 광자를 주렁주렁 달고 다니는 행태가 관측되었고, 별다른 이유 없이 저를 포함한 소속 집단 전체를 명백한 멸망의 길로 인도하는 사태까지 벌어졌다. 연구원들은 이를 '감정의 탄생'이라 불렀다. 그간 밟아온 과정을 보면 아닌 게 아니라 욕망, 질투, 체념과 같은 정서가 생겨날 시점이 되긴 했다. 이중에서 특히 '불합리한 공포'는 T쿼크의 지능이 어느 정도까지 발달했는지 가늠하는 중요한 지표로 활용되었는데, 왜냐하면 분명한 위험 요소에 의해 생겨난 공포는 그저 자기방어의 본능적 현상이지만 그런 게 없음에도 생겨난 공포는 뛰어난 상상력의 소산이기 때문이다.

방향성 조작의 정황 증거는 이러한 배경에서 처음으로 발견되었다.

B-T종간군체는 전자기력을 지닌 존재여서 저 고전적인 '플레밍의 법칙'에 따라 어느 방향을 주목하는지 알아낼 수 있다. 이를 '주의력 행방'이라 부른다. 한 집단의 주의력 행방은 학살의 위험에 처하거나 번개와 같은 천재지변을 당하는 등 긴박한 경우에 한해 극히 짧은 시간 동안 집중될 뿐이고, 일반적으로는 도떼기시장에 풀어놓은 개처럼 산만한 게 정상이다. 다시 말해 긴박할 이유가 없는 상태에서 주의력이 특정 지점으로 집중되거나, 반대로 긴박한 상황에서 주의력이 사방팔방 분산되는 건 몹시 억지스러운 일이다. 그런데 그런 사태가 연이어 발생했다.

보고를 받은 연구소장은 신뢰하는 고위급 연구원 세 명을 불러 조용히 감사팀을 꾸렸다. 규정대로라면 즉각 연구윤리심의회에 보고하고 외부 조사를 의뢰해야 했지만, 의뢰만으로도 연구는 일단 중단되며 그럴 경우 연속성이 생명인 진화 관련 프로젝트의 특성상 심대한 타격을 입을 수밖에 없던 까닭이다. 규정을 어겨 나중에 혼자 처벌받느냐 규정을 지켜 당장 같이 망하느냐의 갈림길에서 연구소장은 두말할 것 없이 전자를 택했다.

감사팀은 작은 연구실 하나를 비우고 들어가 데이터 검토 작업에 돌입했다. 과학에서 '재현 가능성'은 필수불가결한 덕목이나 유독 양자역학에서만큼은 예외다. 양자역학의 특성인 복사 불

가성noclonig과 측정의 비가역성irreversibility으로 인해 동일한 실험을 할 수도 없고 동일한 결과를 낼 수도 없는 탓이다. 따라서 양자역학 관련 프로젝트는 매번 수행 즉시 유효성을 인정받으며, 당연히 다른 어떤 분야보다 엄중하게 통제되어 모든 데이터가 철저히 자동으로 기록되고 어떠한 경우에도 수정이나 이동, 삭제, 은폐가 일절 불가능하다. 감사팀 임무의 핵심은 데이터를 들여다보는 것이었다. 할 수 있는 게 그것뿐이고, 또 그걸 아주 잘하는 사람들이 셋이나 모였으니, 뭐 그냥 날로 먹는 임무인가보다 했다.

문제는 놀랍게도 연구소의 말단 직원 하나가 관할 데이터 제공을 완강히 거부한다는 것이었다. 광자 조사 업무를 담당하는 광조교였다. 이쪽은 셋이니만큼 한 명은 망을 보고 한 명은 마구 때리고 그 틈에 다른 한 명이 데이터를 빼앗아 달아나면 좋겠지만 그게 말처럼 간단한 일이 아니었다. 미시우주계 관련 데이터 취급 권한은 본디 양자공간실험실 수석연구원에게 있었는데, 어쩌다보니 지난번 사고 때 직위해제당한 수석연구원 및 책임연구원을 대신해 광조교가 그 권한을 임시로 승계한 상태였다. 광조교의 허락 없이는 양자공간실험실에 입장도 못한단 얘기였다. 신뢰 관계에 문제가 생긴 뒤에야 감사팀 연구원들은 항상 누렇게 떠 있는 무표정한 얼굴과 알쏭달쏭한 말투와 용변 후 절대 손을 씻지 않는 습관 말고는 광조교에 대해 아는 게 전혀 없다는 사실을 깨달았다. 더는 없었다. 그게 다였다. 재앙이란 그처럼 어디 구석진 그늘에

쪼그리고 있다가 느닷없이 조명 한가운데로 튀어나오는 법이다.

감사팀의 손발이 묶인 와중에도 방향성 조작의 정황 증거들은 심심찮게 입수되었다. 그중 일부는 꽤나 심각한 수준이었다. 예컨 대 양전자 방사 단층촬영 분석 결과 B-T종간군체, 특히 조직의 두 뇌에 해당하는 T쿼크 무리의 주의력 행방 변곡선에서 일정한 맥박 흔적이 발견되었다. 누군가 제 심장박동이 지문처럼 남을 만큼 긴 시간 동안 미시우주계를 어슬렁거렸다는 뜻이었다. 이 정도라면 신사 흉내낼 단계는 한참 전에 지난 듯했다. 감사팀은 뒷문을 이용해 종합 관리 시스템에 침투했다. 광자 조사기의 운용 내역을 열람하자 황당한 사실이 드러났다. 거기에 '양자적 조건'은 없었다.

명백하게 고의적인 방향성 조작만이 있었다.

내부 통신망으로 호출된 광조교는 연구소장의 면전에서 기억상실증에 걸린 시늉을 했다. 하지만 성격으로 그 자리까지 오른 연구소장 또한 만만한 상대가 아니었다. 오래지 않아 광조교의 자백을 받아냈다. 실토한 이상 그 범위와 빈도까지 추궁할 필요는 없었다. 데이터를 가져다 하나하나 조사하면 될 일이었다.

지시를 받은 감사팀의 수석연구원이 곧장 양자공간실험실로 이동했다. 규정에 따라 광조교에게 직위해제 및 격리를 통보했다. 그 직후 중앙통제실과 연락이 끊겼다.

시신은 연구소 밖에서 발견되었다. 얼굴 피부가 흘러내려 눈과 입을 꽁꽁 막아버린 상태였다. 그게 첫번째 공격이었던 것으로 보

인다. 왼쪽 팔과 허리는 두 동강이 나 있었는데, 그것이 두번째 공격이자 치명타였을 것이다. 예리한 절단면에선 새카맣게 탄화된 흔적이 발견되었다. 덕분에 범행 도구를 특정하기가 수월해졌다. 광조교는 완전범죄를 꿈꾸지는 않았던 것 같다. 증거 영상에는 시신을 거기다 갖다 버린 직후 폐쇄회로 카메라를 멀뚱멀뚱 바라보는 장면이 나온다. 범행 뒤 실험실에 있는 자기 자리로 돌아간 것도 이해하기 어려운 행동이었다.

중무장한 보안요원들이 연구실로 진입했다. 광조교는 순순히 투항했으나, 연구소 밖으로 끌려나가는 마지막 순간에 갑자기 두 손을 들더니 이상야릇한 자세를 취해 보였다. 표준물리실의 연구원 한 명이 그 몸짓언어를 상세히 기억하고 있었다.

"예, 그게, 여기 있는 우리도 싹 지져버리고 싶다더군요, 예."

7/9

프로젝트는 중단되었다. 전원을 차단하자 연구소 시간으로 0.3초 만에 행성이 붕괴되었고 1초 후에는 미시우주계 전체가 희뿌연 먼지로 돌아갔다. 연구윤리심의회의 분석 전문가들이 들이닥쳐 모든 데이터를 압수했다. 달포가량 지나 청문회가 열렸다.

프로젝트 초기에 역장이론물리실 소속의 중견 연구원이 순수한 호기심과 과학적 공상에서 피어난 글을 메모지 한쪽에 끼적여둔 적이 있었다.

이처럼 그에게 생명을 주고 양분을 주고 이제 문명을 주니

그는 자신이 일정한 세포가 결합된 생명체이며

앞뒤로 헤아릴 수 없이 긴 가계도가 흐르고

무수한 우연의 힘으로 태어나 늙고 병들며 죽어 묻히리라는 환상 속에서

그만 제 탄생의 비밀을 엿보기로 하는데

엿보기를 계획하는 자신을 엿보는 순간 조물주의 실험은 완성되고

그러나 저 위의 실험과 그보다 더 위의 실험 또한 그때 함께 완성되는 것이어서

진짜 세상의 윤곽은 누구도…… (후략)

메모는 우연히 발견되었고, 행간의 암시 때문에 모욕적인 조사를 받아야 했다. 결국 그는 연구소를 떠났다. 이 사건을 두고 동료의 입장에서 분개한 연구원은 없었다. 방향성 조작은 아무리 사소하더라도 프로젝트를 통째로 침몰시킬 수 있는 중대한 연구 윤리 위반이다. 머릿속에서 떠올리는 것만으로도 나머지 연구원들이 합심해 어디 멀리 귀양을 보낼 수밖에 없는 노릇이다.

광조교 역시 이를 잘 알고 있었을 것이어서, 그가 벌인 무모하기 짝이 없는 행동은 구구한 해석을 낳았다. 누군가는 프로젝트 5기에 그가 직접 설계하여 도입한 광자 조사기의 놀라운 성능을 주범으로 꼽았다. 머신의 역량이 과한 나머지 조종자의 균형감각을 마

비시켰다는 얘기였다. 그럼 폐기하지 않은 두 함수는 어찌된 일인가? 처음부터 못된 마음이 있었으니 그것들을 폐기하지 않고 몰래 보관해왔던 게 아닌가? 누군가 슬프게 말한다. 그렇지 않다고. 우리 모두는 당신과 나의 이 사랑스러운 세계를 박살낼 절묘한 기회를 호시탐탐 꿈꾼다고. 아무런 원한 없이, 단 한 톨의 악의도 없이.

과연 초반에는 단지 입자들을 조종하는 게 재미있어서 장난친 것처럼 보인다. 방향성 조작의 대부분이 국지적이고 무작위로 진행되었다. 제대로 관찰하지 않는다면 통상의 자연재해라 보아 넘길 정도였다. 하지만 프로젝트 5기가 끝나갈 무렵, 그러니까 새로 도입된 광자 조사기의 권능에 완전히 적응하면서부터 광조교의 손놀림은 전략적이고 과감해졌다. 사실 이 시기에는 직접 조종간을 잡을 필요조차 없었다. 자동 조사 프로그램이 벌써 완성되어 있었기 때문이다. 요컨대 수동으로 이루어진 광자 조사 작업은 죄다 불순한 의도에 기인한 것이었다.

어쩌면 무심코 황야에 벼락 한 줄기를 내리꽂았을 때, 그 좌표 주위에 있던 감응 입자 전부가 주의력 집중을 보이는 모습이 꽤나 재밌고 신기했을 것이다. 더 가까이, 조금 더 가까이 섬광을 이동시키면서 사방팔방 우왕좌왕하는 꼴을 보는 것도, B-T종간군체의 일부를 새카맣게 지졌을 때 살아남은 입자들이 보이는 절절한 애도의 자세를 관찰하는 것도 흥미로웠으리라.

처음에는 단지 그뿐이었을 것이다.

그러나 저 애처로운 피조물을 굽어보면 볼수록 광조교의 심약한 영혼은 점점 외로움에 타락해갔다. 입자들의 평화로운 시간이 그 자신, 무소불위의 신神에겐 아무것도 아닌 시간이었다. 관심을 얻기 위해 더 많은 번개를 쏟아야 했다.

프로젝트 6기에 생산된 데이터 곳곳에는 미시우주계 내부 조력자들의 존재가 암시되어 있다. B쿼크에 둘러싸여 살아가지만 그들보다 훨씬 영리한 T쿼크, 바로 그들이다. T쿼크는 일반적으로 광자 조사에 의한 주의력 집중 정도가 미약했다. 코앞에 번개를 내리꽂아도, 가까운 동료를 태워 죽여도 B쿼크만큼 진지한 반응을 보이지 않았다. 광조교 입장에서는 참으로 괘씸한 녀석들일 텐데, 하지만 집단 내에 조금이라도 주의력 비정상 패턴을 보이는 B쿼크가 발생할 경우 바로 그 T쿼크가 직접 잡아다 죽이곤 했다.

최상위 계층인 T쿼크 무리가 이처럼 가혹한 제사장 역할을 담당하면서부터 광조교는 방향성 조작에 흠뻑 젖어들었다. 원하는 대로 움직이면 상을 내렸고, 원하는 대로 움직이지 않으면 벌을 내렸다. 나중에는 원하지 않았는데 움직인 경우에도 벌을 내렸다. 이를테면 어떤 장소에 집결한 2제곱피코미터의 무리를 발견하고 단 하나의 입자도 남김없이 빛으로 지져버린 적이 있는데, 이유라고는 고작 그 회합이 경배하는 특수한 상징 기호에 질투를 느꼈던 것뿐이다. 분해된 무리의 절반가량은 생성된 지 며칠 안 된 아기 입자들이었고, 참사에 따른 충격으로 가만히 앉은 채 굳어버린 그

들의 부모 형제가 무려 5제곱피코미터에 달하여 결국 부족 자체가 멸망하기에 이르렀다. 이와 같은 횡포는 수도 없이 자행되었다.

프로젝트 7기에 접어들면서 광조교의 방향성 조작은 더욱 대담해졌다. 그러나 B-T종간군체가 상벌의 광자 조사 패턴에 익숙해진 탓에 프로젝트 6기에서 보여주었던 만큼의 주의력 집중을 보여주지 않았다. 어쩌면 그런 까닭에 광조교의 방향성 조작이 더욱 대담해져야 했던 건지도 모른다. 어느 쪽이 정답인지는 분명하지 않다. BEC 시스템은 가끔 원인과 결과를 구분하지 못하는데, 왜냐하면 플랑크 단위에서 인과가 도치되는 건 지극히 자연스러운 현상이기 때문이다.

바로 이 무렵부터 파동에너지에 모종의 변화가 생긴 T쿼크가 관찰되기 시작했다. T쿼크라면 예전부터 주의력 집중의 우등생은 아니었다. 그런데 새로이 관찰된 이들 그룹은 집중력 행방이 뚜렷하게 분산되는 경향을 띠었다. 이들은 코앞의 들판이 번쩍이는 광채에 덮이는 경이 속에서도 기묘한 평정을 유지했다. 하늘의 은총 같은 건 있어도 그만 없어도 그만, 이들이 진정으로 흥미를 갖는 건 저 자신과 자신의 공동체와 공동체의 보금자리 대지와 대지를 에워싼 자연과 자연에 깃든 계절과 그리고 계절을 굴려나가는 시간 같은 것들이었다. 이들은 건축물을 높이 쌓아올리기보다는 길을 멀리 내었다. 호기심에 이끌려 안전한 도시를 떠나 광자가 희박한 황무지로 향했다. 소수의 B쿼크 무리와 함께 떠나는 게 보

통이지만 T쿼크 단독인 경우도 적지 않았다. 이 방랑자들은 광조교의 권능을 크게 두려워하지 않거나 혹은 두려워하지 않는 척했다. 광조교는 그러한 습성 하나하나에 불쾌감을 느꼈다. 그럼에도 이들이 예전에 지녔던 미덕, 즉 내부 조력자로서의 습성만 번듯이 유지했더라면 그런대로 못 본 척 넘어가주었을 것이다. 유감스럽게도 일은 그렇게 진행되지 않았다. 이들은 어느 순간부터 가혹한 제사장 역할을 그만두었다. 주의력 비정상 패턴을 보이는 B쿼크를 잡아 죽이지 않았다. 그 대신에 계층 구분 없이 한데 어울려 지내기 시작했다.

광조교는 조종간을 잡았다. 이들 예외적인 T쿼크를 '불신자'라 부르며 발견하는 족족 빛으로 지졌다. 맹렬하게 쫓고 잔혹하게 죽였다. 확실한 본보기를 보여주면 나머지는 이내 순응할 거라 판단했던 것이다. 착각이었다. 변화는 다만 몇몇의 문제가 아니었다. 아무리 죽이고 죽여도 T쿼크 무리 중에서 금방 계승자가 나타났다. 둘씩 넷씩 나타났다. 그다음엔 여덟, 또 그다음엔 열여섯이었다. 홧김에 T쿼크를 모두 죽였다가는 이내 집단 자체가 소멸할 것이기에 그럴 수도 없었다.

연구윤리심의회가 처음 들이닥쳤을 때만 해도 대다수의 연구원들은 광조교가 태만하여 일을 그르친 것으로 짐작했다. 아닌 게 아니라 광조교는 보면 볼수록 태만한 얼굴이었다. 하지만 근무 기록이 공개되자 너 나 할 것 없이 광조교의 열정과 체력에 경탄했

다. 그는 잠시도 휴식을 취하지 않았다. 가장 늦게까지 야근을 했고, 누구보다 일찍 출근했다. 주말과 공휴일을 포함해 단 하루도 쉰 날이 없었다. 광조교는 그토록 근면성실하게 악행을 저질렀다. 제 뜻을 거스르는 입자에게 보복하고, 저를 떠받드는 입자에게 보상했다. 기필코 그렇게 했다.

재미있는 건 그 보상에 낙원에 대한 환상이 포함되어 있었다는 점이다. 고풍스럽게도 B-T종간군체의 네 가지 원언어로 구성해 제시하였으며, 광자가 무한정 공급되는 좌표불상座標不詳의 그곳으로 갈 땐 물리적 상식이야 어쨌든 휙 날아서 가는 걸로 얘기가 되었다. 균형을 위해 지옥에 대한 환상 또한 필요했는데, 이번엔 조금 바빴던 모양인지 연구소 취사실의 가스오븐 설비를 본떠 250℃가 일정하게 유지되는 구역을 대략의 구조로 제시했다. 이 조악한 천당-지옥 구도는 희한하게도 굉장히 성공적이었다. 천당을 너무 열심히 찬미하다 광자 섭식을 놓쳐 사망하는 꼴통들이 생겨나고, 이를 비난하거나 이에 적극 동조하지 않는 입자를 공격해 죽이는 광신자들도 등장했다. 급기야는 천당-지옥 구도의 해석에 관한 사소한 견해 차이로 대륙 규모의 전쟁까지 벌어졌는데, 양편 모두 신앙심이 돈독한 집단이어서 광조교는 어느 쪽을 살리고 어느 쪽을 죽일지 결정하기 위해 수차례 동전을 던져야 했다. 이토록 뚱딴지같은 환상에 감응 입자 대부분이 강렬한 주의력 집중을 보였다는 사실은 프로젝트의 성패 여부를 떠나 무척 흥미로운 이

미지 조작 성공 사례라 할 만하다.

그러는 동안에도 T쿼크 무리 내부의 이른바 불신자들은 주의력 패턴을 교정하려는 우주적 압박에 맞서 온갖 다종다양한 분야로 끈질기게 관심사를 넓혀갔다. 주위의 동료들이 찬란한 빛줄기에 의해 소멸되는 걸 가까이 지켜보면서도 불신자들은 도무지 고집을 꺾지 않았다. 광조교로서는 크게 한번 호통칠 필요가 있었다. 오랫동안 만지작거려온 주머니 속의 숫자들을 마침내 끄집어냈다. 폐기하기로 되어 있던 2개의 변형 모듈러 함수였다.

수백 제곱피코미터에 달하는 대재앙이 행성의 표면에 강림하였다. 물질과 반물질이 접촉하면서 엄청난 에너지가 터져나와 B-T 종간군체와 그들의 거주지를 깨끗이 증발시켰다. 땅과 바다가 들끓었고 대기가 찢어졌으며 하늘이 타올랐다. 행성 표면의 3할이 원시 상태로 돌아갔다. 종간군체의 절반이 소멸되거나 회복 불가능한 상처를 입었다.

이토록 무지막지한 횡포가 상당 기간 은폐될 수 있었던 까닭은 무엇일까? 이는 많은 연구원들의 호기심을 자극한 미스터리였다. 훗날 역학자료분석실이 내놓은 답은 물질-반물질 상쇄 에너지 폭발이 광자 조사에 비해 탄소 흔적을 훨씬 적게 남기기 때문이라는 것인데, 이 발표를 듣고 시시하다고 투덜거린 이들도 전혀 없진 않았으나 광조교에게 공범이 있던 건 아니란 사실, 나머지 동료들은 모두 무고하다는 사실에 그저 가슴을 쓸어내린 이들이 거의 대

부분이었다.

한편 연구윤리심의회는 보다 깊은 곳에 주목했다. 은폐 경위나 실험체의 피해 범위보다 오히려 형벌의 비윤리성을 따져 물은 것이다. 드러났다시피 불신자들의 주의력 분산 패턴은 매사에 무관심해서가 아니라 만사에 관심이 지대하여 나타난 태도였다. 자연과 우주를 치열하게 탐구한 죄목으로 당사자뿐 아니라 누대에 걸쳐 파동을 나눠온 친족들까지 한꺼번에 절멸시킨다는 건 지나치게 가혹한 처사였다. 게다가 그 형벌은 본보기의 일종이었기에 인과관계가 명백했다. 불신자들은 재앙이 무얼 겨냥하고 있는지, 무엇에 대한 보복인지 알고 있었다. 자신들이 멈추면 모두 함께 살고 자신들이 나아가면 모두 함께 죽는다는 사실을 똑똑히 알고 있었다. 광조교의 형벌은 매우 야비한 방식으로 불신자들의 양심을 갈기갈기 찢어놓았다.

그럼에도 그들 대부분은 주의력 분산 패턴을 교정하는 대신 족속과 더불어 온전히 무無로 돌아가는 쪽을 택했다. 그들은 벌을 받아들였다. 두려움이나 죄책감에 따르지 않고 다만 신념에 따랐다. 광조교가 아주 잠깐이라도 증오를 누르고 이성의 눈으로 그들을 보았다면 모두 네 차례에 걸쳐 강림한 대재앙 속으로 뚜벅뚜벅 걸어들어간 불신자들의 선택이 오히려 고결한 순교의 자세와 닮았음을, 따라서 그들을 불신자라고 부르는 건 전혀 가당치 않음을 깨달았을지 모른다.

미시우주계는 함수를 중심으로 진행되는 개념 실험에 물질의 구체성을 빌려 현실감각을 더하려는 목적에서 고안되었다. 그런데 엉뚱하게도 미시우주계로 인해 현실감각이 허물어지는 정반대의 결과가 나왔다. 이를테면 광조교는 일목요연한 통제를 위해 모든 B-T종간군체의 성향과 그 거주 분포를 두뇌의 해부학적 형태로 도식화했다. 주의력 행방이 일정한 집단은 논리를 관장하는 전두엽으로, 보상이나 특히 처벌에 민감한 집단은 감정이 발생하는 변연계로 호명하는 식이었다. 이러한 도식화는 곧 불신자들의 행동이 일종의 병리 현상이어서 그들을 제거하는 게 합리적인 외과 절제수술인 것처럼 느껴지도록 만들었다. 하지만 보라, 그들은 떼어내도 무방한 일개 부속이 아니라 저마다 각각의 우주다.

원칙을 한번 저버리고 나자 광조교를 가로막을 규정 따위는 없었다. 그는 멋대로 땅을 가르고 해일을 일으키며 행성을 통치했다. 본디 화음보다는 불협화음이 더 크게 들려오는 법이어서, 광조교는 자신에게 모든 영광을 돌리는 종간군체가 행성 가득히 번성한 와중에도 한줌의 불신자 그룹에 더 주목했다. 상벌의 통제 시스템이 통하지 않는 그들은 정말 골치 아픈 별종들이었다. 주의력 행방이란 일종의 사고 양식이므로 그 패턴이 유도되지 않는다는 건 다시 말해 자율적으로 사고한다는 뜻이다. 스스로 꿈꾸고 사랑하고 절망한다는 뜻이다. 대관절 누구 마음대로? 광조교는 순

백의 교구敎區에 난 조그마한 얼룩을 후딱 지워버리지 못해 머리끝까지 약이 올랐다. 모듈러 함수의 상쇄에너지로도 이들을 표백하지 못한다면, 그럼 도대체 어찌해야 좋단 말인가.

새로운 방식의 형벌이 필요했다.

광조교는 주의력 비정상 패턴을 지닌 불신자들의 파동에너지가 일반 T쿼크 무리의 그것과 미세한 차이를 보인다는 사실에 착안했다. 이 배은망덕한 파동에너지만 따로 솎아내어 소멸 단계에 접어든 음성신호체계와 결합시킬 수 있지 않을까? 파동에너지건 음성신호체계건 애초에 동일한 모듈러 함수에서 출발한 형제자매들이니, 다시 묶어 두 정보를 섞는 것도 가능할 것이다.

이 천재적인 계략을 수행하기 위해 광조교는 17개의 중심언어 중에서 쇠락해가는 9개의 사어死語를 고르고 다시 그중에서 제일 낡고 비루한 교착어膠着語를 골라 불신자들에게 덧입혔다. 기대한 효과는 크게 두 가지였다. 그 하나는 의사소통체계를 교란해 집단에서 불신자를 고립시키는 것이었다. 다른 하나는 소멸 단계의 음성신호체계가 뿜어내는 음전하에 노출시켜 불신자들의 파동에너지를 약하게 만드는 것이었다.

뜻대로 이루어졌다. 급작스레 언어가 바뀌어버린 불신자들은 곧장 집단의 중심부에서 축출되었다. 혈통으로 보장받던 부족의 헌신을 하루아침에 잃고서 최하층보다 못한 신분으로 전락했다. 급기야는 오래 사는 것 외엔 나을 게 하나 없는 B쿼크 떨거지들에

게 공격당해 목숨을 잃는 경우까지 생겨났다. 그들은 불신자를 여러 겹으로 포위한 뒤 차츰차츰 좁혀들어가 심부의 파동을 도려내었다. 학살은 축제처럼 진행되었는데, 활활 타오르는 집단 광기 속에서 대대로 귀족이었던 불신자들은 허망하게 도륙될 수밖에 없었다. 그 와중에도 몇몇 지도자들이 스스로 미끼가 되는 재치를 발휘해 B쿼크들을 유인함으로써 나머지 일족을 탈출시켰다. 하지만 이런 숭고한 희생은 대부분 별 의미가 없었다. 이미 일족 전체가 더러운 음전하에 오염된 터라 황야의 혹독한 환경을 견뎌내지 못했던 것이다. 프로젝트 7기를 거치는 동안 행성 전역에서 고향을 등지고 도망친 불신자들의 절대다수가 얼음 봉우리와 불의 계곡에 쓰러져 죽었다.

참으로 경이로운 건 불신자들이 그 바닥까지 내몰려서도 끝내 주의력 행방을 바꾸지 않고 전락의 수치심 속에서 집단 자결하지도 않았다는 사실이다. 살아남은 극소수 불신자들은 파동에너지와 음성신호체계가 연동된다는 점을 응용해 거꾸로 소멸 단계의 교착어에 저희들의 양전하를 이식, 완전히 새로운 형태의 언어로 발전시켰다. 육신의 파동에너지와 뒤섞여 배양된 그들의 언어는 64비트 프랙털 패턴의 기존 음성기호체계와 전혀 달랐다. 초기에는 수십만 개의 독립된 큐비트 신호를 이리저리 묶어 조잡하고 단순한 의미집합을 만들어내는 수준이었다. 그러나 한 세대가 지나기 전에 그들은 제대로 된 방향을 잡았다. 모든 큐비트 신호를

범주화한 뒤 그 범주를 거듭 신호화하는 방식으로 최소 의미 단위의 개수를 줄였으며, 그와 동시에 하늘에서 빛이 쏟아질 때의 웅장한 리듬에 맞춰 음성의 운율을 끝없이 개편했다. 이는 그들이 부당하고 무자비한 박해를 피해 멀리 달아나기만 한 게 아니라 형벌의 패턴에 깃든 초월적 존재의 암시를 집요하게 관찰하고 추론하여 이를 언어적 형태로 재현해왔다는 증거였다. 이윽고 눈물과 비탄의 진창에서 범용한 문장 하나가 주술처럼 피어올라 공동체의 의식 속으로 스며들었다. 파동에너지와 음성신호체계의 연동은 어찌할 수 없는 숙명이어서, 그 하찮은 문장 하나를 조합하기 위해 불신자들이 저희의 고단한 영혼을 얼마나 부지런히 단속하고 열심히 교정하고 힘겹게 제련해야 했는지 쉬이 유추할 수 있다. 이들은 회합의 자리마다 머리 위 상공으로 주의력을 집중시키며 수없이 반복하여 그 문장을 읊조렸다. 그렇게 수십 세대를 거치는 동안 문장은 아예 그들 삶의 떼어낼 수 없는 일부가 되어, 자가 복제 혹은 분열로 태어나는 순간부터 파동이 감쇄해 끝내 사멸하는 순간까지 일생의 온갖 질박한 장면에 촘촘히 들러붙었다.

그 문장은 연구소 내 거의 모든 부서에서 라디오파와 같은 전자기 신호나 다항함수의 규칙적인 맥동 등 다양한 형태로 채집된 바 있다. 그러나 하나같이 이를 대수롭지 않은 데이터로 분류해 어디 눈에 띄지 않는 곳에 처박아두었다. 그 직후 역학자료분석실의 수

석연구원이 살해되었고, 광조교가 끌려나갔으며, 전원이 차단되어 미시우주계가 멸망했다. 행성이 파괴되는 데 불과 0.3초가 소요되었지만 그 0.3초가 행성의 시간으로는 15년이었다. 15년에 걸쳐 까맣게 식어가는 천체를 바라보며 불신자들은 무슨 생각을 했을까. 닥쳐온 혹독한 겨울 너머엔 아무것도 없다는 걸 그들은 혹시 예감하고 있었을까.

연구윤리심의회에서 모든 데이터를 압수해 분석에 들어갔다. 달포쯤 지나 첫번째 청문회가 열렸다. 이후 확인할 내용이 쏟아져 2차 청문회는 석 달 뒤로 미뤄졌다. 그동안 분석 및 분류 작업이 계속되었다. 3차, 4차, 5차 청문회가 열렸다. 숨겨진 데이터를 찾아내고 폐기된 기록을 복원했다. 절차가 계속 지연되었다. 6차, 7차, 이어서 8차 청문회가 열렸다. 그로부터 다시 두 달이 더 지나, 절멸 직전까지 줄기차게 암송되던 불신자들의 문장이 드디어 테이블 위로 올라왔다.

심의회 소속의 분석 전문가는 그 문장을 한번 쓱 훑어보고는 바로 퇴근했다. 해독할 필요를 느끼지 못했다. 그 자신이 일상에서 사용하는 언어와 별반 다를 게 없기 때문이었다. 채집 당시 아무도 알아차리지 못했다는 게 희한할 정도였다. 그것은 멀고 외롭고 아주 가느다란 문장이었다. 이런 뜻이었다.

이봐요. 거기 있어요?

마지막 청문회였다. 새로운 걸 밝혀내기보다는 그간 확인된 내용을 검토하고 차근차근 정리하는 시간이었다. 광조교는 장롱에서 불쑥 튀어나온 손에 멱살을 잡힌 표정으로 옛 동료들 앞에 섰다. 그가 무시했던 규정들, 숨겼던 데이터들, 저지른 악행들이 하나씩 공개되었다. 핍박받던 불신자 무리가 외로움의 막장에 다다라 마침내 빚어낸 한 문장이 그를 부르는 필사의 외침이었다는 사연 또한 짧게 언급되었다. 광조교는 멍하니 듣기만 했다. 침을 좀 흘렸는데, 그건 별게 아니고 감옥에서 다른 수감자에게 얻어맞아 우측 광대뼈가 움푹 함몰된 탓이었다. 이해를 잘 못하겠네요, 하고 젊은 심의관이 힐문했다.

"당신은 그들보다 천억의 천억 배나 크고, 원천에너지를 운용하고, 아무튼 죄다 맘대로 할 수가 있었잖아요. 그런데 어째서 그토록 매정하게 굴었던 거죠? 가엾단 생각이 들진 않던가요? 가만히 좀 내버려두는 게 그리 어려웠어요? 아니, 해칠 거면 도대체 왜 그들의 왕이 된 겁니까?"

광조교는 대답하지 않았다. 고개나 손을 젓지도 않았다. 못마땅한 표정을 짓지도 않고, 흐르는 침을 후루룩 들이마시지도 않았다. 그는 아무것도 하지 않았다. 마지못해 들여다본 눈앞의 시공간이 너무나 하찮아서 굳이 신경쓸 필요를 못 느끼는 것 같았다. 신으로 군림하던 기억 속에 여전히 웅크리고 있으니 과연 그럴 수

밖에 없는 일이다. 하지만 포악한 형벌에 육신을 내주면서도 끊임 없이 회의하고 추론하여 마침내 그를 발견해낸 순교자들은 낱낱 의 입자로 흩어졌고, 장엄할 뻔했던 은하는 쪼개져 뿌연 먼지가 되었다. 그는 모든 기회를 잃었다.

작가의 말

다섯번째 단편집이다. 2014년 여름부터 2017년 봄 사이에 쓴 소설들을 모았다. 지친 마음에 쓴 글도 있고 쓰다보니 기진맥진해진 글도 있지만 한편으로는 쓰면서 매우 신이 났던 글도 있다. 돌이켜보면 여섯 번에 한 번 정도 그래왔던 것 같다. 그 비율이 나를 지탱해온 모양이다.

한동안 인류 본연의 장난으로서 이야기를 지어내곤 했다. 몸도 마음도 파랬던 시절의 일이다. 그후에는 위로야말로 소설의 효용이라 믿었다. 다름 아닌 나 스스로에게 절실했기 때문이다. 이제 나는 두 세기 전에 유행했던 한편으론 촌스럽고 또 한편으론 신비로운 저 요란한 허세 속에 서사의 항구적 진실, 다시 말해 우리 길 잃은 작가들의 영원한 주제가 담겨 있지 않았던가 생각해본다.

2018년 여름
박형서

| 수록 작품 발표 지면 |

개기일식 …… 『21세기문학』 2016년 여름

권태 …… 『현대문학』 2014년 9월

시간의 입장에서 …… 『한국문학』 2015년 봄

키 큰 난쟁이 …… 『작가세계』 2017년 봄

외톨이 …… 『문학동네』 2017년 봄

거기 있나요 …… 『문학과사회』 2016년 봄

문학동네 소설집
낭만주의
ⓒ 박형서 2018

초판인쇄 2018년 6월 28일
초판발행 2018년 7월 11일

지은이 박형서
펴낸이 염현숙
책임편집 정은진 | 편집 김내리 이성근 이상술
디자인 김현우 유현아 | 마케팅 정민호 박보람 나해진 우상욱
홍보 김희숙 김상만 이천희
제작 강신은 김동욱 임현식 | 제작처 한영문화사

펴낸곳 (주)문학동네
출판등록 1993년 10월 22일 제406-2003-000045호
주소 10881 경기도 파주시 회동길 210
전자우편 editor@munhak.com | 대표전화 031) 955-8888 | 팩스 031) 955-8855
문의전화 031) 955-3576(마케팅) 031) 955-8864(편집)
문학동네카페 http://cafe.naver.com/mhdn | 트위터 @munhakdongne
북클럽문학동네 http://bookclubmunhak.com

ISBN 978-89-546-5201-8 03810

www.munhak.com